U0938235

西西 著

何福仁 編

〔目錄〕

讀《詩經・關雎》

關關雎鳩，在河之洲。窈窕淑女，君子好逑。

參差荇菜，左右流之。窈窕淑女，寤寐求之。

求之不得，寤寐思服。悠哉悠哉，輾轉反側。

參差荇菜，左右采之。窈窕淑女，琴瑟友之。

參差荇菜，左右芼之。窈窕淑女，鐘鼓樂之。

一、關關雎鳩

見到「關」字，總是聯想起邊關的要塞，如雁門關、山海關。但最直接的印象還是聯想到關門，彷彿可以聽到「碰」的一聲，門就關上了。許多字都容易聯想為疊字，像「暖」，會聯想為暖暖；像「輕」，容易疊說為輕輕。而「關」字，一般上比較少把兩個關字連在一起用，成為「關關」，但〈關雎〉詩一開始就出現了一句「關關雎鳩」。關關的聲音並沒有隨着兩個字響起來，響起來的卻是一片水禽的鳴叫。

我們形容雀鳥的叫聲，通常都用吱吱喳喳。也許，小麻雀甚麼的鳥兒才是吱吱喳喳的，而各別的鳥有各別的聲音，雎鳩的聲音是「關關」地和鳴，也許，居住在水渚、河邊的居民常常會聽到那種叫聲。

雎鳩到底是甚麼鳥呢？先看清楚，雎，小心不要寫成目字邊的睢。楚霸王的坐騎，就叫烏騅。雎鳩大概不屬於鳩，鳩是鴿科，我國的鳩類有綠鳩、南鳩、鵑鳩和斑鳩，或者也是一種類似渡渡鳥般的笨鳥，因為這種鳥，居然不會築巢，要霸佔其他的鳥巢，所以《詩經．召南》才有「維鵲有巢，維鳩居之」。這方面，牠大概又比渡渡鳥更能適者生存。有人説，雎鳩是鶚，那麼，雎鳩就是魚鷹了，魚鷹屬鳥科，善捕魚，卻能營巢。我在漓江見過漁人的筏上站立着魚鷹，只看見一頭頭黑黝黝的瘦鳥，這些不肯下水捕魚的禽隻，看來不笨，因為明知不過做捕魚工具的鳥，這些鳥，就是雎鳩嗎？

又有人說，雎鳩，是王雎，那麼，牠就是鵰類了。據說，雎鳩有定偶而不相亂，偶常並遊而不相狎。〈關雎〉詩是賀婚禮的詩，奇怪的是選的禽鳥取雎鳩而不取鴛鴦。或者，鴛鴦棲息的地方以湖泊和溪流為主，而雎鳩較多出現於黃河流域，詩是興而比；況且，鴛鴦的鳴聲可能又是另一番樣子，若是誦讀起來，關關鴛鴦，在河之洲，真又不成詩了。

除了雎鳩，也許還有許多別的鳥鳴叫起來也是「關關」之聲的吧，白居易的詩句有「悵望慈恩三月盡，紫桐花落鳥關關」，這位詩人指的鳥不知道是甚麼鳥，會不會就是雎鳩呢？

二、窈窕淑女

要是現在有人形容一位美麗的女子，說她是「窈窕淑女」，大概會令人聯想起一個汽水瓶，或者一個葫蘆。古代的女子如果被形容為窈窕，大概有修長的意思，同時指女子美好的體態，是讚賞語。

「窈」本有幽遠的意思。也許，古代的女子，住在深閨之中，所以就「窈」起來；當然，這住在深閨的女子，必定不是一般的村女，要拋頭露面地工作，而是非富即貴，至少也是小康之家。

「窈」是一個正面意義的字，而「窕」就較負面了。「窕」通「佻」，如果說「目窕心與」，就有逗引的意味，顯得浮薄；窕冶，是妖美的。把窈窕連在一起用，也有可能帶有妖冶、身材玲瓏的意思。揚雄《方言》第二：「凡美色或謂之好，或謂之窕。……美狀為窕，美色為艷，美心為窈。」《後漢書・曹世叔妻傳》裏這樣寫：「入則亂髮壞形，出則窈窕作態。」「窈窕作態」這四個字，相信不是指端莊的美麗。

淑女，主要是指賢德、善良、溫嫻的女子吧，這是大概窈窕是指女子的外在美，而淑，則指女子的內在美，那麼，「窈窕淑女」就是既美貌又端莊的女子。不過，「窈窕淑女」除了外在美和內在美之外，也可以從另一面看：窈窕，是動態；淑，則是靜態。那麼，窈窕是帶有浪漫的氣息的；淑女，依現代語的說法，則是純情。一個既浪漫而又清純的女子，真是奇異的人物。過分浪漫會變得淺薄、輕浮；過分純情，又顯得幼稚、無知。如果既浪漫又純情，既能窈窕又能賢淑，大抵是對古代女子最佳的讚美了。這是男人社會的標準。清代施山《薑露盦雜記》卷六裏稱頌「窈窕淑女」這一句詩為善於形容：「蓋『窈窕』慮其佻也，而以『淑』字鎮之；『淑』字慮其腐也，而以『窈窕』揭之。」覺得好女子需要「鎮」，需要「揭」。

《詩經》中的「窈窕」兩字，形容的是女子，但這兩個字古時原來也有反過來形容男子的，古樂府〈孔雀東南飛〉的詩句就說：「云有第三郎，窈窕世無雙。」這是媒人提親的話，說縣太爺有個排行第三的公子，身材美好，舉世無雙。這位三公子被譽為玉樹臨風，可能也包括了一點浪漫不羈的意思，那麼再依照古時的說法，自然是風流瀟灑了。風流，與今天的人看法不同。

三、君子好逑

「君子好逑」的「逑」字，不是求。詩〈關雎〉中一共有兩個「求」字，一個是「寤寐求之」的求，另外一個是「求之不得」的求，這兩個求的意思是一樣的，是探索、尋取的意思，在〈關雎〉詩中，這個「求」字是指追求，是君子希望娶得淑女的求。

君子可不是色狼，並沒有跑到大街上到處去挑逗、調戲姑娘。君子要娶妻，是要物色一位窈窕淑女，而淑女，是在深閨之中，並不輕易上街露面。君子結識淑女，大概通過一番介紹、見面。君子果然找到有這麼的一位窈窕淑女，可以成為君子的妻子。

「逑」，不是追求，而是匹配的意思；「好」也不是喜愛、喜好，那是動詞，而是形容詞，美好的意思。《紅樓夢》第八十二回裏說：「你倒別混想了，養養神，明兒好念書。」「君子好逑」的「好」字，大概是這個意思。

「窈窕淑女，君子好逑」，並不是君子「喜好」追求淑女，應該是：窈窕的淑女，是君子好的配偶。此外，也不是君子可以主動忙於去「追求」淑女，而是要通過一番程序，主要是需由第三者在旁撮合，為甚麼第三者要為君子如此隆重地尋找窈窕淑女呢？因為君子不是平常人，君子是重要的人物。

《詩經》裏的「君子」，不是一般的君子，不是孔子說的甚麼「君子之交淡如水」、「君子不立危牆之下」的君子，那是指道德高尚的人。當然，孔子有時也會稱貴族為君子。但《詩經》裏的君子，都是貴族。一般的皂、輿、隸、僕、臺、圉、牧等等級的人不能稱為君子，只有王、公、大夫、士才能被稱為君子。

《詩經》裏的人物階級森嚴，〈簡兮〉中有詩句：「公言錫爵」，公是貴族；〈女曰雞鳴〉中有詩句：「士曰昧旦」，士是貴族；〈魚麗〉中有詩句：「君子有酒」，君子是貴族。《詩經》中常常出現的詩句有「君子萬年」，這句話，其實就等於「我王萬歲」。

〈關雎〉中的君子，當然不是等閒的人物，如非貴族，焉能動用鐘鼓之樂來娶妻。王國維在〈釋樂次〉裏就說過：「凡金奏之樂用鐘鼓，天子諸侯同用之，大夫士鼓而已。」可見君子，非王即侯。君子配淑女，才是好的佳偶。

四、參差荇菜

寫〈關雎〉詩的作者，看來是生活在水邊的，常常可以見到雎鳩和荇菜。而雎鳩和荇菜，一定是在黃河的沙洲和湖泊池塘常見的，住在水邊的人，對牠們都很熟悉。這是生活。詩人想寫一首賀婚禮的詩，又或者，是他自己的婚禮吧，他在河邊路上散步，見到了雎鳩和荇菜，就自自然然地吟詠起來。可以說，詩人吟詠起「關關雎鳩」和「參差荇菜」，是因為見到了雎鳩和荇菜，或者是因為常常見到雎鳩和荇菜，腦中留下了深刻的印象，到了賦詩之時，就受了啟發，即興起來。

見物起興，是詠詩常有的現象，所以，〈關雎〉這一首賀婚嫁的詩，才會出現了雎鳩和荇菜。詩中的人物既有窈窕淑女，大家閨秀美麗的姑娘，又有君子，貴族王侯的身份，都是體面的人物，像這樣的人物，難道不應該用些更好的禽鳥和花卉來比喻他們嗎？詩人為甚麼不用鴛鴦、龍鳳、杏梅、睡蓮，或其他的珍禽異草來對比呢？雎鳩，即魚鷹，並非甚麼了不得的動物；荇菜也不過是一種野蔬，詩人詠入詩中，不過是以風物開篇而已。

起興的詩句與詩的意旨不一定相關，「關關雎鳩，在河之洲」之典，好像不過是因為「鳩」、「洲」可以和「君子好逑」的「逑」字協韻；同樣地，「參差荇菜」的左右「流之」、「采之」、「芼之」，可以和詩句的「求之」、「友之」、「樂之」協韻。

但起興，最好還是和內容呼應吧，那就是比。據説雎鳩這種鳥，對伴侶很專一。而且，除了睹物起興、湊押音韻，詩人就眼前的景物遐思之時，腦中浮想聯翩，物人融成一線，聲色也可以貫通的。雎鳩關關地啼叫，是和鳴；君子、淑女之婚嫁，也是一種和鳴。荇菜在水中忽左忽右地流動，不是也可以比喻窈窕淑女「宛在水中央」嗎？君子既然「寤寐求之」，自然會想到要「左右采之」、「左右芼之」了。

即使是起興，詩人也有所選擇，這邊是看來靜態的雎鳩，卻在鳴叫，尋求和應；那邊是看來隨水款擺的荇菜，卻是恆定的。一邊是動物，一邊是植物。一首短短的詩中既有靜有動，有君子有淑女，有雎鳩有荇菜，真是參差別緻了。

五、寤寐思服

一直覺得，〈關雎〉詩中最奇怪的一個字就是「寤寐思服」的「服」字。當然，詩裏「左右流之」的「流」字，也是可以叫人想爛腦袋的。

《詩經》裏的許多詩行都是「參差」的「反覆迴增」，例如緊接「參差荇菜」的三句：「左右流之」、「左右采之」、「左右芼之」。這樣的詩句，可不能簡單地把它們打發掉，說不外是一種文法上的連類對舉。倘說三句的意思都是一樣的，「流」即是「采」，「采」即是「芼」；「采」是採摘，「芼」是摘取，於是，「流」自然也就是取得、求得、採得的意思。因此，這三字詩的意思，不外是左左右右地去摘取荇菜。可是，「流」的意思，真的也是採摘嗎？還是，荇菜在水中流來流去，就是那麼簡單直接呢？「流」，真是一個煞費思量的字。

「寤寐思服」的「寤寐」是沒有問題的，指的是晨昏，醒着的時候，睡着的時候，從早到晚，整日整夜，君子思念窈窕淑女，無時無刻不記掛她。「思」是思念；「服」呢，原來「服」也是思念。當然，「服」字的聲音很好聽，放在詩行中有一種低沉的韻味。「服」古音「北」，和上句「求之不得」，和下句的「輾轉反側」押韻。如果把「寤寐思服」變了「寤寐思念」，就不那麼動聽了。

但我總是覺得，「服」字或者還有更深一層的意思，這個字可以衍生蓬勃的意義。例如說，君子思念窈窕淑女，一定有所聯念，假若他是一個謙卑的人，他會不會想到該如何去令她歡喜，送她一些甚麼禮物，該怎麼樣去對待她、服侍她？當然，這「服侍」，並非指奴僕對主人的服役，而是一種獻奉殷勤。從另一個角度來看，如果君子是一個男子漢大丈夫，自我中心的人物，他會不會想到要馴「服」她，就像莎劇裏的《馴悍記》（*The Taming of the Shrew*），怎樣把一個受嬌寵的女子改變為一個柔婉溫順的妻子？因為君子娶的是窈窕淑女，淑女有其賢淑的一面，而窈窕則可能又太過活潑了一點。這樣的想法，想得太遠了。

或者，思服就是思服，「服」就是最簡單的想念而已。對於這個奇怪的「服」字，真是拜服了。

六、悠哉悠哉

不知道為甚麼，許多年來，若是把「悠哉悠哉」當作輕鬆、愉快的意思來看待，或者是因為把它和「悠閒」聯念在一起，又或者是因為誤連了「優哉游哉」的緣故。「優哉游哉」是歡愉的，充滿快樂的氣氛，但「悠哉悠哉」剛好相反，是思念綿綿不盡的意思。所以，開初讀〈關雎〉詩時，讀到「悠哉悠哉」，不覺吃驚，一個求窈窕淑女不得而輾轉反側的人，怎麼會悠閒快樂呢。

「悠」在〈關雎〉詩中是憂思。君子求不得窈窕淑女，所以感到憂愁呀，憂愁呀。既然「求之不得」，「寤寐思服」，當然順理成章會「悠哉悠哉」了。但我忽然又回到「悠哉」是快樂的寫照這層意思上來了，君子求娶淑女，最後是「鐘鼓樂之」地娶她回家，這「鐘鼓樂之」可能是君子的想像，也可能真的成了事實。如果是事實，那麼，當君子慨歎「悠哉悠哉」的時候，所謂「求之不得」大概也只是或得或不得之間的感情，只是沒有絕對的肯定罷了。

在得與未得之間，君子應該是患得患失的；所以，在這個時候，君子的感情應該是憂喜參半，又快樂又不快樂。那麼，照這麼說，「悠哉悠哉」，或者有一個悠哉是憂思，另一個悠哉則是閒逸，並不是絕對地悲愁。

除了憂思，「悠哉悠哉」還指長遠，這長遠既可說是長久的憂思，也可以表示長夜漫漫，因為輾轉反側，多半是在晚上睡覺的時候；那麼，難怪君子既要慨歎憂愁呀，憂愁呀，愁到甚麼時候呀，愁到甚麼時候呀，又要慨歎夜太長了，夜太長了，思念何其長久，淑女何其遙遠。

「悠哉悠哉」，原來悠悠是憂愁，悠悠就是憂憂，就是迢迢，就是久久，悠悠不是優游，也不是悠然，悠然是閒逸的，不過，悠然之中是否也有一點兒憂愁呢？如果有，那麼陶潛雖然退隱山泉，也會憂國憂民的吧。陶潛的〈飲酒〉詩說：「採菊東籬下，悠然見南山。」他真的那麼灑脱，一點兒也不再關心官場黑暗、人間疾苦嗎？

當然，「悠然見南山」的陶潛是閒適的，但我總覺得這「悠然」裏面，總會也有一點兒的「悠思」味。

七、輾轉反側

最初認識「輾轉」這兩個字，是在學校裏的數學課上，當時老師教的是除法的輾轉相除。這種奇異的計算方法，被除數和除數排在並肩兒的三條直線間，不久就可以得出商數，如果除不盡也可以立刻得出結論，餘數更一目了然，不像普通的除法，除來除去一大串數目字，還得四捨五入甚麼的。

讀〈關雎〉詩時，一見到「輾轉」兩個字，就想起除法來了，果然，一個人睡覺時在床上反側，倒和輾轉相除法的兩邊反側十分相似；不過，輾轉相除法會讓學生喜笑顏開，君子對窈窕淑女求之不得而輾轉反側，則愁眉苦臉了。

《太平樂府》卷一喬夢符〈蟾宮曲．寄遠〉裏有句「飯不沾匙，睡如翻餅」，這「睡如翻餅」四個字，是「輾轉反側」的極其生動的寫照。常常看見一些電影裏有外國廚師製餅，那麼地手持煎鍋，把餅拋得丈高，然後接餅回鍋中。如果「輾轉反側」像這般翻法，大概是地震，翻到床下去了。「睡如翻餅」應該是中國式的，就像那些仿蔥餅的模樣，或者像煎普通的班戟，把一團揉的麵粉薄餅在鍋中不停地翻；而在鍋中翻餅，少不免油鍋吱吱，君子輾轉反側如翻餅，尚有苦被煎熬的意思在內哩。〈關雎〉中的君子，為了要窈窕淑女而寤寐求之，卻求之不得，這個「不得」，大概也是有兩層意思，其一是還沒有找到窈窕淑女，一直在找；另一個意思是找到了窈窕淑女，但還沒有得到女家的答覆。「參差荇菜」，荇菜不是明明在水面嗎，荇菜不在水中，不是水影，只不過，荇菜隨水流動，不易採摘罷了。

君子應該是見過窈窕淑女的了，也許，淑女自己也是貴族，她的父親有許多君子可以選擇，才遲遲不答應把女兒許配給別人，於是，君子就暫時「求之不得」，像被煎的餅了。君子如果想找一位淑女為妻，想想就是，至於那麼刻骨銘心般地「寤寐求之」、「輾轉反側」，就不會是純粹思念一個虛無縹緲的女子了吧。

八、琴瑟友之

由於《詩經》中有很多這類對舉的例子，所以，「琴瑟友之」這句話，就自自然然地和「鐘鼓樂之」連在一起了。於是，大家都說，君子迎娶淑女，奏起琴瑟來迎娶她，然後又奏起鐘鼓來迎娶她。而這，就和「左右采之」、「左右芼之」的結構一樣了。但我總是想，或者還有別的意思，不一定只是這類對舉也說不定，譬如說，「琴瑟友之」，可以並不單指迎娶的絲竹之樂，而是平時的娛樂，就像〈女曰雞鳴〉裏，不是也有「琴瑟在御，莫不靜好」，夫妻生活和諧嗎？

我覺得，〈關雎〉詩中，君子娶妻這故事，是分為四個階段進行的，簡直和一場戲劇一般。首先，君子想娶一個妻子，因為他本身是貴族，所以要選一位淑女做妻子，他理想的妻子當然是又賢淑又漂亮的，於是，媒妁就代他去到處留意窈窕淑女，或者，他自己在別的君子之家中偶然也遇到了。

君子遇到了窈窕淑女，這是第二個階段，且不管君子是怎樣見到窈窕淑女的，他終於找到他心目中的淑女了。但是，才相遇，如何能立刻迎娶她呢；況且，君子喜歡淑女，淑女又不知道喜不喜歡君子，還有，又不知道淑女的家長喜不喜歡君子。所以，在這個階段，君子才會「求之不得，寤寐思服。悠哉悠哉，輾轉反側」。

第三個階段，是女方答應了婚事了；或者，君子和淑女經過了一段交遊、見面，感情增進了。《詩經》時代的女子並非完全不能自由戀愛，她可以表示同意或者不同意。所以，淑女和君子常常一起見面，是可能的，那麼，兩個人見面時彈琴奏瑟，也不是不可能的事。當時的君子淑女既不看電影，也不上餐室，相信會以琴瑟相娛，增進友情，而演奏琴瑟，也是貴族公子哥兒、名門淑女顯示才華的一種手段。

君子和淑女終於訂下婚約，到了這個時候，君子才把窈窕淑女迎娶回家。是在這個第四個階段，赫赫君子才擺出了他的貴族排場，動用鐘鼓之樂來迎娶他的新娘。

琴瑟，和關關，都是相和的，詩句與時間，還遙遙呼應哩。

一九八一年二月二十日至二十七日

讀《詩經・葛覃》

葛之覃兮，施于中谷，維葉萋萋。黃鳥于飛，集于灌木，其鳴喈喈。
葛之覃兮，施于中谷，維葉莫莫。是刈是濩，為絺為綌，服之無斁。
言告師氏，言告言歸。薄污我私，薄澣我衣。害澣害否？歸寧父母。

一、葛之覃兮

我國遠古的原始人穿甚麼衣服呢？在最古代的時候，到了冬天，原始人大概會穿獸皮，因為狩獵本是原始人的主要生活課程。到了夏天，獸皮太熱了，原始人的夏衣，可能就是樹葉和野草了。

過了許多年代，獸皮仍是古人的冬衣，可是，到了夏天，人們發現了一種植物纖維，可以紡織成布、縫製為衣，這種植物，就是葛。《韓非子・五蠹》裏的記載：「冬日麑裘，夏日葛衣。」

葛是一種藤本植物，生長在氣候溫暖濕潤的山區，到處伸延纏繞的葛籐，點綴起一串串紫紅色的小花朵。這種野生的植物，是夏季的生物，只要在山間落下一顆種子，它就攀滿了滿山滿谷。

曹植的詩說：「種葛南山下，葛蔓自成陰。」李白的詩也說：「青煙蔓長條，繚繞幾百尺。」而《詩經》就說：「葛之覃兮，施于中谷。」葛的藤是多麼的長呀，一直攀延至滿山滿谷。葛的葉子由三塊葉片組成，所以一塊葉子，就變了三塊；葛藤本已密密麻麻，加上三合一的葉形，就顯得更濃郁了。所以，詩〈葛覃〉就說：「維葉萋萋」，又說：「維葉莫莫」。萋萋和莫莫，都是形容葉子長得非常茂盛的樣子。「維」是助語詞。唐代詩人崔顥的詩句就有：「晴川歷歷漢陽樹，芳草萋萋鸚鵡洲。」

〈葛覃〉一開始就用葛來起興：「葛之覃兮，施于中谷，維葉萋萋。〔……〕」葛之覃兮，施于中谷，維葉莫莫。」長長的蔓藤，漫延到了山谷之中，葉子多麼茂盛呀；長長的葛藤，漫延到了山谷之中，葉子多麼濃密呀。不過，除了起興，詩人不斷在描述繁茂的葛，是有意思的。在山野生長的葛，彷彿一個家庭中的父母，生了許多子女。後來子女一個一個長大，就像葛，愈延愈衍。到處攀纏的葛藤，愈伸愈遠，正像一個家庭中的年青人，長大之後，就分別離開了家，到遠方去了。子女別了父母，父母當然會懷念子女，而子女呢，也會懷念自己的父母，因為父母子女，本來就像葛和葛藤，原是聚生的，原是同根源的。

二、黃鳥于飛

〈關雎〉詩中出現過一種動物和一種植物，植物是荇菜，動物是雎鳩。〈葛覃〉詩也以植物和動物起興，植物是葛，動物則是黃鳥。雖然，兩首詩都各有一類植物和一類動物出現，對於生物的選擇，顯然經過安排，不是胡亂拼湊起來的。譬如〈關雎〉，詩人的選擇，以水為背景，所以選了水中的荇菜和水邊的雎鳩；而〈葛覃〉，詩人的選擇，則以陸地上的山谷林木為背景，因此選了山谷的葛藤和灌木的黃鳥。

黃鳥，依照郭璞的注，俗呼黃離留，亦名摶黍。黃離留即是黃鶯。不過，清代學者郝懿行則持另一個說法，認為黃鳥不是黃離留，名字雖然同是摶黍，卻是黃雀。大概，黃鳥就是螳螂捕蟬、黃雀在後的黃雀，是一類常見的小鳥。

葛籐是一種聚生的植物，而黃鳥呢？「黃鳥于飛，集于灌木。」從詩句中的「集」字來看，黃鳥也是聚居的鳥兒。詩人用黃鳥比對葛藤，指示彼此都連群結隊，甚至連黃鳥棲息的處所，也是叢生的灌木叢。

雎鳩的鳴聲為關關，黃鳥的鳴聲為喈喈。喈喈是一種悅耳的聲音，可以用來形容音樂，像「鼓鐘喈喈」，形容鐘聲；「八鸞喈喈」，形容小鈴。顯然，喈喈黃鳥，是指婉鳴的鳥，是快樂的鳥，唱着歌兒的鳥。

詩人為甚麼要寫快樂的鳥呢？你看，「黃鳥于飛，集于灌木，其鳴喈喈」，飛來飛去的黃鳥，都棲息在灌木叢中。黃鳥可不是一隻孤零零的鳥，而是一群鳥兒。既然一家團聚，不必分離，自然快樂地鳴叫了。

我們讀〈葛覃〉，一開始就目擊一幅群聚的景象：滿山滿谷的葛藤、密密麻麻的矮樹林、悅耳動聽的鳥鳴，既熱鬧又喧嘩，整個氣氛都充滿了活潑、溫暖和團圓。詩人為甚麼要誇張葛藤和黃鳥的群性呢？

〈葛覃〉要寫的是子女懷念父母的感情，葛藤和黃鳥既是典，也是比。成長了的子女，遠嫁去了，別了父母，但心中十分懷念，想回家去看看他們老人家，就像叢生的葛、咸集的黃鳥，可以聚首。

三、是刈是濩

夏天的時候，滿山滿谷長滿了葛藤，於是，人們就忙着收割葛了。葛的根可以當作食糧，葛的藤可以用來捆紮物件，而最重要的，是葛的纖維可以用來紡織。葛藤雖然堅硬，但如果放在沸水中煮過，就會變為柔軟茂密；同時，藤的本身會逐漸分離出一縷縷的白色纖維，如果用手把這些纖維搓擦，就是紗線了。

古代的人，在堯的時候，已經懂得用葛來紡線，做衣服穿，而一般的百姓，除了忙於養蠶，還忙於割葛。所以，詩〈葛覃〉就說：「是刈是濩。」刈是割，音艾，譬如刈草、刈麥；濩則是煮，通「鑊」，葛藤要經過煮的階段，才能變為鬆軟的纖維，用來紡織成葛布。

葛雖然是一種野生的植物，又不像蠶絲那麼珍貴，可是，葛布既是庶民的衣料，又是貴族的衣料。因為從葛纖維織出來的布通常有兩種，一種織得精細，一種織得比較粗糙；兩種布各有專名，細葛布叫做絺，粗葛布叫做綌。所以，貴族就穿絺，庶民穿綌。

葛布有它本身的特點，因為它是一種涼爽的布，穿在身上，尤其是夏天，能令人感到非常涼快。吳王夫差是一個大胖子，到了夏天，沒有空調，熱得難受，吳越之戰時，開初越國敗北，就想到去博吳王的歡心，使他漸漸放鬆對越的戒備。《吳越春秋．勾踐歸國外傳》載越王勾踐將精細的葛布十萬，獻給吳王，果然令夫差十分歡喜。可見葛布是夏天的上佳衣料，不但貴族穿，連帝王也穿在身上。當然，吳王穿的是精細的葛布，也即是絺。

「葛之覃兮，施于中谷，維葉莫莫。」長長的葛藤，延伸於山谷之中，長得非常茂盛，最好就是去把葛藤割下來，煮成纖維，然後織成細的葛布和粗的葛布。葛布是一種涼快的衣料，穿在身上，永遠也不會厭倦。

把葛「是刈是濩」之後，當然再把它「為絺為綌」，不管是細的絺還是粗的綌、平民百姓穿還是達官貴人穿，都有「服之無斁」的感覺。斁，音亦，無斁，就是沒有厭倦的意思。

四、言告師氏

詩〈葛覃〉一開始講的是茂盛的葛藤漫延在山谷裏，又講了喈喈啼叫的黃鳥棲息在灌木上。又說，可以割下葛藤，煮成纖維，織成穿起來涼快、叫人永不討厭的或粗或細的葛布。那麼，詩中有沒有人物呢？主角終於出來了，這個人物一出場就說：「言告師氏，言告言歸。」意思是說：我要去告訴師氏，我要回家去了。

顯然，這個人是一個離開了家鄉的人，如今要回家去。既然回家，為甚麼要告訴師氏呢？師氏是一個怎麼樣的人？這，就得看看不同的說法了。

許多人認為，詩中的人物是一個女子，而且是一個出嫁了的女子。因為只有出嫁了的女子，才離開了父母，想回娘家探望父母。師氏，大概是她的長輩，一個既是女師、又是褓姆的人物，女子想回家，於是先去告訴她。

但是，從《詩經》本身以及西周一些文獻所見，師氏顯然不是女子，不是女師或褓姆。《周禮》中說師氏掌教國子，並率所屬守衛宮門。從守衛宮門來看，似乎應該是一名武官。

《詩經．十月之交》也提到師氏：「皇父卿士，番維司徒，家伯維宰，仲允膳夫，聚子內史，蹶維趣馬，楀維師氏。」這是說甚麼呢？皇父是卿士，番是司徒，家伯是宰，仲允是膳夫，聚子是內史，蹶是趣馬，楀是師氏。皇父、番、家伯、仲允、聚子、蹶、楀，都是人，而卿士、司徒、宰、膳夫、內史、趣馬、師氏，都是周代的官職。卿士是周時王朝的執政官，一作卿事。司徒即司土，也是官，掌管國家的土地和人民；官司籍田，負責徵發徒役。宰是殷代已置有的官職，掌王家內外事務，為在王左右而贊王命者。膳夫，掌管食飲。內史，掌管著作簡冊，策命諸侯卿大夫，以及爵祿的廢置。趣馬，為司馬之官。而師氏，事實上是一名軍官。

「言告師氏，言告言歸。」看來，就不一定是一名女子對女師說要回家去，而可能是一名服役在外的兵士，對他的長官說，已獲得批准，可以回家探親，特來報告，向長官辭行。

五、薄澣我衣

想回家探望父母的詩中的人物，告訴了師氏說要回家之後，做了兩件事：第一件事是「薄污我私」，第二件事是「薄澣我衣」。其實，這兩件事本來不過是一件事，意思就是洗衣服。

因為長時期在外生活，現在要回家去了，所以要把衣服洗乾淨，穿得光鮮一點回去；總不能穿得像個乞丐，羞辱父母。洗衣服雖然是一件事，可是衣服卻有兩種，詩中描寫得很清楚，先是「薄污我私」，後來是「薄澣我衣」。「我私」與「我衣」有分別嗎？有。

認為詩中的人是女子，要回家探視父母的人說，這洗衣服的層次應該是第一次洗的是內衣，另外一次洗的是外衣。在周代，一般的人果然也有穿多件衣服的習俗，即使不是內衣，普通的衣服，也有一件罩衫，用來保護裏面的一件衣衫。所以，洗衣服就要洗內衣和外衣了。

李辰冬《詩經通釋》則認為，這兩種衣服是官衣和私衣的分別。這使我想起詩〈大田〉中的詩句：「雨我公田，遂及我私。」當時的人民要替國王種田，種完了國王的田，才種自己的田。「我私」，即自己的田地。那麼，「我私」，可能就是指自己的衣服。

服役在外的兵士，也許不是一名普通的小兵卒，說不定還有一點小官職，那麼，除了自己平日穿的常服外，就有上朝的官服了。既然有官服，那就更加要洗乾淨，好穿了回家去見見父母，光宗耀祖一番。

薄污和薄澣，都是指輕微地洗，為甚麼要輕微地洗呢？有了官職的這個人，穿的也許不是粗葛布，而是細葛布，精細的衣料，自然不宜大力搓擦。至於官服，一般上都是漂亮的衣服，上邊可能還繡有花紋、鑲上飾邊，就更加不可胡亂洗擦，在水中輕輕浣漂就可以了。

對於這樣的衣服，「害澣害否」呢？哪一件要浣漂，哪一件不必？為甚麼有的要浣漂，有的卻不必呢？當然，粗布衣可以隨便洗刷搓揉，細緻的衣服和官服，就在水中約略濯濯就行了。可有一種解法，認為「否」字是助語詞，無義，通「不」，翻成白話，只是「為何要洗濯呢？」，是因為要回家省親。這是我一位朋友說的。

六、歸寧父母

「歸寧父母」是回家去探望父母的意思。

一般來說，歸寧是指出嫁了的女子回家省視父母。這，就像一般人認為窈窕淑女，指的是美麗的女子。其實，窈窕也可以用來形容風度翩翩的男子，而歸寧，或者也可以指男子回家探親。

出外服役的一個人，告訴師氏，他要回家去看看父母了，於是，他把衣服取出來洗。他的衣服，是不是自己洗的呢？可能，這個人是個小官兒，那麼，他有一些僕人替他洗衣服了，因此，他就要仔細地告訴洗衣服的人，要薄污，要薄澣。

又或者，這個人的衣服不是僕人洗的，洗衣服的人是他的妻子。那麼，歸寧父母的，就不一定是一個人了。說不定是這夫婦倆一起離開工作的地方，回家去探望父母，而他們的父母，可能是男子的父母，也可能是女子的父母。

詩〈葛覃〉的最後一句是「歸寧父母」，整首詩寫了那麼多群聚的黃鳥、叢生的葛藤，不外想引導到這最後的一個場景：子女回家和父母團聚。離去的子女回家，像于飛的黃鳥，回來集於灌木。

這首詩，當然是由葛藤和黃鳥引到「歸寧父母」，但也可以反溯。一個歸寧父母的人，忙於洗衣服。衣服，則是人們「是刈是濩，為絺為綌」地織製而成的。這些絺綌，就是漫延在谷中的葛。從已製成的衣服，一直回溯到植物的本源，而這，不是正象徵了子女回到父母的身邊？

這首詩的特色，像其他《詩經》中很多詩一般，出現了好多個助語詞，這些詞，本身並無意義，但一旦把它們刪去，讀起來就失去了詩的韻味了。譬如「維葉萋萋」，「維葉莫莫」，若是變了葉萋萋、葉莫莫，哪裏會好聽呢。「言告師氏，言告言歸」，意思是：告師氏，告歸。可這樣的幾個字，完全不像詩句了。詩中的「于」字，也用得有力，黃鳥飛，集灌木，哪裏及得上「黃鳥于飛，集于灌木」。「是刈是濩」、「為絺為綌」、「害澣害否」的重疊，一點也不顯得負累臃腫；「葛之覃兮」的「兮」字，則更美麗了，後來，還當上了楚辭的歌手哩。

《詩經》是可以細讀的。

一九八一年三月二十日至二十五日

投我以木瓜

《詩經．木瓜》篇有「投我以木瓜」的句子。木瓜是薔薇科木瓜屬落葉灌木或小喬木，名見《爾雅》；葉身橢圓狀卵形，邊緣有鋸齒，先端尖銳，四、五月間，於枝端開單生五瓣花，白色或淡紅色。果實長橢圓形，稍類瓜，成熟後，淡黃色，具芳香。木瓜，又名楙，或名鐵腳梨。

顯然，木瓜是一種花果。那麼，《詩經．木瓜》篇說「投我以木瓜」，接着又說「投我以木桃」、「投我以木李」，木桃和木李又是甚麼呢？讀清初陳淏子輯的《花鏡》，內有「木瓜」條，附木李、木桃。文字說：「有鼻者木瓜，無鼻而澀者木李，比木瓜小而酢澀者木桃。」「木瓜」條注解則有：木李，係薔薇科，屬落葉，有刺灌木，或小喬木，果實洋梨形，大二寸左右，有芳香，黃色，外面有茸毛，十月成熟，苗作為梨類的碪木。木桃，是貼梗海棠的變種，果實小，色微黃，味酸。

一般人以為花果中有木瓜，沒有木李、木桃，大概是因為《詩經》頗多連類對舉的例子，所以才認為〈木瓜〉篇中出現了木李、木桃，只是為了應木瓜而順稱。不必拘泥。

「投我以木瓜，報之以瓊琚。」「投我以木桃，報之以瓊瑤。」「投我以木李，報之以瓊玖。」木瓜、木桃和木李都是花果，而瓊琚、瓊瑤和瓊玖都是美玉。為甚麼投我之物那麼微薄，而我回報之物卻那麼貴厚呢？看來，這樣的餽贈與答酬是不相稱的。是在甚麼樣的情況之下，才會出現這樣的投報呢？原來，報之以那麼貴重的瓊佩，不是計較錙銖的交易，而是「匪報也，永以為好也」。所以，瓊佩的相報，不是為了酬答投贈的花果，而是用作愛情的表記。所以，〈木瓜〉篇，是一首戀詩。

因為詩中有一個「投」字，就叫人想起初民投果的風俗來了。六朝時，風度翩翩的潘岳坐車出外狩獵，女子見了，爭投果物，車為之滿載。左思聞說，也坐車出外，他卻是一派田舍郎的憨模樣，女子投的盡是破瓦頑石。日本古代歌垣時節有投果的習俗，女子投果，男子若解佩玉以報，不僅僅意味回報，而是表示定情。所以，對於〈木瓜〉篇，許多人認為是女子向男子投果，男子報之以瓊佩。

《詩經．關雎》篇有「窈窕淑女，君子好逑」句。君子，泛指當時的貴族。身佩瓊玉的男子，大概都是貴族或顯赫的人家，像這樣身份的男子，應該娶一個窈窕淑女才是，會不會輕易對一個投果的女子解佩相贈呢？周代男女婚姻，雖也流行「以時會男女，相奔不禁」的古俗，讓未婚男女，有機會相親，但仍以父母之命、媒妁之言作主，否則，君子之家也不必參差荇菜般地去尋求窈窕淑女了。

《詩經．女曰雞鳴》中有「子興視夜」句。清晨雞鳴之時，女子說：雞啼了。士說：天還沒有亮啊。女子則說：你起來看看夜色吧。「子興視夜」的「子」字，指的是不願起來的男子。在〈女曰雞鳴〉這首詩中，又有這樣的句子：「知子之來之，雜佩以贈之。知子之順之，雜佩以問之。知子之好之，雜佩以報之。」詩句中的「子」，亦即是「子興視夜」句中的男子。把佩玉送給士的則是一名女子。女子說：知道你會來，所以把佩玉送給你；知道你順撫我的心意，所以把佩玉慰贈你；知道你喜歡我，所以用佩玉來報答你。

古時候的女孩子，也是會用佩玉來作為定情的物品的。所以，我想，〈木瓜〉篇的「報之以瓊琚」的人，可能也是一個女孩子。這個女孩子，因為意中人送了花果給她，所以把佩玉相贈，作為匹配的表記。

據《花鏡》的記載，木瓜，獨蘭亭宣城者最佳。宣州人滿山滿谷遍種木瓜，果實將熟時，把鏤花紙黏在瓜上，夜露日照，鏤花的地方漸變紅色，其紋如生，本州人用作土貢，名為花木瓜。可能，有這麼的一個男子，知道自己的意中人喜歡美麗的小玩意兒，故意找到了鏤花的花木瓜送給她，這難道不是一件出眾的禮物嗎？

宋代王觀國《學林》卷一說「木瓜」云：「……乃以木為瓜，為桃，為李，俗謂之『假果』者。（……）亦猶畫餅土飯之義爾。」其實，為甚麼不可能呢？如果有一個男子，能夠自己手作美麗的雕刻，雕了木瓜、木李和木桃等小擺設，送給自己的心上人，而她是那麼地歡喜。送些甚麼其實是不重要的吧，重要的是那份心意，而報之以瓊琚，要報答的也是對心，不是對花果，對了，「匪報也，永以為好也」。

一九八一年八月十三日

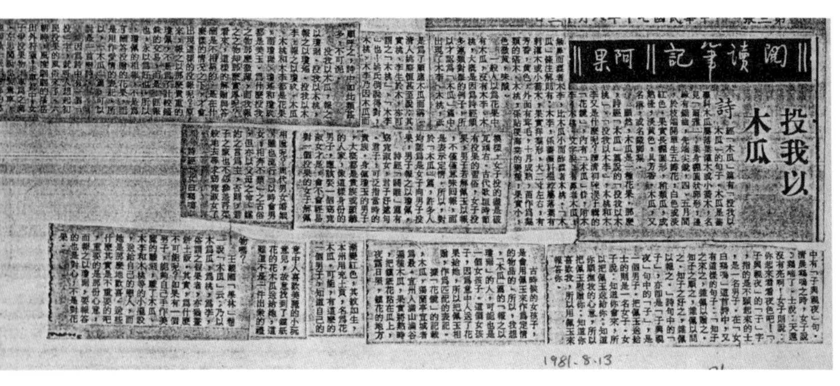

閱讀筆記 阿果

投我以木瓜

1981-8-13

阿果〈投我以木瓜〉（「閱讀筆記」專欄）

讀一些樂府

一、城中好高髻

讀《樂府詩集．雜歌謠辭》中的〈城中謠〉時，還以為這首有趣的歌謠寫的是今日的香港，可是，歌謠卻是寫的二千年前的長安。古時候的長安，是漢的京都，京都當然是繁華的地方，在一個繁華的大都市，我想，最能代表都市的色彩的，就要數婦女的服飾了。後漢時的長安婦女，她們穿的衣服原來也有一時一地的風尚，如果某一種髮型、某一種化妝、某一種服裝流行起來，大家都紛紛跟風，當時的長安，大概就像今日的巴黎。

那麼，後漢時長安的婦女流行些甚麼髮型、化妝和服飾呢？原來流行梳一個好高的髮髻。因為有錢的婦女梳上了那麼的一個高髮髻，長安的婦女忽然都彷彿長高了。〈城中謠〉對這種情況就吟道：「城中好高髻，四方高一尺。」

此外，漢代的婦女喜歡梳高大的髮髻，在這種髮髻上還要插上一步一搖擺的「步搖」，少的大概只插六個珠飾，但有的居然插上三十六個步搖，真是聖誕樹一般。而皇后謁廟，首飾假髻步搖，八雀九華，非常華麗。

除了髮型，就是臉上的化妝了。當時流行修眉，眉要細，要畫得非常長；於是民謠接着說：「城中好廣眉，四方且半額。」因為女子都修了好長的眉，她們就只剩下半個額頭了。

那時候，婦女的衣服流行的是大袖子，從手腕上垂下來，足足有幾尺長，於是，民謠又唱道：「城中好大袖，四方全匹帛。」因為大家都穿大袖子的衣服，四方的女子無不動用整匹綢料來做袖子。

於是，這歌謠，其實是諷刺。〈城中謠〉是後人加的名字，歌謠原本出自《後漢書．馬援列傳》所附的馬廖傳。馬廖是馬援的兒子，他上疏長樂宮以勸節省奉儉，引用了長安人的說話。篇內他另引一首民謠：「吳王好劍客，百姓多創瘢。楚王好細腰，宮中多餓死。」這個楚王，是楚靈王，這個昏君喜歡細腰，不是女子，而是男士，這是《墨子》書中說的，結果要奉承皇帝的臣子，不少飢餓至死。

早一陣，我在街上看見許多女子穿着很高的鞋子，忽然覺得自己彷彿身在長安，啊，城中好高腰，四方高半尺。

二、蓮葉何田田

我國以疊詞用作形容詞，《詩經》固然有很多，後世沿用，有時很趣妙，像宋代郭茂倩編的《樂府詩集》，其中〈相和歌辭〉的這首〈相和曲〉，寫的是江南的女孩子在水上採蓮，詩句說「江南可採蓮，蓮葉何田田」，「田田」這個形容詞可用得奇趣。如果去問一個三年級的小學生，他可能回答：蓮葉的名字是叫做何田田。

同樣是《樂府詩集》裏的〈清商曲辭〉，其中〈吳聲歌曲〉的一首〈子夜歌〉，有兩句詩是「夜長不得眠，明月何灼灼」，「灼灼」兩個字比較容易明白，明月是多麼的光亮，只要對小學生一說「灼灼」是光亮，他們就不會說：明月的名字是叫做何灼灼。

「田田」是指荷葉茂密飽滿的樣子，和種田一點關連也沒有。不知道將來描寫田間的風景時，可不可以寫「麥穗何蓮蓮」。

〈江南可採蓮〉這首民歌，除了用「田田」來形容蓮葉之外，最特別的就是一口氣寫了魚兒在蓮葉的東、南、西、北嬉戲。詩句是：「魚戲蓮葉東，魚戲蓮葉西，魚戲蓮葉南，魚戲蓮葉北。」

我國的樂府歌詩，大多都可以唱，有許多首都是把東南西北，重複地用在詩句中的，像〈木蘭詩〉的：「東市買駿馬，西市買鞍韉，南市買轡頭，北市買長鞭」，這是一種「互文」，駿馬不一定要在東市買，鞍韉也不一定要到西市，而是到處去購買。又譬如〈古逸〉中的〈夏后鑄鼎繇〉，詩句是：「逢逢白雲，一南一北，一東一西，九鼎既成，遷於三國。」

為甚麼詩句裏要東南西北一一數出來呢？我想，除了修辭的作用，大概也和我國的城市建設形狀有關。我國自古對方向的觀念分別得很清楚，天地乾坤，東南西北，每一個方向都有不同的代表，也和占卜的吉凶相關，於是人們就自自然然地重視起方位來。

看外國西部片時，常常見到銀幕上忠奸兩雄槍戰，總在大街上，不外是一條長蛇似的由東至西的直線。我國古代的都城街衢不是這樣的，以周代為例，當時的都城街道是九經九緯，南北為經，東西為緯，九經九緯就是橫直各有九條大街，人們一出家門，四通八達，能不辨別東西南北嗎？

三、打殺長鳴雞

每個人都喜歡星期日，不喜歡星期一，星期一可以說是一個星期中最令人唉聲歎氣的日子，尤其是星期一的早晨，一個寒冬的早晨，誰願意一早起床呢。所以，星期日是大家喜歡的，在星期日，許多人都可以睡一大覺，睡得飽飽的。

古時候的人，是不是都喜歡日出而作、日入而息，一早就快快樂樂地起來工作呢？原來也不是的，古時候也有人希望夜晚愈長愈好，不肯起床。

有一首民歌，叫〈讀曲歌〉，收在《樂府詩集》裏的〈清商曲辭〉，有八十九首之多，其中有那麼的一首，吟唱這首歌的人，因為晚上喜歡睡覺，連把他吵得不能入睡的雞和烏也憎恨起來，於是恨不得把雞都殺了吃，把烏都趕走。他的詩是這樣的：「打殺長鳴雞，彈去烏臼鳥。」據說長鳴雞不是普通的雞，要比一般雞高大，終日啼叫不絕。要是真有這種雞，倒也討厭。

「打殺」是把雞宰了吃，「彈去」，當然是趕走。看見「彈」字，不禁想起早年一些兒童手中握彈叉打鳥，原來在南北朝的時代，人們也會用彈叉打鳥，頑童的遊戲可算歷史悠久了。

「烏臼鳥」，據說是一種像烏鴉般的候鳥，天亮的時候才啼叫，把人吵醒。「烏臼鳥」，我倒想起太陽的名字又叫「金烏」，如果寫民歌的人所說的「烏臼鳥」也有太陽的意思，不願意太陽一早就升起來，那麼，他只能盼望中國的箭神后羿去把餘下的太陽也射下來。他已經射下了九個。〈讀曲歌〉的作者大概是天下最喜歡睡覺的一個人，因為他居然希望白天永遠不要來，黑夜一個接一個，一年三百六十五天，他認為只要有一個白天就夠了。所以，民歌的其他兩句是：「願得連暝不復曙，一年都一曉。」

《詩經》的〈女曰雞鳴〉篇，起首是說男的不肯起床。女子說：雞都啼叫了。男的卻說：天還沒有亮，不信推窗看天上，星光燦爛。女子催促他，說：你起來看看夜色，啟明星已經發亮了；可以到田野間去打獵了。這是夫婦的情話。

最近，讀到一位朋友還未發表的詩，其中一首倣效「女曰雞鳴」，寫現代人的感覺。大意是：妻子說：該起來上班了。丈夫卻說：天還沒有亮，讓我再睡一會兒。大概又是一個意欲「打殺長鳴雞」的人，不過要打殺或者彈走的是鬧鐘。

四、看花還看花

古時候的人，要從一個地方到另外一個地方去，通常要走很多路，那時候，交通不方便，走路有走路的難，乘船有乘船的險，所以，在詩裏面就有很多描寫行路難的詩句。

讀清代詩人黃景仁的〈新安灘〉，就知道浙江省的這一條新安江原來也和長江三峽一般，灘多水急，如果乘船打這條江經過，十分驚險。新安江源出安徽省，東南流入浙江，然後流入錢塘江，江中的灘，共有三百六十個。詩人是這樣寫的：

「一灘復一灘，一灘高十丈。三百六十灘，新安在天上。」

對於古代的旅客來說，趕路是焦慮的，不管甚麼江、甚麼峽，陸路還是水路，能趕一里就是一里，為了要到目的地去，只能一面走一面樂觀地計算，啊又離目的地近一些了。《樂府詩集．吳聲歌曲》裏，〈懊儂歌〉就是這樣的一首民歌：「江陵去揚州，三千三百里。已行一千三，所有二千在。」南北朝時的揚州，是如今的南京，從湖北省江陵到南京，共三千三百里，走了一千三，一半也沒到，路途真是十分遙遠，但旅人還是樂觀地說，還有二千里就到了。

古詩十九首的〈行行重行行〉，卻是愈走愈遠了。「行行重行行，與君生別離。相去萬餘里，各在天一涯。道路阻且長，會面安可知。……」因為是分離，路顯得更長，心情也顯得更沉重了。

不過，偶然也有人在旅途上是非常愉快的，像明代高啟的〈尋胡隱君〉，讀來令人十分神往：「渡水復渡水，看花還看花。春風江上路，不覺到君家。」水渡了又渡，顯然，路途並不短，可是，這是春天，一路上剛好繁花錦繡，所以一面看花一面走，並不覺得疲倦；但最重要的還是個人的心境，作者走這一段路，是去探訪朋友，心情就和生離死別、擔憂別後家中的情況等等完全不同。

在旅途中能夠有「看花還看花」的環境、心情，實在叫人羨慕，讀這樣的詩，就像讀李白〈早發白帝城〉和杜甫〈聞官軍收河南河北〉，節奏明快，坐在輕舟，同樣反映愉快的心情，一個不絕聽到猿聲，另一個難得知道好消息。

五、枯魚過河泣

有那麼一條魚，不知如何樂極忘形，在河裏游錯了路，不小心，就給漁人捉去。這時候，要懊悔也來不及了。牠被別的買魚的人買去，帶了牠在河上經過。見到了河，魚怎能不痛哭呢，現在，牠是再不能回到河裏去了，不久，它就要被人吃掉了，即使不吃掉，這條命也是要烏有的了。

在過河的時候，魚忽然想起河裏還有其他的魚，譬如魴魚和鱮魚，也就是一般人稱的鮕魚和鰱魚。過河的魚於是想，這些河裏的魚，大概會和自己一樣，不知道世途的險惡，牠們在河中游來游去，會不會也得意忘形，和自己一樣不小心，被人捉去了呢？

過河的魚決定要把自己的經驗和不幸的遭遇告訴仍在河中的魚類，叫牠們必須謹慎，出入要小心，不要像自己一樣糊塗大意，被人捉了去。過河的魚並沒有在過河的時候對着河中的魚大聲疾呼，演說一番，而是給牠們寫一封信，把自己想說的話相告。

過河的魚的故事，出自《樂府詩集》中的〈雜曲歌辭〉，一共四句，是這樣的：「枯魚過河泣，何時悔復及。作書與魴鱮，相教慎出入。」這個枯魚的故事，當然是寓言，但這條再又過河的魚，可真奇怪。枯魚，當然是一條離開了水的魚，甚至是一條快要死的乾魚；魚離開了水，自然枯了。但枯魚居然還能哭，乾了的魚還有淚水呢。

過河的時候，枯魚一定還沒有死，因為它還有知覺，知道自己是在過河，又想到要救別的魚。這個故事，我覺得最奇怪的還是「作書與魴鱮」，枯魚竟然還能寫信，哪來的筆與紙，又到甚麼地方去寫呢？水裏有收發信件的郵局麼？「作書」這件事，反映了我國讀書人的習慣，有問題就修書一封，有話不快說，再來不及後悔。所以，顯然這魚是人扮的，遇上甚麼挫折，或者上當受騙，諸如此類，向大家提示小心。

就當是魚吧，過河時何不大聲喊叫，當作自己在海德公園吧，忠告一番；過了河，哪裏還有機會和條件呢。這魚也可算是一條笨魚了。過了河，進了別人的廚房，更加後悔莫及了。

六、織絹二丈五

〈綿州巴歌〉是一首描寫瀑布的民歌，歌詞裏可是一點兒也沒有提到「瀑布」兩個字。歌是這樣的：「豆子山，打瓦鼓。揚平山，撒白雨。下白雨，娶龍女。織得絹，二丈五。一半屬羅江，一半屬玄武。」

這是南北朝時可以唱的詩歌。歌裏描述了兩座山、兩條水：山是豆子和揚平，水是羅江和玄武。瀑布從山上像絹一般瀉下來，流在兩道江水裏。

瀑布從高山上瀉下來，發出清脆的響聲，好像有人擊打瓦鼓一般。如果把豆子放在空的容器中搖響，大概也會發出響聲，所以，在豆子山上打瓦鼓。不但描寫瀑布的聲音，也把豆子和瓦鼓放了在一起聯想。同樣地，揚撒白雨的山是揚平，水流就在山上揚散，像雨一般撒了下來。

瀑布像甚麼呢？像絹，好長的一幅絹，整整二丈五長，瀑布這種絹是誰織成的呢？當然是龍女了。絹是龍女織的嫁妝，因為龍女要出嫁了，山上才打起瓦鼓來。

〈綿州巴歌〉的「巴」就是「巴蜀」的「巴」，是四川。綿州，叫人要想起李白來了，因為李白的故鄉有說是綿州。這個地方，就是如今四川的綿陽。

〈綿州巴歌〉和別的民歌不怎麼相同，別的民歌多數是四言、五言，這首歌是以三言為主。我在四川旅遊時曾請當地人唱一首民歌，他這樣唱過：「張老三，我問你，你的家，在哪裏？我的家，在山西，過了河還走三百里。」歌和〈巴歌〉的三言句式倒十分相似，但詞中提到山西，又不知是不是山西的民歌。不過，唱的人用的是四川話，我也模仿四川方言唸了一遍，效果比用粵語好。

〈巴歌〉中提到瓦鼓，這是一件十分原始的節奏樂器，大概也是民間流行的樂器，但絹就不是民間的布帛了，傳說中的龍女，是樸素的人物，為甚麼要織絹呢？把絹比喻瀑布，純淨潔白，真是美好的意象。但絹是適當的嫁妝嗎？我浮想聯翩，懷疑這絹不是織來自用的：南北朝時政府向民間徵收織品，絹，大概是織來交稅的。那麼〈木蘭詩〉中的木蘭，織織復織織，可能也是交稅的絹匹。

說龍

一、龍戰于野

古代的大戰，使人想起黃帝大戰蚩尤。當時不但動用無數牛鬼蛇神，還要到凶犁土邱山的南端，把有翼的應龍找來助戰。不過這應龍也不是了不起的，能下大雨，卻被對手的風伯雨師打敗。仗打得不簡單，不斷有其他加入，後來連雷神也殺了，從他的身體內抽出一根大骨頭來當鼓槌，敲打用夔的皮做的鼓，擂得山鳴谷應，果然好一場大戰。這是袁珂在《中國古代神話》裏說的故事。

《墨子》〈貴義〉篇也說到戰龍的事：「帝以甲乙殺青龍於東方，以丙丁殺赤龍於南方，以庚辛殺白龍於西方，以壬癸殺黑龍於北方。」照這樣看，龍不可謂不多，不但多，而且分佈四方八面，還有各種顏色。

《周易》中出現的所謂「龍」，其實只是取象，因為乾代表天，卦就以龍來代表天。在乾卦中，一共有六條爻辭提到龍，分上下乾。上乾：上九，亢龍，「亢龍有悔」、九五，飛龍，「飛龍在天」、九四，躍龍，「龍躍在淵」；下乾：九三，惕龍，「君子終日乾乾，夕惕若厲，無咎」、九二，現龍，「見龍在田」、初九，潛龍，「潛龍勿用」。至於「用九」，則是「群龍無首」。

「龍戰于野」並不屬於乾卦，而是屬於坤卦。值得注意的是，乾卦中的「上九」是「亢龍有悔」，坤卦中的「龍戰于野」是「上六」。上、九、六是甚麼意思呢？卦形是用或長或短的橫短線來表示的，譬如乾，像一個三字（這些一橫一橫的線叫做「爻」）。每卦有六爻。爻分陽爻和陰爻，一條長線直過是陽爻，中斷的線是陰爻。甚麼初九、九二、九三……是「爻題」；初，是卦線最低的一條線，上則是最高的一條。凡陽爻都稱九，陰爻都稱六。

乾卦的上九，是乾爻中最高位置的爻線；陰卦的上六，也正是陰爻中最高位置的爻線。「亢龍有悔」是指龍升至窮極的地方，必須變才行；同樣地，「龍戰于野」也是卦象上的爻升到最窮極的位置，也必須變才行。這一乾一坤、一天一地、一陽一陰之兩股勢力，都到了極盡，就像天上行雷時的情況一般，雲層與雲層擊撞起來，就成為龍戰于野了。上六爻辭說：「龍戰于野，其血玄黃。」我認為血是指血統，玄黃是指天玄而地黃。經過一場大變動，天地合而為一，本來天為天、地為地，玄為玄、黃為黃，都混成一統的血，由這玄黃一統的血液，才衍生了風雷水火和山澤。

所謂「易」，其一的意思，不就是變易嗎？其次是簡易；再其次，倒是變中的不變。

二、群龍無首

讀過希臘神話，或者看過一部電影叫做《幻想曲》（*Fantasia*），就知道甚麼是叫做人頭馬的動物了，人頭馬既不是人也不是馬，因為牠有人的頭和手，卻有馬的軀幹和四隻腳。

我國沒有人頭馬，但有許多的人頭龍，所有這些一半是人、一半是龍的生物，都是神話中的神。例如《山海經》中〈海內東經〉的雷神，龍身而人頭。我的《山海經》，就是中國神話專家袁珂的校注，還附有繪圖。〈西山經〉的鼓，人面龍身；〈南山經〉記載，天虞之山以至南禺之山，諸神皆龍身而人面；〈中山經〉記載，自首山至丙山，諸神也都是龍身人面；〈海外北經〉的燭龍，則人面蛇身。其實，所謂蛇身，有時指的也是龍身。牠張開眼睛，是白日天明；閉眼，就成為夜晚。燭龍即祝融，是火神，本來是一條火龍，祝融是楚的始祖，到了後來，漢高祖是楚人，故也是赤龍。至於軒轅黃帝，又是一條黃龍，人面蛇身。

奇怪得很，神話中的這些既是龍又是人的生物，大多都有一個龍的身體，幾乎沒有龍的頭，真是群龍無首了。查起來，只有一條，是〈南山經〉中的，自招搖之山，以至箕尾之山，「其神狀皆鳥身而龍首」。瀕臨絕滅，真應該受到保護。在那些奇異的生物中，竟大多都是龍身蛇身人頭，甚至不止一個頭，像相繇，蛇身，共有九個頭。

古代的生物為甚麼會有人頭龍身的形態出現的呢？我想，這些生物大概是處於

「種變」的情況下出現的，就像蛇褪去一層皮一般。生物可能要變成人，像科幻世界的生化人。但只變了一個頭，身體正在蛻變中。

「群龍無首」，所以沒有了龍頭，是因為變了。一條只求盈、高、窮、極的亢龍，如果不求變，是無路可通的，窮則變，變則通，「變」，才是亢龍的出路。

乾卦用九「見群龍無首」的斷占之辭為「吉」，有人說，群龍無首，是因為群龍在天上，頭都給雲遮蔽了，卻仍見到龍的身體和尾巴，既然龍在天上，是騰升之象，應該是吉兆。但我始終認為「見群龍無首，吉」的「吉」是因為有變，乾卦到了上九「亢龍有悔」，中斷的橫線（爻）已升至最高，爻一共六條，並沒有第七條，所以，過了上九，根本出現了無首的現象。「見群龍無首」的卦題為「用九」，「用」是變的意思，「用九」即是到了這個九就要變了。而事實上乾卦到了用九之後，就一變為坤卦了。

三、潛龍勿用

讀樂府民謠〈綿州巴歌〉時讀到「下白雨，娶龍女」。龍女，大概是住在水底的宮殿裏的。通常，美麗溫柔的龍女就是龍王的三公主，龍王則有無數蝦兵蟹將，是水底下掌握大權的生物。如果說天地之間真有潛龍，這龍潛伏的地方，相信不會在天上或在雲間，龍當然可以潛伏在山洞裏。可是說起「潛龍」，容易叫人聯想到水，潛龍應該是潛在深淵、潛在潭底，是潛在水中的。據說，一些有德行、有才能的人，不為世用，或仍未被人賞識，或時機未至而暫時隱居，是潛龍。只要是一條潛龍，一旦揚眉吐氣，就能飛躍上天。

潛在水底的龍，好像並非全部是有德行的龍，有不少的龍是孽龍，時時興波作浪，禍及百姓。所以，就有英雄人物出來伏龍了。周處除三害，三害之一是一條孽龍。周處本領大概不弱，可惜不知道他除龍時的詳情如何；比起來，李冰殺龍的過程就精彩萬分了。

據唐代盧求《成都記》的記載：

冰乃入水戮蛟，己為牛形，江神龍躍，冰不勝。及出，選卒之勇者數百，持強弓大箭，約曰：「吾前者為牛，今江神亦必為牛矣，我以太白練自束以辨，汝當殺其無記者。」遂吼呼而入。須臾，雷風大起，天地一色。稍定，有二牛鬥於水上，公練甚長白，武士乃齊射其神，遂斃。

李冰誅孽龍，彼此都化身為牛，真是好一場大戰，合許多兵卒的能力才把蛟龍殺死，亦有傳說龍沒有死，仍鎖在離堆下的深潭中。無論如何，李冰建築的都江堰，工程真不簡單，其實是一場大戰而戰勝了大自然。

早幾年，我雙腳踏在灌縣古城的離堆上時，不禁想起李冰父子治水不易。蛟龍者，應就是洪水。

遠古時代的人，上至天子下至庶民。無不十分迷信，無論大小事情，都要占卜一番。行軍打仗，出門遠行，播種犁田，都要先占卜然後才下決定。《周易》，朱熹

閱讀筆記

潛龍勿用

‧阿果‧

讀民謠「綿州巴歌」時讀到「下白雨，娶龍女」。龍女，大概是住在水底的宮殿裡的。通常，美麗溫柔的龍女都是龍王的三公主，龍王則有無數蝦兵蟹將，是水底下掌握大權的生物。

如果說天地之間眞有潛龍，這龍潛伏的地方，相信不會在天上或在雲間，龍當然可以潛伏在山洞裡。可是說起「潛龍」，容易叫人聯想到水，潛龍應該是潛在深淵，潛在潭底，是潛在水中的。據說，一些有德行，有才能的人，不爲世用，或仍未被人賞識，或時機未至而暫時隱居，是潛龍。祇要是一條潛龍，一旦揚眉吐氣，就能飛躍上天。

潛在水底的龍，好像並非全部是有德行的龍，頗有不少的龍是孽龍，時時興波作浪，禍及百姓。所以，就有英雄人物出來伏龍了。周處除三害，三害中之一害是一條孽龍。周處本領大概不弱，可惜不知道他除龍時的詳情如何，比起來，李冰殺龍的過程就精彩萬分了。

據「成都記」裡的記載：冰乃入水戮蛟，己爲牛形，江神龍躍，冰不勝。及出，選卒之勇者數百，持彊弓大箭，約曰：吾前者爲牛，今江神亦必爲牛矣，我以大白練自束以辨，汝當殺其無記者。遂吼呼而入。須臾，雷風大起，天地一色。稍定，二牛鬥於水上，公練甚長白，武士乃齊射其神，遂斃。

李冰誅孽龍，彼此都化身爲牛，眞是好一場大戰，合許多兵卒的能力才把蛟龍殺死，亦有傳聞說龍沒有死，仍鎖在離堆下的深潭中。早年我雙脚踏在灌縣的離堆上時，不禁想起李冰父子治水不易。蛟龍者，當爲洪水也。

古代的人，上至天子下至庶民，無不十分迷信，無論大小事情，都要占卜一番。行軍打仗，出門遠行，播種犂田，都要先占卜然後才決定做不做。「周易」，有人認爲是我國古代闡明事物變化原理的書籍，也有人認爲是一部占筮的書。「潛龍，勿用」，是易乾卦中的一條陽爻，如果筮過這條「潛龍」卦，最好就是不要做心目中想實行的事了，因爲「勿用」就是指示不可有所施行也。

阿果〈潛龍勿用〉（「閱讀筆記」專欄）

等人認為是一部占筮的書，又有人認為是我國古代闡明事物變化原理的書籍。「潛龍，勿用」，是乾卦中的一條陽爻，如果占筮出現這條「潛龍」卦，最好就是不要做心目中想做的事了，「勿用」就是指示不可有所施行。

四、見龍在田

據說，我國古代是有龍的，這些龍，雖然為數不多，但和牛、羊一般，有人飼養，而且在地面上走來走去。不過，養龍和養牛、養羊可不一樣，養龍是要學過的，普通沒有本領和經驗的人，會把龍養死。

平民百姓在家裏養的是豬、牛、羊。國王在宮中養的是龍。當時，夏禹有兩條龍，養在龍宮裏，這一雌一雄的兩條龍，是南潯國從地脈深處掘出來獻給天子的，當成寵物。由於國王有龍，所以有人專門去學養龍，世世代代傳下來，倒也成為養龍一族。

到了夏代的孔甲為王時，孔甲也很喜歡龍，他同樣有兩條龍，卻找來了一個養龍術不精的劉累去照顧龍，結果，烏攪了一陣，死了一條雌龍，還剁成肉醬在鑊裏蒸好拿去給孔甲吃。後來，劉累自然逃走了。這次，孔甲找到真正的養龍的能手了，國王找到的人叫師門。被劉累弄得生了病的另外一條龍，經過師門的照顧，不久就精神振作，容光煥發了。

被師門照顧得好好的一條龍後來怎樣了並沒有人知道，因為師門雖然是養龍的高手，可不是一個像劉累般好阿諛諂媚的人；不久，國王孔甲對他看不順眼，就把他殺了，把屍首埋在老遠的荒郊曠野。哪知屍首一埋下就刮大風下大雨，山野林木熊熊地焚燒起來。國王孔甲在宮中遠遠看見，很是害怕，親自乘車到郊外去向師門祈禱，求他不要作怪。國王祈禱後回宮，在半路上就死掉了。

孔甲和師門都死掉了，宮中的那條容光煥發的龍就不知道怎樣了。這條龍的運氣大概也不會很好的，即使孔甲之後有別的子孫當上了國王，可是真正會照顧龍的人已經愈來愈少，甚至沒有了。

孔甲的龍是生活在地面上倒霉的龍，可是，要是在占卦時占到了乾卦的陽爻九二「見龍在田」，卻是指好運氣，因為據説龍既然出了水，到了地面，不久就會乘雲騰升。所以占筮遇「見龍在田」，爻辭是「利見大人」。大人是貴人，居高位者。有貴人相助當然是好事。如果求職面試，必獲錄取吧。

五、龍躍在淵

孫悟空是從石頭裏跳出來的，《巨人傳》的高康大是從母親的耳朵出生。夏的國王禹，則是從他父親的肚子裏誕生。

天帝命鯀去治水，水很難治，鯀知道天帝有一件寶物叫「息壤」，是一種生長不息的土壤，如果投在地上，馬上愈長愈大，積成山，堆成隄，鯀認為「息壤」可以阻塞洪水，就偷了「息壤」。於是天帝大怒，派火神祝融把鯀在羽山殺了。

鯀的屍體過了三年也沒腐爛，而且，居然懷了孕，肚子裏一直成長的生命就是禹。因為鯀的屍體不腐爛，天帝又派了天神，用「吳刀」去剖屍，肚子一剖開，卻跳出一條龍來，鯀自己也變成了黃龍，跳進羽山的羽淵裏，而禹，就從羽淵之上躍了出來。

禹後來也去治水，他會治水，因為他本身就是一條龍。禹治水不用他父親的方法，他不用甚麼泥土去阻塞水流，而採用疏導的方法，他叫應龍走在前面，把尾巴在地上畫道指引，依照指示的地方開鑿河川，把水引出大江大河，流向大海。

除了應龍，禹還有別的大龍小龍幫助他。有的龍會做錯事，譬如帶錯路，把水引向了別一道峽谷。由此可見，不是所有龍都聰明能幹，可也有笨龍。據説，長江三峽的「錯闊峽」，就是那條笨龍帶錯了路，鑿錯了的峽谷。

後來禹當了國王。《尚書大傳》描寫禹受禪時「舜為賓客，禹為主人，百工相和而歌《卿雲》，於時八風循通，卿雲藂叢，蟠龍賁信於其藏，蛟魚踊躍於其淵，龜鼈咸出於其穴」。為甚麼夏禹受禪，興高采烈的不是飛禽走獸，而是些蛟魚龜鼈呢？那當然因為禹本身是一條龍，龍是水族之長，龍王受禪，魚鼈能不特別感到興奮嗎？

《周易》九四陽爻為「或躍在淵」，這是可喜的現象，因為潛伏的龍，不但跑到了地面上，還躍在江河之上，那麼，不久當然要飛上天空了。占卦者如果遇上這條「或躍在淵」的卦，雖沒極好的運氣，但也是沒有災患的，因為乾卦爻題九四的「或躍在淵」，附屬的斷占辭為「無咎」。

六、飛龍在天

龍是水陸兩棲的動物，不但能潛水，還能上陸地走路，但龍比甚麼青蛙、烏龜又大大不同，因為龍能夠飛，凡是龍，幾乎沒有不能飛的，所以沒有飛，只不過是由於時機未到，做了潛龍而已。

翻開楚辭，就會遇見無數到處飛的龍了，甚麼「駕飛龍兮北征」、「飛龍兮翩翩」、「乘龍兮轔轔」、「駕龍輈兮乘雷」，都是一古腦兒的飛龍，而且，一般上所駕的龍又不止一條，通常是二龍、六龍，更有「駕八龍之婉婉兮」。所有那麼多的龍，彷彿給聖誕老人拖雪橇的鹿一般熱鬧。

《史記．封禪書》裏記了一條奇怪的大龍：

黃帝採首山銅，鑄鼎於荊山下。鼎既成，有龍垂胡髯下迎黃帝。黃帝上騎，群臣後宮從上者七十餘人，龍乃上去。餘小臣不得上，乃悉持龍髯。龍髯拔，墮，墮黃帝之弓。

一條龍能夠載七十多人在天上飛，真是奇異的景象。在天上飛的龍，當然和潛在水底的龍不同；潛龍藏頭藏尾，躲起來不見人。所以，占卦占到了潛龍，就要打消一切的主意，不行兵，不出門，不播種，不婚娶，不探友。可是，占卦占到了「飛龍在天」就好了，因為「飛龍在天」是飛黃騰達、吐氣揚眉、大展抱負等等的寫照。既是飛龍乘雲，事業如日中天，怎能不是好現象。龍飛於天是騰升之象，這條卦的斷占之辭和「見龍在田」一樣，也是「利見大人」，大概也是運氣非常好的了。

《周易》的乾卦，有七條筮辭是取象之辭。取的象一律用龍，只有一條是用說事之辭，即九三的「君子終日乾乾，夕惕若厲」。由於這和要說的龍無關，就按下不說了。取象的辭所以用龍，當然是因為在古代，龍是氏族的圖騰象徵。但乾卦的龍，從筮辭的次序來看，顯然並非雜亂無章，而是有所安排，層次井然。初九為潛伏的龍，九二為在地面上的龍，九四為躍在淵上的龍，九五為在天上飛的龍。從這一個圖表來看，顯然，龍的出現是從下而上，一直上升。飛上了天的龍又怎樣呢？有人說牠繼續升，有人則說牠掉下來了。

七、亢龍有悔

一條龍從地下冒出來，在地面上出現，一點一點地騰升，終於躍過淵，飛上了天。飛上了天的龍將怎樣，繼續升空，還是回到地上來？

有人說，飛上了天空的龍是回到了地面上，不但回到地面上，還躺了在池澤之中。池澤是水淺的地方，龍既然生活在淺水之處，是倒霉的象徵。因此，在池澤中的龍，斷占之辭就用了「有悔」兩字，有悔乃是困厄的意思。

據說，《周易》的初本或有圖與文辭並例，「亢龍有悔」的爻辭附有一圖，繪一龍在池中，但這只是臆測和想像，因為「亢龍有悔」的「亢」字，並無池澤的意思，那麼，飛了在天空的龍，並沒有回到地面上來。

以為「亢龍有悔」並非龍在池澤的人，指「亢」是更高，比高還要高的意思。「亢」的本意是高傲。那麼，飛了在天上的龍，不但沒有回到地上來，反而繼續再靠向更高、更窮盡的高空去。一切事物，過了分，就不是好現象了。月亮到了最圓的時候，就開始缺，滿盈則虧，物極必反。飛到天空高處的龍，還要繼續朝上飛，正如《周易．十翼》中的一篇〈文言傳〉的說法：「知進而不知退，知存而不知亡，知得而不知喪。」

所以，作為一條「亢龍」，就不是好龍了。「亢龍」的斷占之辭是「有悔」，只求盈、高、窮、極，豈不是自陷厄境。

「亢龍」是池澤之龍，還是知進不知退之龍，我取後者，認為這龍是離開地面更遠了。我認為「亢龍」是走得更遠的龍，是看乾卦的卦形來推測的。乾卦的卦形是兩個橫排的三條線，像兩個三字上下並列。六條橫線無一中斷。初九「潛龍勿用」之六橫線，第一條線是中斷的。九二「見龍在田」斷的是第二條線。到了九五「飛龍在天」，中斷的是第五條線；而上九「亢龍有悔」，是第六條橫線，亦即是最上的一條線中斷了。從斷線的圖表來看，中斷的線彷彿一條移動的龍，愈升愈高，最後終於升到了最高的一條線，由「飛龍在天」到「亢龍有悔」，是升，不是降。飛龍在天是好的，飛得太高就出事了。做人處事，要不亢不卑。

八、屠龍術

神話裏的龍又是怎樣的呢？

據說師門是養龍的人。他不但會養龍，還能夠使火作法，是一個異人。他平日喜歡吃桃花。他的師父是嘯父。嘯父也是一個奇異的人，數十年來一直在西周市上補鞋，沒有人知道他的本領。他會燃起幾十堆火，把自己焚燒，然後乘着火煙，飛升上天。這套本領，他傳了給另外一個弟子梁母。

師門是養龍的人，朱泙漫卻是一個屠龍的人。他的師父叫做支離益。《莊子·列御寇》裏記：「朱泙漫學屠龍於支離益，殫千金之家，三年技成，而無所用其巧。」由於找不到龍。

嘯父和師門都是異人。朱泙漫和支離益是甚麼人，就無從稽考了。只知道支離是複姓；朱泙，可能也是複姓。養龍大概是一件很難的事，因為養龍的人必須懂得龍，牠的個性，牠的生活習慣。而且，龍很少很少，已臨絕滅，難得有實習的機會。不過，師門會養龍，他結果也養了一陣龍，而且證明他的確把龍養得容光煥發。

屠龍大概也不容易，學這一門學問，三年才畢業，學費也實在昂貴，朱泙漫因此要耗盡家產，才把技藝學成。結果，因為世上找不到龍，學無所用。師門向嘯父學養龍，嘯父既然是異人，當然不會志在學費；而支離益，卻收了弟子那麼多的學費，雖說是收了三年就畢業，也不知那套本領管不管用，實在叫人懷疑。

朱泙漫學屠龍之術，在還沒有拜師之前，他應該知道，世界上的龍已經很少，可能根本就沒有了。既然知道，為甚麼還要去學這種本領呢？朱泙漫學屠龍的動機是甚麼呢？

如果朱泙漫學屠龍是為了炫耀自己有一種了不得的本領，那麼，這種態度是不足取的；不過，如果他學屠龍是為了自己的興趣，不求功利，那倒是值得佩服了。就像如今有人學習拉丁文一樣。他是龍迷。

從朱浮漫學屠龍這個寓言來看，我倒想起如今的許多家長，千方百計要子女讀英文中學，找一份有出息的職業，並不理會子女個人的性格和志趣，這，正是害怕「三年技成，而無所用其巧」，所謂「無所用」，當作找不到飯碗解。

一九八一年三月六日至十四日

無從糾正

喜歡和一些「無從糾正」的人聚在一起。這「無從糾正」包括很多方面，但不是殺人放火。

最好就是碰上一些衣服穿得「無從糾正」的人。這些人從來沒把衣服當作壁畫，在他們，衣服就是衣服，每天穿在身上，不過是因為每個人都這樣。所以，他們不理會衣服顏色質料款式，肥瘦長短，胡亂穿起來就算，你流行甚麼中庸也好，迷你也好，密實也好，透視也好，他們不理，數十年如一日，穿自己喜歡穿的衣服，有時穿起來叫人很看不順眼，例如顏色一塌糊塗、不懂利用款式藏拙之類，總之，第一流的婦女雜誌編輯見了會為之氣結。

和衣服穿得「無從糾正」的人在一起，心裏少了很多負擔，決不會擔心他們忽然問你，喂，你這雙皮鞋是不是查里佐丹，又或者皺着眉頭把你從頭打量到腳，說你頭髮不合格，襪子顏色太淺。穿衣服穿得出色的人，多半是美容時裝顧問，喜歡改造別人；但衣服穿得「無從糾正」的人沒這種毛病，自己的衣櫥裏只得兩件衣服，而且古老醜怪，不要緊，穿「無從糾正」服裝的人的眼睛是看不見它們的，這些人也不會打電話來找自己去搶公司大減價的次貨，更不會說，咦，怎麼還沒換季，或者，你這件游泳衣那麼難看，不要和我一起去游泳了。

碰上一些喜歡纏着些「無從糾正」的職業的人也是一件幸福事。所謂纏着些「無從糾正」的職業，就是那些賺不了多少錢、看來又沒有甚麼出息的職業，而很有才幹的人，偏死賴着不放，例如，大學畢業生其實有很多事好做，卻去替人搬汽水做雜役，竟做得十分開心；又或者，呆在家裏畫畫，晚上的飯也沒得吃；又或者，好好的月入千多元書不教，跑去寫封「你並不服從的公僕」的信，做了挨幾百元薪水的編輯，編的雜誌又沒有多少人看。起初一屋子人，後來剩下兩個人還在那裏纏。這樣的人，屬於「無從糾正」類，但和這樣的人碰在一起，是很寫意的。他們絕不會忽然開一個第一流的餐舞會，叫你花枝招展去參加，也不會打電話來說今天買了輛大汽車，明天買了顆大鑽石，然後説，為甚麼你不也買一份，説下去，竟是，為甚麼你不發狠多賺錢。這樣的人也不會嫌你家裏的沙發太舊、窗子太少、空間太窄；他們請你到他家去，也不在乎你把腳踩在哪裏，汽水瓶好亂放，煙灰好亂彈，無所謂。

這個世界上，「無從糾正」的人才多哩，屈原這樣的人其實也是「無從糾正」集團的，好好的官做做豈不舒服，偏要去理想一番。不做官也算了，學學後輩陶淵明回家賞菊去不也很好，卻投汨羅，真是「無從糾正」了。

一九七〇年六月六日

編者按：此文為西西在報上專欄「我之試寫室」最後一篇，西西在剪報上寫：由六月七日起薦另一位寫。

自障葉

有的人花了許多年，殫千金的家產，學得了一套無所用其巧的本領；有的人則想學一種有所用其巧，但不為人所見的本領。這種本領，是隱形術。《淮南子》中有這麼一則故事：

楚人貧居，讀《淮南子》，得「螳螂伺蟬自障葉，可以隱形」，遂於樹下仰取葉。螳螂執葉伺蟬，以摘之。葉落樹下，樹下先有落葉，不能復分別。掃取數斗歸。一一以葉自障，問其妻曰：「汝見我不？」妻始時恒答言：「見。」經日，乃厭倦不堪，紿云：「不見。」默然大喜，齎葉入市，對面取人物，吏遂縛詣縣。

真是讀壞了書。這個楚人，手持一塊樹葉，以為螳螂那樣，可以隱形，就到市上去拿別人的東西。他這種行動，有兩層意思：第一個，是想拿取別人的東西而神不知鬼不覺；第二個，可能是試試自障葉是不是真的能夠隱形。

問多了，他的妻子覺得煩厭，就説看不見他，他大喜過望，真以為得了隱形術了。到市上去，隨便拿取別人的東西。他當然失敗了，因為眾目睽睽，樹葉根本不能令他隱形。

一個人為甚麼要得到隱形術呢？隱形術的確是一種比屠龍術更厲害的本領。學了屠龍術，最多不過能夠屠龍，或者可以炫耀自己不止是屠狗輩，但有了隱形術，就不同了。對於兒童來說，隱形術會使他們的遊戲更有趣，到了捉迷藏的時候，一旦隱了形，就真的迷藏了。

大人呢，例如楚人，他生活貧困，希望可以藉隱形術而獲得財富。可是，一個生活過得不錯的人得到了隱形葉，又會去做些甚麼呢？有了錢，能令人滿足麼？顯然，有了隱形葉，就以為可以為所欲為。這不為人見的事，既然見不得人，大概也不會是甚麼好事吧。但有些壞事，有權有勢的人，仍然照做，光天化日之下，管他眾目睽睽。

楚人大概沒有想過，那片樹葉自己若真有隱形的能力，又怎麼會被人看得見呢。《淮南子》另有一句說：「所謂明者，非謂其見彼也，自見而已矣。」要看清楚自障葉，說明得了葉的人是「自障」，不是他障。

一九八一年三月十四日

掩耳盜鈴

「掩耳盜鈴」的意思我是明白的，可是，對於這件事的整個過程和動機，我就有些地方並不明白了。

最初，我的看法是這樣：有一個人，去偷人家的一個鈴，因為鈴會發出聲音，於是，用手遮住耳朵才把鈴拿走，以為自己聽不到，別人也不會聽到。道理很簡單。我那時可是想，一個人只有兩隻手，而一個人又剛好有兩隻耳朵，若是兩隻手都用來遮了耳朵，哪裏還有手來拿鈴呢？盜鈴時，何不用雙手掩鈴，就像掩住鈴的嘴巴，豈不是更容易？天下間自欺欺人的人，並不少見。以為自己聽不見，別人也就聽不見，那就太笨了。

後來翻查原文，才知道「掩耳盜鈴」的鈴，不是一個拿在手上會響的小鈴，而是一個巨大的鐘。故事在《呂氏春秋》的〈自知〉上，大家都聽得很清楚：

百姓有得鐘者，欲負而走，則鐘大不可負。以椎毀之，鐘況然有音。恐人聞之而奪己也，遽掩其耳。惡人聞之，可也；惡己自聞之，悖矣。

那麼，盜鈴的人就不是一個普通的小偷了。據原文的說法，「有得鐘者」，應該是說這個人並不是想去偷鐘，而是無意中獲得了一個鐘。鐘，在古代，是貴重的樂器，一個普通人的家裏根本不可能放一個鐘。況且，小百姓要一個鐘來做甚麼呢？即使偷了回家，也不能收藏。正像如今，誰會去偷一個火車頭放在家裏？一則無用，二則無法收藏，再說，別人也一眼看得出是偷來的。

成語所謂「盜鈴」，應是盜鐘，盜鐘的人起初不一定有盜鐘的念頭。可是，他忽然發現了一個鐘，鐘是貴重的東西，這「貴重」兩個字，把這個人的腦子弄昏了。因為鐘是寶貝，也不管中不中用，就起了貪念，要把它佔為己有。

他如果是鐘迷，勉強可以解釋。但其實他並不愛鐘，他只知道鐘是寶貝。鐘太大，搬不動，就用錘想把鐘打碎。如果一個人喜愛鐘，決不捨得毀鐘。古代的鐘，一般上都是青銅器，鑄造固不容易，毀碎可也頗難。用錘打鐘，鐘就唱起歌來，它本來就是一件樂器。這時，盜鐘的人掩住了自己的耳朵。他這樣做，並不是怕別人來指他盜鐘，而是怕別人來搶鐘。

寧願毀鐘，也要據為己有。自己要一個鐘一無所用，又不是愛鐘如命，卻偏不願別人得到。「掩耳盜鈴」的意思，就不只是自欺欺人這麼簡單了吧。

一九八一年三月十七日

自相矛盾

我有時胡想。如果今天我走到市場上去，看見一個賣矛和盾的人在推售自己的商品時，會說些甚麼話。當然，他譽其盾之堅時會說：「物莫能陷也。」到了宣傳矛時，又會譽其矛說：「吾矛之利，於物無不陷也。」

旁觀的人，誰不熟悉《韓非子．難一》裏的話呢，於是一定有許多人搶着說：「以子之矛，陷子之盾，何如？」在春秋戰國時代，聽見這問話，商人弗能應。但我想，今日市上的商人就不同了，他們大概會這麼說：你買了矛，是用來攻打別人，買了盾，是用來防衛自己，只要你買的矛和盾比敵人強就行了，誰叫你用來自己打自己。

世界上的矛和盾，非常多，因為人類的歷史，根本就是一部戰爭的歷史。既有形象的戰爭，又有抽象的戰爭。所以，沒有一個人不隨時隨地在製造矛和盾：攻打別人，防衛自己。兩者互為因果。

春秋戰國時代，是青銅器轉渡為鐵器的時代。當時的矛和盾，相信已經是鐵的產品，若是純用青銅製盾，可能重得提不起來，銅必須加上若干錫。盾是步兵戰爭所採用的重要防禦武器，為了攻城，還出現過一種大盾，比整個人還要高，叫做櫓。到了清代，著名的盾有福建的藤牌，雖說可以抵擋子彈，但遇上了炮火，卻無能為力。我國的萬里長城，可說是世界上最長的一個盾。而如今，國內一度廣築地下城，把大地變為盾，這個盾也可算是世界上最大的盾了。

我們身穿衣服，居住房屋，這衣服、房屋都是我們個人的盾，人類盡量護衛自己，可是，盾高一尺，矛高一丈，真是防不勝防。

現在的矛，威勢驚人，誰手上有最厲害的矛，誰就成為霸主。擁有核彈、中子彈的國家，無不成為強國。這麼厲害的矛，可有沒有相等堅固的盾呢？到了今日，那些鋒利的矛是物無不陷，另一方面，大家都在研究、尋求物莫能陷的盾了。

即使在學校中讀書的孩子，已經開始學習如何磨利自己的矛，到了社會上競爭求存，更是一項「誰的矛更銳利」的比賽。似乎，所有的學校第一課要教的課文，應該是墨子的〈非攻〉，放下大家的矛，收起大家的盾。

一九八一年三月十九日

列子說故事

一、杞人憂天

杞國有人憂天地崩墜、身無所寄而廢寢食。這個杞國的人，擔憂的不是天地變色，而是自己的生命。後來有人告訴他，日月星宿，不過是一團團光亮的氣體，即使掉下來，也傷不了人；地是堆積的土塊，不會陷落。解釋的人以為自己懂得天地了，聽的人也以為天地果真如此，就轉憂為喜了。那個向他解釋而不憂天的人，也很高興，他大抵也是杞國人。

道家的高人長盧子聽了，笑起來，也解釋一番，甚麼虹霓呀、雲霧呀、風雨呀、四季呀，是氣在天上積聚；山嶽呀、河海呀、金石呀、火木呀，是有形之物在地上積聚。氣的積聚、土塊的積聚，為甚麼說不會毀壞呢？〔……〕天地不可能不毀壞，遇到毀壞時，怎能不擔憂呢？杞人結果還是空歡喜一場。

列子聽了，同樣笑起來：說天地壞，錯了；說天地不壞，也錯了。壞與不壞，並非我所能知道。（……）生不知死，死不知生，來不知去，去不知來。壞與不壞，我為甚麼要放在心上呢？

是的，天地是一物，人也是一物，不過天地大，人小，都會毀壞的。一個人，短短的數十年還來去不知，何必擔憂天地億萬年的存亡呢。

杞人是不必憂天的。現在，可是有些港人也憂天起來了。港人憂的可不是物之大者，而是物之小者，而是隨時會發生的事情。一個人走到街上，說不定忽然就有一張大沙發從天上掉下來了。

《聖經．啟示錄》預言世界末日將會來臨，地球的天氣變化無常，宇宙間的星球會否迷了路，移錯軌道？這些都是天地的大問題。而我只是相信，一旦到了午夜十二時正，大家都會變作一個個南瓜。那麼，對於這種憂慮該採甚麼態度呢？

二、徒見金

楚人手拿一塊樹葉，以為有隱形術，就到市上去拿取人家的事物，如果他的妻子事先沒有說看不見他，他大概不敢做這件荒唐的事吧。不過，卻有一個人，手中連片自障葉也沒有，卻跑到市上去拿取別人的金子。這個故事出自《列子．說符》：

昔齊人有欲金者，清旦衣冠而之市，適鬻金者之所，因攫其金而去。吏捕得之，問曰：「人皆在焉，子攫人之金何？」對曰：「取金之時，不見人，徒見金。」

這麼一個想得到金子的人，清早穿好衣服戴好帽子到集市去，走到了賣金子的鋪子，拿了金子就走。從好的一面看，一個人如果對某一事物專注，自然就看不見旁邊的其他東西了。審問他，眾目睽睽，為甚麼還要取人的金子？他答得也很坦白：不見人，只見金。

老實說，無數欺詐、騙案，以至巧取豪奪，固然在暗地裏做，即使眾目睽睽，仍然不理後果，因為只見金，不見人。

撇開金子，從不同的角度看，街上每天有那麼多的人走來走去，我們其實並沒有真正看見人。所謂「人」，不過是一群移動的物體。如果真要見到「人」，似乎就要把一個個的人孤立了起來。可是，把個人孤立了起來，是否就見到了人呢？也不見得的。這個人今天穿一件咖啡色的外套，我們於是看見一件咖啡色的外套。這個人今天換了一個髮型，我們於是看見一個新的髮型。

有的人面對另外一個人，只看見別人的衣飾、職業、社會地位，甚至學問。即使不是真正的徒見金，可也是徒見衣飾、徒見家庭背景、徒見學歷、徒見職位，仍然是不見人。

所以，真正的朋友就可貴了。朋友相對，會見到人。你快樂嗎，有甚麼不如意的事嗎，最近為甚麼忽然有人針對你呢，你的工作為甚麼又丟了？也是在這個時候，一個一個個別的人，才鮮明起來。

打開一本書來看，譬如《列子》，其實也是想見見列子這個人罷了。如讓《列子》這本書呆在書櫥裏，豈非也是徒見書，不見人？人是應該個別去見見的。但見人見到「徒見人」，有時甚至「不見金」，可又是另外的一回事，因為到了徒見人的地步，大概就是戀愛中人了。

三、朝三暮四

朝三暮四，是一種欺騙人的數字把戲。在高位者，常常把握權勢，使一招表面上好看的招數，就把無知的人騙倒了。在這些人的心目中，一般人不過是一群喜食橡實的猴子。

《列子．黃帝》的寓言：

宋有狙公者，愛狙，養之成群，能解狙之意，狙亦得公之心。損其家口，充狙之欲。俄而匱焉，將限其食。恐眾狙之不馴於己也，先誑之曰：「與若芧，朝三而暮四，足乎？」眾狙皆起而怒。俄而曰：「與若芧，朝四而暮三，足乎？」眾狙皆伏而喜。

翻成白話，是這樣的：宋國有個飼養猴子的人（狙公），很喜歡猴子。他養了一群猴子，能理解猴子的想法，猴子也懂得他的心意。他減少家裏人的生活費用，以滿足猴子的需要。不久家裏貧困起來，他要限制猴子的食物，又怕猴子不聽自己的話，便先欺騙牠們說：「餵你們橡子，早上三個，晚上四個，夠嗎？」眾猴子都跳起來發怒。過了一會兒，他又說：「餵你們橡子，早上四個，晚上三個，夠嗎？」猴子們聽了，都高興地趴在地上。

這故事，敘事者告訴我們，聖人用智慧來籠絡欺騙愚笨的人，正如養猴人用智慧籠絡欺騙猴子，擺佈名義與實際，卻能使人時而高興、時而發怒。

平日，猴子分得橡實，也沒數，一旦限制糧食，並不知道今後和以往的數目不同，而斤斤計較早上和晚上的分別，就成為智者眼中的愚民了。

猴子不滿足朝三暮四的數目，純粹是直覺上認為早上三顆橡實比晚上四顆少。因為數目字三的印象先行，三確是比四少。而後來到了四的印象先行，四比三多，就忘記了四顆橡實之後跟着的會是三顆。當然，在列子的那個時代，大概還沒有通貨膨脹這一回事，若是猴子知道有通貨膨脹，更加要皆起而怒了。

事實上，在通貨膨脹的時期，朝四暮三和朝三暮四是有很大的分別的。譬如說，有一個人去工作七個月，薪水方面有兩項選擇：第一個選擇是起初的三個月，每月取三千元薪酬，後來的四個月，每月取四千元；第二個選擇是起初的四個月，每月取四千元薪酬，後來的三個月，每月取三千元。總數完全一樣，都是二萬五千元。這個人怎樣選擇呢？朝四暮三大概是較佳的選擇吧。

宋人本來喜愛猴子，收入少了，所以要耍數字把戲，是恐怕猴子不高興。他這種欺騙，還是善意的，因為名實不虧，不管朝三暮四還是朝四暮三，七顆橡實數目不變。既能令猴子皆伏而喜，何樂而不為呢。最怕的反而是名實不符的數字把戲，還以為其他人都是笨蛋。更有的是，明知你會發怒，卻又如何？

一九八一年三月十五日至十八日

讀王維的〈雜詩〉

一、君自故鄉來

一個離鄉別井的人，遇上甚麼和故鄉相干的事物，或是嚐到家鄉的土產，或是聽到故鄉的鄉音，或是收到一封家書，或是見到一位自故鄉來的親人，就會特別懷念起故鄉了吧。

王維的〈雜詩〉，寫的是見到來自故鄉的人，就想起故鄉了。這是一首大家都非常熟悉的詩：「君自故鄉來，應知故鄉事。來日綺窗前，寒梅着花未。」詩中的人物，一共有兩個，甲是居住他鄉的人，乙是從故鄉來的人。甲認識乙，因為他們是同鄉，或者，不但是同鄉，可能還是親人。乙既然從故鄉來了，當然知道故鄉的近貌，於是，甲問他：你離開故鄉的那天，美麗的窗前，梅花開了沒有呢？

乙從故鄉來，甲可沒有問他故鄉的近況，問的卻是梅花。問題從大縮小，由廣收窄。這梅花，不是故鄉遍地的梅花，而是定鏡於美麗窗前的梅花。他是個惜花人，覺得花比人更重要？不會是這樣的。唐代另一個詩人宋之問，離鄉經歷一個冬天，又一個春天，鄉愁深重，愈近家鄉，愈不敢問家鄉的消息，因為擔心聽到壞的消息。他的〈渡漢江〉說：「近鄉情更怯，不敢問來人。」所以，甲問梅花，也有這種忐忑不安的心情吧。故鄉的種種，想知道，可又怕知道。杜甫〈述懷〉也這樣說：「自寄一封書，今已十月後。反畏消息來，寸心亦何有。」如果寒梅開花，那就代表一切安好吧。

至於窗子，是誰家的窗子？是甲家中的窗子、還是乙家中的窗子？乙從故鄉來，甲關心的當然是自己的家鄉，那麼，詩中的窗，應該是甲故鄉家中的窗。乙離開故鄉那天，還站在窗前看過花，那麼，乙和甲的家人一定也是很熟悉的，不然，乙就不會在甲家中看花了。說不定，乙和甲是同族兄弟，大家都住在一間大屋子裏。

從甲的問話，我們可以看得出，甲對於故鄉的消息並非完全隔膜。同時，我們也看得出，甲在故鄉的家人，生活過得並不差，所以，甲問的是天氣的寒暖、花開花謝，不問柴米油鹽，至少，表面上是這樣。

甲的家中有綺窗，綺窗是美麗的窗子，這窗子可能是一種「綺疏」窗，窗格上有鏤空的花紋，從這窗子朝外面看，梅花就更顯得美麗了。「寒梅着花未」的「着」，是指開花了沒有，但這着字，也有着色的意思，彷佛一幅畫，一經點染，梅花就盛放了。王維果然詩中有畫。

二、常有江南船

寒梅着花未？居住他鄉的甲，對從故鄉來的人，為甚麼別的都不問，而偏要問梅花呢？當然，甲也許很喜歡梅花，可是，主要的原因，也可能是甲的故鄉有梅花，他目前居住的地方，卻沒有梅花。

梅花耐寒，是北國的花卉。甲的故鄉並不在南方。那麼，甲的故鄉在哪裏呢？原來甲的故鄉在黃河邊上。

王維的〈雜詩〉，一共是三首，「君自故鄉來」，是第二首。第一首是：「家住孟津河，門對孟津口。常有江南船，寄書家中否。」

原來甲的故鄉在孟津。孟津，是古黃河津渡名，在今河南孟津縣東北、孟縣西南。在歷史上，孟津河為兵爭要地，相傳周武王伐紂，在孟津河盟會諸侯，當時的名字本叫盟津。

河南省屬我國的北方，當然，到了冬天，梅花就成為觸目的花朵了。甲如今不在故鄉，他在南方。他所居住的地方可能沒有梅花，所以，一想起故鄉，他就想起梅花了。也許，他想起花，還因為想起懷念中的一名女子。

孟津是河道通暢、交通方便的市鎮，不但黃河流域的船隻穿梭往來，還時常有江南的船隻到達。甲所居住的地方不時有船上孟津，每當有鄉人回鄉了，他們就會問：要不要帶一個口訊回去，要不要帶一封信回去？

因為常有江南船上孟津，住在南方的甲，就可以知道故鄉的消息了。所以，他也不必問故鄉這一年來怎樣。因為幾乎每一季都有同鄉的人來談起故鄉的事，也所以他關心的，是最近季節變化的瑣事。

現在小說中常常出現一個「我」字，這個我，並不一定是作者。我國古詩中卻不用一個「我」字，這就靈活而有彈性，讀者可以自己代入。要翻譯成英文，恐怕就避免不了。王維的〈雜詩〉，是不是詩人的自述呢？我不敢肯定。雖然，王維曾經居住在長安附近的藍田輞川，那裏有一處叫孟城坳，但我可不知道孟城坳是不是就是孟津。

三、愁心視春草

常有江南船，寄書家中否。有船上孟津去，甲當然請鄉親帶家書或口訊回去了。過了許多日，帶家書回去的乙，又從故鄉來了，甲問他：你離開故鄉的那天，在美麗的窗前，看見梅花開了沒有？乙於是答道：我已經看見梅花開了，還聽到鳥的啼聲。

王維〈雜詩〉的第三首是這樣的：「已見寒梅發，復聞啼鳥聲。愁心視春草，畏向階前生。」在一兩本王維詩選中，這首詩的第三句是「心心視春草」，我認為「愁心視春草」較好，況且王維詩本有「香畏風吹散，衣愁露沾濕」的句子。

從「愁心視春草，畏向階前生」這兩句詩來看，似乎，詩中有了第三個人物出現了。這兩句詩，絕不像是乙說的話，看語氣和思緒，顯然是一個女子。

家中的生活當然是不愁的，可是，一家人不能團聚在一起，甲要到遠方去謀生，留下她是多麼的寂寞呢。梅花開了，鳥啼了，春天又來了。看看春天的花木欣欣向榮，她卻滿懷愁緒。你看，甲還不回來，時光一日一日流逝，懷念的人仍不回來，她實在害怕，門前的階道，因為沒有甚麼人行走，要被草兒長滿了哩。

「愁心視春草，畏向階前生」，是甲的家人給甲的覆信，滿紙懷念，借草移情。難怪甲在他鄉關心的竟是梅花了。一個問道：花開了嗎？一個卻答：草又長了。

把三首詩平放在一起看，就會覺得王維用了一個非常出色的「溶接」手法。「溶接」本是電影的剪接技巧，是把上一場場景和下一場場景一邊淡出一邊淡入連接而成。王維用的是類似的手法，從甲對乙的問，溶到乙對甲的答，再溶到丙對甲的答。

「來日綺窗前，寒梅着花未」，看來是甲問乙，其實也是甲問丙；而「已見寒梅發，復聞啼鳥聲」，看來是乙答甲，其實也是丙答甲。人物的出現，是這麼隱秘飄忽，對答的安排又如此自然滲透，不着痕跡。一個人熟讀唐詩三百首，背誦許多平平仄仄，可以吟詩，卻不一定就能寫出這般的境界層次來。

一九八二年五月十五日

《大唐西域記》

一、未成熟的沙漠

玄奘《大唐西域記》自述西行取經，第一卷第一條是記阿耆尼國，阿耆尼國就是焉耆。這時，離玄奘出發的日子約莫過了半年，行程上也過了高昌了。既然過了高昌，那麼，玄奘當然已度過了莫賀延沙漠。想看看玄奘怎樣描寫沙漠，只好翻翻他抵達凌山和熱海後的大沙磧。對於大沙磧，玄奘這樣描述：「絕無水草，途路彌漫，疆境難測，望大山，尋遺骨，以知所指，以記經途。」前人的遺骨，居然是路標，給後人引路。那麼要走過莫賀延沙漠，情形相信也是這樣。

莫賀延沙漠，是玄奘西出長安過玉門關後，西北行向伊吾的八百里流沙地。說是沙漠，其實只是戈壁。戈壁是滿州語，意思雖是沙漠，但沙漠和戈壁顯然不同。真正的沙漠應該遍地都是粉末一般的細沙，而戈壁，只是遍地的碎石，所有的石頭還沒有碎裂成更細的沙子。因此，戈壁是未成熟的沙漠。

唐代的時候，沙漠被稱為磧，所以《大唐西域記》記的大沙漠是大沙磧。唐詩裏也有很多描寫沙的詩，譬如岑參，兩次出塞，寫過不少西域的風光。關於沙漠，他的詩句就有「十日過沙磧，終朝風不休。馬走碎石中，四蹄皆血流」。人固然慘，可馬更慘，走在碎石上，四蹄流血，這是寫實。又有「黃沙磧裏客行迷，四望雲天直下低。為言地盡天還盡，行到安西更向西」。

當然，《大慈恩寺三藏法師傳》裏記載過玄奘過莫賀延沙漠的情況，那地方「夜則妖魑舉火，爛若繁星；晝則驚風擁沙，散如時雨」。玄奘在這可恨的熱沙漠裏還失手傾翻了水囊，幾乎渴死。

成熟的沙漠我多年後才經歷，戈壁我卻早經過，一次坐在火車之中，不必自己攜帶水囊走路，比玄奘、法顯他們舒服安全多了。從車窗中朝外觀看，烈日炎炎，絕無人蹤，大風起時，空中一片灰沙，真是如幔如帳；而且下過一陣雨，也不知下的是真的雨水還是只是下流沙。奇怪的是雨後看見天空中出現了兩道彩虹，這樣子的雙彩虹，我在書本裏還沒有碰見過。戈壁的石頭真多，延伸到吐魯番，還到處是石頭，於是，我就在未成熟的沙漠邊緣小小的角落散一陣步。

二、未消逝的黃花

到過吐魯番，我常常認為自己已經到過沙漠了。腳下踏着一望無際的碎石，難道不是站在戈壁的邊緣了麼。吐魯番有一塊一塊的石頭，也有很碎很碎的細沙，彷彿這個地方漸漸地也要成為一片沙洲了。譬如說，到高昌和交河這兩座故城去看看，兩座城都是泥土堆的，一塊石頭也沒有，被大自然常年累月地侵蝕，早成了廢墟，不不，不是廢墟，是一個喜歡遊戲的巨人在沙漠邊緣砌了兩座沙城罷了。

阿斯塔那的泥土裏睡着一群不願醒來的原住民，整個阿斯塔那是沙灘，人們就在那裏躺着曬太陽，把皮膚曬成古銅色，把整個人曬得乾乾的，變成像木頭一般。阿斯塔那不是沙漠，是沙墓，對面就是火焰山了，一陣風吹來，風是熱的，風裏夾着沙粒，如果不拿方絲巾披在頭臉上，沙會鑽進鼻子和嘴巴去，我們並沒有駱駝的防禦本領。火焰山像着了火一般焚燃，戈壁是它燃燒出來的吧。火焰山不斷地想把吐魯番焚成戈壁，而天山的冰水卻不斷流下來，要把它變成豐盛的果園，大自然就這樣不停地對立拉鋸，把吐魯番變成一個奇怪的盆地。

博物館裏有灰褐的古屍，不管是身上的衣飾和皮膚的顏色，都暗淡了，所以，館裏的木俑遠比它們好看；那些木俑，有泥雕的頭，身上的彩繪還非常鮮明。唉，唉，生命總較石頭、木頭易朽些。那次參觀踏燕飛馬的時候，我在展覽場買過一個仿製彩繪木俑，它原來的家鄉就是吐魯番，我見過她，那是一位漂亮的女子，身上穿着直間條的曳地長裙、花短衣，還披上星點圖案的圍巾，滿身彩色的緞錦。木俑的臉，清清楚楚地化了妝，嘴巴的兩邊繪有兩點美人痣，耳朵前面的臉頰，繪了兩條頭髮般細長的柔線；最美麗的當然是她的額，眉毛也是畫的，是真正的蛾眉，不錯，是蠶蛾的翅膀；在眉毛上面，畫的是一朵四瓣花，花瓣像蓮座，北朝與隋唐的女子都流行這樣的打扮。我看見這木俑，就知道當年的木蘭是怎樣的了，因為是她自己說的：「對鏡帖花黃」。

一九八三年六月十七日至十八日

讀〈木蘭詩〉

唧唧復唧唧，木蘭當户織。不聞機杼聲，唯聞女歎息。
問女何所思，問女何所憶。女亦無所思，女亦無所憶。
昨夜見軍帖，可汗大點兵。軍書十二卷，卷卷有爺名。
阿爺無大兒，木蘭無長兄。願為市鞍馬，從此替爺征。
東市買駿馬，西市買鞍韉，南市買轡頭，北市買長鞭。

旦辭爺娘去，暮宿黃河邊，不聞爺娘喚女聲，但聞黃河流水鳴濺濺。
旦辭黃河去，暮至黑山頭，不聞爺娘喚女聲，但聞燕山胡騎聲啾啾。
萬里赴戎機，關山度若飛。朔氣傳金柝，寒光照鐵衣。
將軍百戰死，壯士十年歸。

歸來見天子，天子坐明堂。策勳十二轉，賞賜百千彊。
可汗問所欲，木蘭不用尚書郎，願借明駝千里足，送兒還故鄉。
爺娘聞女來，出郭相扶將。阿姊聞妹來，當户理紅妝。
小弟聞姊來，磨刀霍霍向豬羊。
開我東閣門，坐我西閣床。脱我戰時袍，着我舊時裳。
當窗理雲鬢，對鏡帖花黃。出門看伙伴，伙伴皆驚惶：
同行十二年，不知木蘭是女郎。
雄兔腳撲朔，雌兔眼迷離；雙兔傍地走，安能辨我是雄雌？

一、木蘭當戶織

南北朝時，我國北方的女子都擅騎射，比方北魏的民謠〈李波小妹歌〉，說是：「李波小妹字雍容，褰裙逐馬如卷蓬。左射右射必疊雙。婦女尚如此，男子安可逢。」

李小妹真威武極了，男子也比不上，而木蘭正是這樣的女子，所以可以代父從軍。不過，〈木蘭詩〉（又叫〈木蘭辭〉）並沒有描寫木蘭如何騎射行獵，寫打仗，只輕輕帶過。令喜歡看戰爭場面的讀者，會說她欺場。詩反而說她在家中織布。我國古代的女子，似乎天天在那裏織布，這，顯然就和賦稅有關了。

西魏和北周時的賦調制是，十八歲至六十四歲的男子都要交稅，結了婚的人每年交絹一匹、綿八兩、粟五斛，未結婚的男子交一半。西魏繼承北魏實行均田，男丁一人受田一百畝，成家的一百四十畝，每年向國家交粟，叫作租；交絹、綿或麻、布，叫作調。此外，人們分別根據年成好壞，替國家服徭役十天、二十天或三十天。公元前一百多年的時候，漢高祖劉邦曾徵召長安六百里內的男女十四萬五千人修長安城兩次，每次修了三十天，這些人就是服勞役的「更卒」。當然，漢長安城的建設，還靠諸侯、王侯的「徒隸」兩萬人長期修築才完成。徒隸，則是犯了法和受刑的人。

張籍〈涼州詞〉起首這樣寫：「邊城暮雨雁飛低，蘆筍初生漸欲齊。無數鈴聲遙過磧，應馱白練到安西。」安西，即是如今的吐魯番，這幾句詩描述了唐代「絲綢之路」上運輸絲綢的繁忙景象。唐代是我國織品最興盛的時代，織品製得那麼出色，是婦女們千百年來的成果，她們所以磨煉出那樣精巧的手藝，可能就由於要向國家交調。

木蘭織的布不知道是哪一種。事實上，北朝的紡織，應該有一定的水準了，比方蜀錦，在漢代已經非常著名。唐代的紡織，當然是集大成，從品質的精粗來分，絹可分為八等，布則分為九等。種類極多，單是絲織品就有綺、綾、綿、羅、紗等等。綾，有獨窠文綾、雙窠文綾、白編綾；至於錦，則有大張錦、軟端錦、透背錦、長形白錦、雜色錦。還規定了度量：四丈為匹，布則五丈為端，綿則六兩為屯，絲則五兩為絇。買賣牲口，標價也以織品為準，譬如用大練十八疋和十七疋去買馬和騾。這反映唐代有錢人家的生活。不要以為絹、綾人人穿得起。上述李小妹的民歌出於《魏書．李安世傳》，據記載，河北省廣平人李波，家族擅長武技，在廣平的地方收容了許多流民罪犯，對抗官軍。這些流民罪犯，正是無法交租稅而逃亡的百姓。當地百姓作歌讚美李波兄妹。

二、問女何所思

〈木蘭詩〉中「女亦無所思，女亦無所憶」也是叫人感到奇怪的，因為木蘭昨晚已見到了可汗點兵的軍帖，心事重重，連織布也停頓了，這不是有所憂、有所慮麼？怎麼反而會說無所思、無所憶呢？

思、憶和憂、慮大概是不同的。吳小如在《讀書叢札》裏根據樂府〈折楊柳枝歌〉來引證，認為〈木蘭詩〉中的思和憶是指愛情的思憶。這詩描寫一個少女對愛情的嚮往和追求，〈折楊柳枝歌〉中這樣說：「問女何所思，問女何所憶。阿婆許嫁女，今年無消息。」又說：「敕敕何力力，女子臨窗織。不聞機杼聲，只聞女歎息。問女何所思，問女何所憶。」跟〈木蘭詩〉多麼相似。

一個女子在織布，忽然停了機杼，歎息起來，當然充滿了心事，可能是在思念自己的意中人呢；可能罷了，照詩看來，木蘭並不是在思念自己意中人，否則要分別許多年，也是夠慘的。她所以停了機杼，歎息起來，是為了可汗點兵，見到了軍帖的緣故，所以才答「女亦無所思，女亦無所憶」，不是為了婚嫁的事情在歎息呢，而是憂慮點兵的事。

從整首詩來看，木蘭的確是無所「思」、無所「憶」的，因為木蘭離家從軍，寫朝辭爺娘去，寫不聞爺娘喚女聲，都是寫她對自己父母眷戀，如果有所「思」、有所「憶」，感情的思路也不會這樣走了。

思和憶，當然有廣義和狹義的解釋，我國古詩中，狹義只指愛情的思和憶是很多的，像「豈不爾思」、「思君令人老」、「下言長相憶」等等。吳小如認為「問女何所思」四句多為人忽略，我讀後果然對〈木蘭詩〉的認識又加深了，然後加以判別，閱讀的快樂大概就在這裏了。

木蘭代父從軍，當然是因為父親年老，而軍帖上又有父親的姓名。其實，人年老了，是可以退役的，府兵服役年限規定為四十年，男二十歲入伍，六十歲可以退役。那木蘭的父親年老了為甚麼不退役呢？其中的可能性之一是服役的年限未到；其二則是當兵除了本人得到租調、徭役免除外，兵士的家庭在三年內也可以不交租調、不服徭役。木蘭的父親若因年老退役，家庭的負擔就要加重了，所以，木蘭代父從軍很可能和租調徭役有關。

三、東市買駿馬

打仗要自備行資，那就要士兵自己去購買了。木蘭於是「東市買駿馬，西市買鞍韉。南市買轡頭，北市買長鞭」。照字面看，木蘭居住的城市規模倒真不小，比起唐代的長安城還要宏偉哩。唐長安城的民居有一百零八坊，而做生意不過只有東、西兩市。

木蘭居住的城市，當然不會有東南西北四個市，有的，應該是一個市。東南西北只是市內的方向，以民歌比民歌，〈木蘭詩〉的東南西北，不外是「魚戲蓮葉」的東南西北，而且是一個泛稱，呈現一種民歌的趣味。

說到趣味，就不能不看看詩裏的互文了，如果沒有了那些互文，相信整首詩就要遜色得多，〈木蘭詩〉的趣味，和民歌的互文是息息相關的。唐詩「秦時明月漢時關」就是互文，所指的當然不是秦時的明月、漢時的關隘，而是合稱，即是秦漢時的明月、秦漢時的關隘。明月，不是說只秦獨有；關隘，漢才獨具。〈木蘭詩〉裏的「雄兔腳撲朔，雌兔眼迷離」也是這樣。若是說，雄兔的前後腳長短不齊，走起路來撲撲跳跳，雌兔的眼神不定，要是兩種兔子的特徵那麼明顯，豈有辨認不出的道理。既是互文，就清楚了，雄雌兔子的腳都撲朔，雌雄兔子的眼都迷離，既是一樣，兩隻兔子在一起，那才叫人難以分辨。同樣地，木蘭房間的門和床，也不會偏巧一個在東一個在西了。

木蘭去參戰，要買駿馬，到她戰後想返故鄉，卻不想騎駿馬，想乘駱駝，而且不是普通的駱駝，要一匹「明駝」。明駝是甚麼呢？據內蒙古的傳說，他們有一種駱駝，飼養着為了出席喜慶佳節，軀體特別精壯，到了節日，滿身裝飾了珠綵，特別明艷，所以叫明駝。蒙古人喜愛白色，明駝可能還是珍貴的白駱駝。不過，唐朝段成式《酉陽雜俎》記載：「明駝屈足漏明，則行千里。」要長途跋涉回鄉，穿越沙漠，還是耐勞的駱駝好些，屈坐在地上肚子不貼地面，旅人可以藏在駱駝腹下，躲避烈日和風沙。當然，也有些版本沒提明駝，只說：「願馳千里足，送兒還故鄉。」還是「願借明駝千里足」好些，能馳千里的是明駝，不是木蘭自稱。

四、寒光照鐵衣

南北朝的時期，騎兵是軍隊的主力，而騎兵是人和馬都披鎧甲的重裝騎兵，稱為「甲騎具裝」，正是〈木蘭詩〉中「寒光照鐵衣」的騎兵。

我國最早的甲冑是用皮革製成的，也有少數的藤甲，這些甲冑可以防禦石、木、骨質武器的攻擊；到了後來，金屬武器上場，甲冑當然也改變了。楚辭〈國殤〉有「操吳戈兮被犀甲」，反映了當時仍用犀牛皮製甲；到了秦漢，兵士就穿鐵甲了。其實，皮質的甲冑，才叫甲；鐵質的甲，則叫鎧。我國古代青銅器發達，奇怪的是，青銅甲冑的記載幾乎沒有。

看見過秦始皇陵兵馬俑的那些兵士，那時兵士的鎧，頗像金縷玉衣，是用上千的小甲片編成；不過到了南北朝，鎧的形式就不同了。曹植在〈先帝賜臣鎧表〉裏列出過五種鎧甲：黑光鎧、明光鎧、兩當鎧、環鎖鎧和馬鎧。南北朝流行的是兩當鎧，所謂兩當，是兩片鐵甲，一片當胸，一片當背。南北朝晚期，則是明光鎧抬頭了，明光鎧的特點是前胸和背後各有兩面大型的圓護，鎧甲還有披膊，這模樣，和我們在現在的舞台上見到的古代大將穿的鎧甲差不多；不同的是，舞台上的趙子龍甚麼的，穿白鎧護心鏡是一大個，古代的鎧是黑色的，所以又稱「玄甲」。

說起「玄甲」，就想起霍去病來了。今年是一九八三年，剛好是霍去病逝世二千一百周年；二千一百年，多遙遠啊。公元前一一七年的秋天，一隊披着黑色鐵甲的戰士，就由長安向茂陵進發，護送驃騎將軍霍去病的靈柩。這種以玄甲軍隊送葬的隆重儀式，反映了漢武帝對霍去病的器重。

漢長安城長樂宮與未央宮之間，建有龐大的兵器倉庫，藏了無數的鐵武器如刀、劍、矛、戟、鏇等，漢武帝的鹽鐵由官經營後，鐵器果然有了進一步的發展，如果沒有許多鐵，也不能製大量的玄甲了。鐵甲從南北朝一直沿用到清朝，直到火藥上了戰場，才決定了它最終的命運。

五、送兒還故鄉

轉述過博爾赫斯的一則短篇，關於阿拉伯國王與巴比倫國王交惡的故事，說巴比倫國王召集了建築師與魔術師，造了一座精巧魔幻的迷宮，任何人進去了就走不出來了。為了難倒阿拉伯國王，巴國國王把這位訪客送進了迷宮。果然，阿國國王走不出來，最後只有祈求神靈幫助脱險。回國後的國王為了復仇，起兵把巴比倫夷為平地，並且把擄來的國王送入另外的一座迷宮，那迷宮連門、牆、梯級也沒有。原來，巴比倫國王被棄置在沙漠的中心，飢渴而死。沙漠是一座極大的迷宮。除了沙漠，另外有一種迷宮，大概就是書本了。打開一本書，往往就是闖進了一座迷宮，有時一下子輕易轉了出來，有時候，轉來轉去，卻愈走愈遠，迷路了。

對於我，〈木蘭詩〉何嘗不是一座小小的迷宮？起初讀的時候，句句明白，根本不知道那是一座迷宮，不過，把詩仔細讀讀，就昏頭轉向起來，不知被些甚麼門牆、甚麼梯級困纏在裏面了。

比方說，「唧唧復唧唧」，到底是甚麼聲音呢？我最初的第一個印象覺得是織布的聲音，織布機吱吱唧唧地響，因為木蘭是在那裏當戶織。後來看看，好像不對，因為詩句出現了「不聞機杼聲」。那麼，織布機停了，沒有聲音，所以，才能聽見木蘭的歎息聲。唧唧的聲音，可能就是歎息的聲音了，讀歐陽修〈秋聲賦〉時，讀到「但聞四壁蟲聲唧唧，如助予之歎息」，就想，如果〈木蘭詩〉裏的唧唧是蟲聲不是也很合適嗎？機杼聲停了，蟲聲起了，增添木蘭的歎息了。到底唧唧是指甚麼聲音呢？真是沙漠裏的「海市蜃樓」了。〈木蘭詩〉裏另一奇怪的字要數「送兒還故鄉」的「兒」字。木蘭作戰回來，和可汗說話，可汗是何等的身份，還出現了「天子坐明堂」的氣派，那麼，木蘭怎麼會對天子自稱「兒」呢？如果木蘭是漢人，她當然知道天子與臣子之間的分別；如果木蘭不是漢人，那就更奇怪了，她不是明明把敵人稱為「胡騎」嗎？

六、伙伴皆驚惶

〈木蘭詩〉有「出門看伙伴，伙伴皆驚惶」的句子。伙伴是些甚麼人，而這一群伙伴又一共約有多少呢？和木蘭一起上戰場的當然是兵士，木蘭並沒有用別的名號來稱呼他們，只用「伙伴」兩個字。關於「伙伴」，似乎也只有翻閱一下和府兵制有關的資料了。

在《新唐書．兵志》裏有一則府兵制具體的描述：「十人為伙，伙有長。」可知唐代的府兵是以十個人為一基本小單位，有一個伙長。那麼這十人一組的兵士有甚麼行軍裝備呢？《兵志》也有這樣的記載：「伙備六馱馬。凡伙具烏布幕、鐵馬盂、布槽、鍤、钁、鑿、碓、筐、斧、鉗、鋸皆一，甲床二，鎌二。」上列的用具都是「伙」的裝備，屬於小團體。至於個人的軍備則是：「人具弓一，矢三十，胡祿、橫刀、礪石、大觿、氈帽、氈裝、行縢皆一，麥飯九斗，米二斗，皆自備，並其介胄、戎具藏於庫。有所征行，則視其入而出給之。」

古代的兵士從軍當然和現在的不同，照府兵制，他們必須自己購置軍備，不但要自己帶馬匹、弓箭和刀，還要攜帶糧食。〈木蘭詩〉沒有寫購買其他的物資，只寫購買鞍馬。在唐代，一個伙要備六馱馬，沒指明是戰馬，這方面可能是步兵與騎兵又有別。

唐代的府兵制是沿隋代而成立的。府兵制起自西魏，當時的情況是：「每兵唯辦弓刀一具，〔……〕甲槊戈弩，並資官給。」那麼，兵士只要自備弓箭和刀就行了，連馬也不必帶備，這和木蘭必須買馬又有些不同。

一般人都認為〈木蘭詩〉是北朝的作品，因為府兵制和自備行資的情況相副。有人則把詩的著作年代拉近些，認為是隋代，所以才有「伙」字的出現。「伙」的出現和「十人為伙」的記載一致，的確使人對詩有深一層的認識：可見木蘭回家後，來探訪她的都是和她十多年來一起的戰友，也就是當年入伙時的一群老兵，只有這樣，他們才有資格說：「同行十二年，不知木蘭是女郎。」不過，十二年也不能拘泥落實，說不定只有十年。

七、安能辨我是雄雌

前一陣提及，卡爾維諾的《冬夜旅人》是描述「你」這人物閱讀一本書而發生追溯根源的故事，書中的主要人物是「你」。不過，小說寫到一半，作者說：現在這個「你」要用來描寫書中的女主角，於是「你」就轉為敘述她的一切。卡爾維諾常常採用這樣變換的敘事手法，看多了他的小說，自自然然地也就習慣了。

那天讀〈木蘭詩〉，竟然想起卡爾維諾來了，因為詩裏的木蘭，也是忽然會變成「你」，又忽然變成「我」的，而且，隱隱約約地似乎還躲藏着別的人物，會自己跑出來說幾句話。〈木蘭詩〉像甚麼呢？像個由一個人獨自上演的獨幕劇，主演的人手中握着幾個不同的面具，一面演一面變換不同的臉譜。

詩裏最明顯的不同，當然是「萬里赴戎機，關山度若飛」一連幾句，和整首詩的民歌風格不同，語氣也由明朗淺白變為嚴肅工整，彷彿是另外出現了一個人在說話。難怪有人說，〈木蘭詩〉是唐代文人的加工。

對任何創作，無論讀和寫，都要弄清楚敘事者。在詩中，木蘭當然以第一身姿態出現過，因為她說：「開我東閣門，坐我西閣床。脱我戰時袍，着我舊時裳。」除了這四句詩外，「我」這個稱謂還出現過一次，就是最末的一句「安能辨我是雄雌」。在這裏，「我」只是意喻木蘭，明言兔子，說是由木蘭自述，但不如說是另外有一個人在那裏發議論更適當。

「女」字和「我」字，不一定有等同的意思，詩裏出現了「不聞爺娘喚女聲」，彷彿是木蘭自敘的語氣，但也可以是第三者從旁描寫。同樣地，「女亦無所思，女亦無所憶」並不就等於木蘭在答話，也可以是第三者敘述。至於「問女何所思，問女何所憶」，難道不可以是木蘭的父母走上舞台，對木蘭問起話來？「同行十二年，不知木蘭是女郎」兩句，說話的人卻是木蘭的伙伴了。〈木蘭詩〉之饒有趣味，也就在這些敘述者的可易性，既似自述，又像旁述、對述，真真假假，虛虛實實，像川劇演員的變臉，像現代小說的改變敘事，真是個安能辨我是雄雌。

一九八三年六月十九日至二十五日

外交家黎庶昌

一、巴黎水溝

黎庶昌（一八三七——一八九八）雖是駐德國和駐西班牙使館參贊，但在一八七七年，他曾隨郭嵩燾（一八一八——一八九一）出使英法。郭嵩燾出使英法，是中國第一次向外國派出常駐的使臣，隨行的人也是中國第一批專任的外交官。在法國，黎庶昌參觀了一八七八年的巴黎博覽會，有三十二國參加，我國的「中華公所」也在場內，建築物有左右兩轅門、飛檐、正廳三間，陳設了螺鈿几榻，院中央有一小亭，兩廂十二門，是售貨處，售賣的是磁器、茶葉、古銅器、雕刻、象牙折扇等。會畢，中國就以這座房子送贈伯理璽天德（總統），移建布佳得不朗（白木）囿內。

一八七九年五月十九日，黎氏代表中國出席在巴黎舉行的建造巴拿馬運河的國際會議，還代表中國在會上演講，祝大工早日告成，舉酒為賀。在巴黎，黎氏曾參加巴黎官學散給獎賞，他說：巴黎有總官學堂，名搔爾班納（疏邦大學）者，猶如中國之國子監。每歲教部尚書，必集法國之學生，每學擇其優等者十人，給與獎賞。除了大學外，黎氏還參觀過農務學堂、幼聲學堂散給獎賞，議政院、印書局、織呢廠、磁器局、電氣燈局等，他都記述在《西洋雜志》裏了。

當時的巴黎還沒有地鐵，人們可以下地底水溝乘坐車船，黎氏也去參加水溝遊，管溝者開了溝門，從地面直下三十餘級至溝底，有車四輛，每輛可坐十二人，車軸與溝之寬窄適合，前後四人推挽以行，四角有燈裝照。溝中之湍水流速頗急，深約五尺，無甚氣味；路的兩旁，皆標明上面為某街某處，每隔數十步，即有一旁溝，微露天光。最闊的溝水處可行船約三里長，每船客二十人，有六人牽之。溝水引至數十里外，不會與城中江水相混。黎氏認為巴黎水溝與倫敦城內之地底火輪車（地鐵）可稱兩絕。

他還看了賽馬，巴黎每個禮拜日舉行，觀眾動以十萬計，他這樣寫：

予初次赴觀，是日賽者九馬。第一次七馬並馳，距台不遠，即有人墮馬。馳未及半，又墮一人。〔……〕第二次五馬並馳，將及楖杆，復墮一人，受傷甚重。……

他在西班牙看了鬥牛，描寫得更詳細：

門始開，縱牛入。騎者二人，手持木杆，上安鐵錐，先入以待。所蹋腳鐙，繫鐵鞋如斗形，牛不能傷。又有數人，各持黃裏紅布一幅，〔……〕誘至馬前，牛輒怒而觸馬，角入馬腹，肚腸立出。

繼而鬥士持雙箭出場鬥牛，箭有倒鈎，刺入牛脊，鮮血淋漓。太殘忍了，我下刪三四百字。

黎氏認為商腮利賽（香榭麗舍）被推為世上第一街道，並非誑言。街道上植滿了的「野栗樹」，可能就是法國梧桐了。

二、呈遞國書

我國使臣在外國呈遞國書的情形，黎庶昌有詳細的描述，戊寅十二月十八日（光緒四年，一八七八年），法國御前接引大臣穆納，駕四馬朝車一輛，從騎三匹，來迎曾侯（曾國藩之子曾紀澤）。曾侯率領黎庶昌與翻譯官等，同至其勒力色宮（愛麗舍宮）呈遞國書。

宮門外陳兵一隊，奏樂迎賓。曾侯至門下車，黎氏捧國書隨後，依次魚貫入其便殿，三鞠躬而前。法總統馬克蒙向門立待，亦免冠鞠躬。黎氏以國書捧授曾侯。曾侯宣讀誦詞，外部翻譯大臣、前駐京公使葛士奇立於其旁以法文譯誦。曾侯呈遞國書，法總統接受轉交葛士奇，葛士奇誦讀答詞，也以華文宣讀。

法國總統的答詞，大略是：中國大皇帝遣派使臣前來，本總統不勝欣幸。從此兩國和好愈篤、日益親密云云。

葛士奇講畢，鞠躬而退。宮門外兵樂復作。穆納、葛士奇送曾侯回寓，小坐而去。後來，法國總理辭位，由格乃費繼任，法國駐京公使先有國書，請總理衙門呈奏，告以更換新君事，朝廷亦以書答之，命曾侯往遞。國書盛以黃綾封套，如請帖樣式，而加增長大，古所謂尺一牘。內用黃紙折疊數開，每開分四行書寫，界以朱絲，因為是便函，年號沒有用御寶。

這一次，曾紀澤又帶同黎庶昌赴愛麗舍宮，曾侯入門，彼此鞠躬。曾侯將國書呈遞，並無誦詞，只說中國大皇帝聞總統嗣位，特命使臣前來賀喜。格乃費亦問大皇帝安好，即一一握手延坐，略談數語，曾侯起立，鞠躬而出。

黎氏又記述法國總統馬克蒙辭位事，早上定議，晚上已退位，而巴黎人，好像並沒有聽聞。這在君主專制政體下的使臣眼中，無疑是一件奇異的事。

三、古巴領事

我國在古巴設立領事館，是清同治年間事，當時，古巴是西班牙的屬地。自咸豐年開始，閩粵地方的匪徒，就拐誘當地的良民數萬，販賣至古巴當苦工，受到種種的苛虐。譬如說，華人在島上不准坐馬車，不准住客寓，不准留髮辮，生下子女全都入黑奴籍。

在古巴當苦工的華人，等同奴隸，因為當地的工主掌握發期滿執照的權利，凡是工人，一定要做滿一定的年期，由工主發出「滿身紙」，才可以自由找工作。如果沒有「滿身紙」，別的工主不能僱用。當苦工的人，也沒有爭取薪酬的權利。一般的工主，當華人苦工工滿，並不發「滿身紙」，而是逼令重立合同，這樣，一個華人傭工往往工作七八年，仍逃不出生天。在島上，華人出門，要帶「行街紙」，但是當地地方官對華人不肯發准單，於是，華人一上街，就被巡捕拘拿，禁在官工所內，被逼再作傭工。被工主辭退的苦工，往往也沒有「滿身紙」，也被拘入工所。一些工主在工人工作期將滿之時，故意減低工價，逼華人再立合同，要是不從，當然又被送入工所，任人勞役，更無工價。所以，華人苦工根本走投無路，有的做了許多年，再由工主轉賣，像奴隸一般。

同治十三年，我國才派使到古巴查辦，然後設立領事館，保護華人。至光緒四年，中國與西班牙訂立古巴華人條約十六款；第二年，委派戶部候選主事劉湘浦為總領事，駐紮古巴首都夏灣拿，並派領事駐馬湯薩斯。當時，西班牙駐華公使伊巴里亦親往古巴查看情形。劉湘浦與之交涉事項有三：其一為華人不願在古巴者，應照約遣送回國；其二為官工所須，一概裁撤；其三為該使應偕同領事巡查外埠糖寮數處。伊巴里都同意了，並囑古巴總督伯蘭高，遇事宜與中國領事和商，以求實濟。

稍後，劉氏與古巴總督再議定章程，島上華人都應給行街紙，拘拿華人之事即行刪除；同時，華人有控告工主的權利，在公堂上，華人與其他人應受同樣之看待。華人在外地做勞工的苦況，豈止古巴而已，黎庶昌記下了一個案例。

四、談天匯志

黎庶昌在國內沒有習天文，也沒有機會上觀象台，到了國外，卻有機會看看天象了。他在倫敦到過格林威治天文台，見到儀器之精，大為驚詫，因為天文台有三座大天文儀，分別為子午儀、地平經緯儀和赤道經緯儀。後來，他在巴黎，也上過天文台，儀器與格林威治相仿。那兩次，他都是白天去看，但當他在柏林時，因天文台離使館不遠，夜晚去過一次，由監正導引至觀星處。他說，從望鏡遠看觜參兩宿，與肉眼所見沒有太大分別，不過，看月缺的地方，則恍如「玻璃上凝結的露珠」。

在馬德里，因為黃遵憲攜有四寸望遠鏡，黎氏就常常觀天了。他說，他可以看見木星有四個衛星；土星形如雞蛋，外有光環斜束之，只見一個衛星；金星有圓缺，由初虧以至一線，和月亮一樣。他又看過日食，食處如黑鐵一塊覆蓋其上，邊上微有缺痕。他還看見太陽黑子，頻頻移徙；又說，太陽黑子出現時，光芒稍減，「另有一種光紋，如菊花形，或似乾樹枝叉椏交錯」。

由於上過天文台，黎庶昌對天文發生了興趣，常常和朋友傾談，知道西洋人起初也以為日繞地球，後來有了精密儀器，始領悟為地球繞日。他又知道各行星繞日之道為橢圓形，太陽並不正居中心，天空各星體都有攝力互相交攝。黎庶昌對每一個星球的描述也很詳細，太陽的九大行星都遍及了，不過，星的名稱當然和現在不同，水星稱為辰星，金星為太白，地球為大地，火星為熒惑，木星為太歲，土星為填星，天王、海王則仍稱天王、海王。西曆不置閏月，黎氏在記事中也記得很清楚。

黎氏在〈談天〉這一篇文章後說，他所記誌的，在天文中極平淡之說，西洋五尺童子都能說出來，他則要在歐土多年，與朋友多次討論，始知梗概，「志之，所以見余之陋也」。余之陋，也即是國之陋。到了國外，使臣當然見到許多從未見過的新事物，反顧自己國家，實有許多地方可以吸取他人長處。黎庶昌沒有例外，也寫下了他的建議。

五、上相國書

清季的外交官中，出了不少著名的「洋務派」和「維新派」人物，如郭嵩燾、李鳳苞、薛福成、黃遵憲等人，黎庶昌沒有成為甚麼派，也不是政治家，不過，他是一個關心社會的人，他寫《西洋雜志》，重點也不放在遊山玩水上，而是記述各國的風土人情，看到任何科技進展、文化教育發達之處，就在字裏行間透露了對國家殷切的期望。譬如看製炮、造紙、織呢，中國以人工，西人用機器，在生產上有了很大的差別；又譬如一八七七年他初至巴黎時，當地還沒有電氣燈，過了一年，歌劇院館前大街，已經燈火通明，全是炭精棒發光的電氣燈。在德、法、西班牙等地，他都到議院旁聽，每每看到兩黨政爭激烈，「而於國事無傷，與中國黨禍絕異」，不無感概。

在〈與李勉林觀察書〉中，黎氏一面報道自己的行止，一面陳述自己的建議，他認為，十餘年來，中國頗講自強之術，然兵船未能逾新加坡一步。現雖遣使駐紮各國，而商賈不能流通，行旅不至於錫蘭，怎能說是長駕遠馭？所以，他建議國家注重辦理交通事務，仿照外國火輪車船公司及電報信局之例，由國家出經費，官方主持。

在〈上沈相國書〉中，他也提出國人出洋，應該先打好外文基礎。譬如他自己，不懂西洋語文字，徒能窺觀大略，而無從細求，引為憾事。當外交官，到了國外，當然遇見各國官員的不同嘴臉，他說，國家遣使四出，外洋也知和中國交誼，平日意在聯絡邦交，倒事漸臻融洽，不過，一遇上公事交涉，則各國俱頗自尊大，純任國勢之強弱以為是非，斯固未可盡以理喻。可見當使臣之難處。在外交上，黎氏認為我國應聯英防俄，他說：俄雖與國為鄰，而行事欺詐，歐洲之人，無不心畏而惡之。事實上，當時伊犁尚為俄人所佔，老沙皇在新疆西部邊境上，索地陳兵，咄咄逼人。黎氏主張堅決抵抗，不贊成退讓。他始終認為沙皇俄國對蒙古、新疆垂涎已久，不可不防。

六、探索精神

做一個外交官，看似是很舒服的。黎庶昌就說過：交涉事少，時日甚覺寬閒，參贊更無所事事，整日生活很悠閒。那麼，在國外做做參贊，舒舒服服地過一生，豈不是一件賞心樂事？但黎庶昌畢竟是個關心國事的人，當他到了外國，看看鄰國對我國虎視眈眈，就想到身為中國人，應該為國家做一點事。於是，他在給曾紀澤的幾封信裏，表明了自己的志向，要學張騫和班固那樣，親自到俄國中亞細亞、西伯利亞去考察，經過的地方，凡山川城廓、風土人情、道途險易、戶口蕃耗、貿易盛衰、軍事虛實，以及輪車、電線能否安設，一一諮訪查看而記載之，可以畫地圖的，還要畫地圖回來，「以備日後通商用兵有所考核，不為俄人所欺」。

黎庶昌深深感到俄國是我國的大敵，將來終會與中國作戰。事實上，黎氏身後，一九〇四年，日本和俄羅斯為爭奪中國東三省的勢力範圍而發生戰爭。

黎庶昌說，外國人在中國，除通商外，又有「遊歷」的名目，其實許多都是窺探國內的情況和地形，即使是邊鄙之地，如新疆、蒙古、青海、西藏，都有西人蹤跡，西洋國家雖在數萬里外，對中土形勢卻瞭如指掌。反過來說，中國的一群士大夫，對外國的認識就茫茫然了。雖然使節開始四出駐紮各國，但外交官只在繁盛的地區，而俄羅斯邊地綿長，與我國鄰接二萬餘里，疆域糾紛很多，中國從未派人深入腹地探測。康熙年間，兵部郎中圖里琛出使，往返三年，只到過土爾扈特。同治時欽差副使志剛奉使至俄，因為畏懼艱難，竟不敢從陸路返國。

黎庶昌在〈上曾侯書〉中說：「庶昌不惜軀命，乞充一路之任，以上報國家。」黎氏對探險之事並非紙上談兵，他既下決心，就做了許多準備，搜集了一批英法等人的遊記作為參考，而且計劃好行程的路線。可惜，他的壯志未遂。但他的科學精神和關心國家的胸懷，可以不朽。

黎氏是桐城名家，與張裕釗、吳汝綸、薛福成同為曾門四弟子，人們較熟悉的，是他的《續古文辭類纂》與《古逸叢書》。

一九八三年七月三日至八日

李二先生

如果我國多一些像黎庶昌這樣的血性男兒就好了，可惜，居高位的、執掌大權的人，偏偏是些李鴻章那樣的人。這位欽命太子的太傅、文華殿大學士，出國的時候，可威風得很，他是以頭等欽差大臣的銜頭出外代君行事的，冠飄三眼花翎，身穿黃馬褂，轎安紫繮，乘「海晏」號輪船出洋時，炮台及中西各兵艦均鳴敬炮，各營兵列隊海濱，齊放排槍，真是赫赫威武，堂堂陣容。

到了外國，李鴻章也受到特殊的隆重歡迎，巴黎車站外，除懸掛彩旗外，還高揚中國龍旗，在德國，他獲贈紅鷹大十字頭等寶星，在英國也獲贈維多利亞十字寶星，各國的報紙無不把中國公使到訪的消息列為頭條新聞。他與各國名流也不知合拍了多少照相。

李鴻章出洋，公不忘私。奧人朗德根新得照相之法：凡衣服、血肉、木石諸質，盡化煙雲；所留存鏡中者，惟五金類及骨殖全副而已。李鴻章在馬關議約時，猝遭射擊，面上留有槍彈，既然到了柏林，就請朗德根替他照一次X光，果然在左目之下，發見一顆子彈。於訪英時，李鴻章曾參觀鑄造車機局，看見縫紉機，想起這正是送給西太后的好玩意兒，結果，由鑄機局送了兩台回國。他參觀足球賽，很不明白為甚麼搶得了皮球，又把它踢走。參觀英國水雷廠時，李鴻章居然忽發奇語道：李大臣願見試放一雷，何如？他哪知魚雷一放，則他老人家從此可以騎箕而去了。

李鴻章想試放魚雷看看事小，他想以夷制夷簽下中俄密約，害苦了中國。俄人說得好聽：我們既然宣佈了中國領土完整的原則，在發生緊急情況時當給中國緊急援助，但俄國兵力集中歐洲，與中國沒有鐵路連接，如何援助呢。於是欺詐利誘，密約一簽，俄國通過黑龍江、吉林，接造鐵路，以達海參威，無論戰時和時，俄國均可用這鐵路運兵、運糖、運軍械。日本還沒來犯，俄人已先入侵了。李鴻章赴俄時對黃遵憲說：聯絡西洋，牽制東洋。回國後又得意地說：二十年無事，總可得也。哪知兩年內就被列強相繼欺壓了。民間傳出這麼一副對聯：「宰相合肥天下瘦，司農常熟世間荒。」李鴻章是合肥人，合肥用在這裏，顯然另有所指；另一位則是翁同龢，常熟人。兩位都是清末軍機重臣。

市井另有一聯，寫得更直接：「楊三已死無昆丑，李二先生是漢奸。」楊三是當時的昆劇名伶，李鴻章則排行第二。

一九八三年七月九日

錢單士厘

錢單士厘（一八五六—一九四五），清光緒時一位了不起的女子。本人姓單，丈夫姓錢，按照當時的稱呼習慣，所以是錢單士厘。錢單士厘的丈夫錢恂，是錢玄同的長兄，比錢玄同大三十四歲，是一名外交官，清季時先後在中國駐倫敦、巴黎、柏林、彼得堡、東京等地使館工作，最後任駐荷蘭、意大利等國公使。錢單士厘曾隨丈夫出國，從閨房走向廣大世界，她的出國，比秋瑾還要早五年。回國後，她寫了兩本遊記，分別為《癸卯旅行記》和《歸潛記》，是我們現在所知道的中國第一部女子出國的旅行記。

錢單士厘的遊記有一節記她在日本東京市上的感觸，她看見日本也有很多西方進口的物品，但進口的物品，多半是圖書和工業用品，而她在我國上海時，見到洋行裏所賣的卻盡是手錶、戒指，以及其他「玩品」。她覺得日本學習西方「專務實用」，而中國，則喜好些炫耀奢華之物。這些，錢單士厘絕對買得起，但讀她的遊記，我們讀到的正好是有思想有感情的文字，而不是一些「手錶、戒指和其他的玩品」。

到了外地，錢單士厘常常會把別的國家和自己的國家比較，譬如女子教育，她認為中國女子注重兩性道德，這是西方婦女所不及的。但中國的缺點在於完全沒有認識到女子教育為國民教育之根本，以為「德」，即「一物不見，一事不知之謂」。她認為，一個婦人，能守婦德，又益以學，才可貴。錢單士厘自己就是個好學的人，到了日本，很快地學會了日文，連錢恂都得依靠她當翻譯。

錢單士厘的遊記，多集中在記事上，她記錄了從海參威經當時俄人控制下的中東鐵路，再過西伯利亞直達聖彼得堡途中的見聞，對於沙皇的擴張野心和侵略暴行，有深刻的描寫。譬如鐵道進入中國東北境時，關權竟操在俄國人手中，中國人在本國領土竟要受俄國人檢查，而且檢查得非常嚴苛。至於在哈爾濱，俄人更強佔大量的民居，來作鐵路的起點。

《歸潛記》敘說了很多希臘羅馬的神話、宗教和歐洲建築。錢單士厘還是第一個讚揚托爾斯泰的中國婦女。

一九八三年七月十日

不如無書

讀書是好的，不過，可不能盡信書，讀死書可就糟了。最近，我竟糟了一次。我看《花鏡》，看見注解中說銀杏「近幾千年來環球各地都已絕跡，唯我國仍保持下來」，遂驚為天樹，而書本的修訂後記又是一九七八年秋天做的，我就信以為真了，還以為全世界都沒有銀杏樹了哩。

原來除了我國，別的國家也有很多銀杏樹。一位朋友連忙告訴我，他生活過的愛奧華和巴黎，就有很多銀杏樹，甚至是整條街長滿了的；至於維也納的一個公園裏，又有兩棵很像樣的銀杏，因為樹們美麗，他在那裏呆了好一陣子。

我摘過一片銀杏葉，把它當作一把小扇子看，許多年了，這小扇子除了變了一點兒黃，形態不變，而且很是結實。見過銀杏的朋友也藏一片銀杏葉，因為葉端略有凹縫，像一隻展翅的蝴蝶。朋友喜愛楓葉與銀杏，他說，楓葉一到秋天就變紅色，而銀杏，一到了秋天就變金色，都是極好看的。

可惜，我沒有見過金黃滿樹的銀杏，我每次見到楓樹也總是夏天。杜牧的「停車坐愛楓林晚，霜葉紅於二月花」，我只能嚮往。去年夏天到過愛晚亭，如果是深秋就好了。我是一個永遠和時間做捉迷藏遊戲的人，時間總是贏。說起杜牧的〈山行〉，看過一篇短文章說，大家都認為那是一首描寫深秋景色的詩，因為楓葉是深秋才會轉為紅色，像花朵一般；不過，據作者真實觀察，在春天的時候，有些楓葉會和秋天一樣變為紅色，因此，杜牧的詩，寫春天的景色也是有可能的。

再說銀杏。銀杏的種子我們是常常吃的，白果除可供食用外，也可供藥用，有溫肺、益氣、定喘嗽等效能。不過，食用不能過量，如果吃多了，會中毒的。那就要連飲冷白酒幾杯，一吐即癒。我想，讀書也是不要這樣死讀，不要和生活脫節，亂讀書，不會辨別，就會中毒，有待白酒朋友來解毒了。《花鏡》對銀杏的注解，可能因郭沫若的文章「銀杏為東方的聖者……」而起。朋友說：郭氏，不是要打倒聖人麼？

一九八三年七月十一日

杜甫足跡

一、會當凌絕頂

「訪古學詩萬里行」是一次怎樣的旅行呢?原來那是山東大學《杜甫全集》校注組的成員在年逾七十的蕭滌非教授的率領和指導下,先後在一九七九年和八〇年兩次赴山東、河南、陝西、甘肅、四川、湖南等地,對杜甫的行蹤、遺跡及影響,作了一番探訪。他們一面學習杜詩,一面實地考察,大家還寫了一些筆記,記下了各自的所見所感,回來一同完成了《訪古學詩萬里行》,真有意思。對於喜歡杜甫的詩的人,當然是一本好看的書;對於喜歡旅行的人,這本書也有啟發的作用。或者,將來就有人跟着司馬遷、徐霞客他們的足跡去作萬里行了。

旅行隊追溯杜甫青年時代的遊蹤,最先的目的地是泰山。泰山南麓的岱廟,是歷代帝王祭祀泰山的地方,岱廟院內碑石如林,最珍貴的實物要數傳説是李斯手筆的秦碑。不過，對於旅行隊的成員來說，更吸引他們的是有名的「望嶽碑」，上面刻了杜甫著名的〈望嶽〉詩，為清乾隆時期泰安知府、四川綿州人何人麟的書法。院內漢柏亭前石壁上還鑲嵌有何人麟寫的杜甫〈秋興八首〉。

歌詠秦山，在杜甫之前，有張衡、陸機、謝靈運等人，和杜甫同時的有李白，杜甫之後，更多不勝數，但泰山上下，沿途的題字刻石，仍以引用〈望嶽〉中的詩句最多，斗母宮外就有「青未了」三字；中天門路上有「造化鍾神秀」；對松亭對面峭壁上有「盪胸生層雲」。而南天門內的「未了軒」，就是根據「齊魯青未了」的「未了」取名的。泰山極頂玉皇廟門前的無字碑上正中，則刻有「一覽眾山小」的橫額。為甚麼總是杜甫，很簡單，那麼多的泰山詩文，最好的還是杜甫。這首詩的動詞：青、鍾、割、生、入、凌，都精準極了。

杜甫有沒有上過泰山呢？是站在山下抬頭望嶽懸想，還是也曾凌絕頂呢？詩人晚年寫的〈又上後園山腳〉詩裏這樣說：「昔我遊山東，憶戲東岳陽。窮秋立日觀，矯首望八荒。」可見，杜甫那時已登上了泰山的日觀峯，抬頭遠望四面八方，而且是在秋天。年青的杜甫登山時的胸襟是「會當凌絕頂，一覽眾山小」，雄心壯志，晚年則無限感慨，變成了「平原獨憔悴，農力廢耕桑。非關風露凋，曾是戍役傷」。

二、南樓縱目初

要追蹤詩人的足跡，其實也不是很容易的。泰山沒有變，而且泰山只有一個，不會找錯，至於其他的地方，就不像泰山那樣目標鮮明了。譬如石門，究竟在哪裏呢？杜甫居住兗州時寫的〈劉九法曹鄭瑕丘石門宴集〉和〈題張氏隱居〉二首，詩中都提到「石門」。旅行隊到了兗州當然要去找石門了。有人說，就在城東二里之地，因為那裏本來有巨石若門。旅行隊跑去一看，和杜甫描寫的景況完全不對，杜甫說「春山無伴獨相求，伐木丁丁山更幽」，他們到的地方，竟連山也沒有。後來，大家想起了《桃花扇》的孔尚任隱居石門山讀書，才在曲阜縣城東北六十多里找到石門山；山高二、三百米，松柏頗多，不過，山頂禿光，除幾間破廟外，甚麼遺跡也沒有了。但這石門山南四、五十里即泗水，山北不遠是「竹溪六逸」隱居的徂徠山，正符合了李白在〈魯郡東石門送杜二甫〉詩中說的「秋波落泗水，海色明徂徠」。

杜甫第一次漫遊齊、趙，結識了「讀書東岳中」的蘇源明，一同放歌射獵、縱談文史，生活過得很愜意，可惜後來源明早死。杜甫的另一位素友是任俠好施的張玠。有的杜詩指杜甫〈題張氏隱居〉二首，是指「竹溪六逸」的張叔明，其實，「張氏」很可能是指張玠。「澗道餘寒歷冰雪，石門斜日到林丘」，日暮時分，夕陽照射到林丘，張玠可能就隱居在石門山的林丘。

二十多歲的杜甫到山東去，主要是省親和遊覽，因為當時他的父親杜閑正任兗州司馬。杜甫在〈登兗州城樓〉提到「南樓」，所以，旅行隊又去訪南樓了。南樓本來是唐兗州的南城樓，但唐代城牆現在已經沒有了，人們把杜甫曾登臨賦詩的城樓遺址改為「少陵台」。因杜甫晚年自稱「少陵野老」，這是台名的由來。明代時，少陵台被圈進了滋陽王府內，直到清康熙年間，知縣趙蕙芽才在台上建亭，奉杜甫像在亭內，又在少陵台上修建子美祠，因杜甫字子美。

旅行隊追尋詩人的遺跡，找到了「南樓」嗎？縱目之下，找到了。不過，南樓變了少陵台，而少陵台呢，原來變為報警台了，因為這個地方如今是在兗州縣防空辦公室的院子裏，台上稀疏地長着幾棵樹，裝有警報器。

三、海右此亭古

杜甫到濟南去遊歷，有兩個原因，其一是他的弟弟杜穎當時在臨淄郡的臨邑縣任主簿，其二是他的「忘年之交」老朋友李邕當時在北海郡任太守，李邕之孫李之芳在齊州任司馬。杜甫到濟南去，可以探望弟弟，也可探望老朋友。果然，李邕聞訊後，即從北海郡趕來，老友重逢，相見甚歡。天寶四載，李邕在歷下亭設宴招待杜甫，杜甫則寫下了〈陪李北海宴歷下亭〉詩，其中名句為：「海右此亭古，濟南名士多。」

杜甫少年時居洛陽，年高望重的李邕曾去探訪他，所以杜甫有「李邕求識面」之句，頗有得意之色。這次在歷下亭，大家暢談了開元前後的作家，十分投契。歡聚之後的第三年，李邕就被李林甫和吉溫誣陷處死了。李邕在開元天寶時代是一個位卑名高的人物，善寫碑版文字，對權貴敢於蔑視，對賢士虛懷結交。由於他剛直不阿，觸犯朝臣，曾兩次被貶嶺南，但愈受貶斥，聲名愈高。杜甫與李邕在歷下亭飲宴後，歷下亭遂成了名勝。如今，在大明湖南岸乘船就可以到達歷下亭，那裏環境幽雅清靜，修竹垂柳，涼風習習。碧瓦紅柱的歷下亭就屹立在繁花茂樹間，「歷下亭」金字扁額是清乾隆的手書，亭柱上的對聯就是杜甫的名句。楹聯上有「海右古亭」四字。不過，這個大明湖心的歷下亭，可不是杜甫和李邕當年歡聚飲宴的地方，卻是清初修建的亭，而宋、金、元、明時的歷下亭則在現在大明湖南岸。那麼，唐以前的古大明湖又在哪裏？原來可以從北魏酈道元的《水經注》得到答案。「濟水注」說濼水「北流為大明湖，西即大明寺，寺東、北兩面側湖，此水便成池也。池上有客亭」。淨池，今名五龍潭。原來唐以前的古大明湖在五龍潭附近。宋代大明湖稱「四望湖」，到了金代，元好問的〈濟南行記〉中始稱「大明湖」。「池上客亭」即杜甫所稱的歷下亭，因在歷山之下。

四、懸崖置屋牢

敦煌、雲崗、龍門等地的石窟，許多人都去過了，甚至有許多人也去看過大足石刻；不過，麥積山石窟，到的人就少些，而杜甫卻到過麥積山，而且留下一首〈山寺〉詩，是歷代著名詩人遊麥積山的詩作中最早的作品。麥積山在天水東南約一百里，是我國佛教史上四大石窟之一，山的樣子很奇特，遠遠望去，像是一座巨大的麥秸垛，因此叫麥積山。

人們到達麥積山下抬頭一望，只見面前上下完全垂直的山崖聳立，直插雲霄，山崖上佈滿了密密麻麻的洞窟，高達十六米的佛像凌空懸起，好像山崖、石窟、佛像頃刻之間就要壓了下來一樣。麥積山的石窟險峻，所有的石窟都開鑿在數百米高的絕壁上，有的洞寬三十多米，也有的僅半米見方。洞窟之間，僅靠懸空在石崖之外的棧道相連，走在盤旋的棧道上，猶如騰雲駕霧，膽子小一點也不能到達最高處。杜甫詩句「懸崖置屋牢」就是寫這一險境。

麥積山石窟保存得較好，要歸功於地勢險要。明代後，棧道年久失修，遊人不能攀登，就可望而不可即了。相反地，敦煌的文物珍品則幾乎被掠奪殆盡。

杜甫〈山寺〉「懸崖置屋牢」的上句是「亂水通人過」，其實似乎應該是「亂石通人過」，因為唐代時天水發生過一次大地震，把麥積山中間震塌了，整個窟群分成了東崖和西崖，杜甫遊麥積山時是在地震之後。他的詩，除文學上的意義，對研究麥積山的歷史，可能還有重要的學術價值哩。杜甫為甚麼要到天水去呢？當然是為了避難。當時安史之亂還在繼續，關輔大旱災荒嚴重，而且，杜甫眼看朝政流入奸人手中，便毅然放棄了華州司功參軍這個職務，到甘肅天水去投奔侄子杜佐。甘肅天水即唐代的秦州。當時中原地區狼煙四起，秦州卻保持相對的穩定，不過，後來終於也被吐蕃攻陷。杜甫在秦州時覓居不成，衣食不能自給，又得不到朋友的援手，他說「無食問樂土，無衣思南州」（〈發秦州（乾元二年自秦州赴同谷縣紀行）〉），只好離開秦州，起程入蜀。

五、我行山川異

「翳翳桑榆日，照我征衣裳。我行山川異，忽在天一方。」這是〈成都府〉的句子。杜甫是在乾元二年冬天的一個傍晚到達成都的。唐代的成都是西南最大的重鎮，西川節度使即駐節於此。杜甫在成都過了四年相對安定的生活，除了短暫的幕府生活（住在幕僚府中，不許回家），以及偶至新津、青城、灌縣一帶遊覽外，大部分時間是在草堂度過。他在草堂寫下了二百多首詩，成都杜甫草堂，遂成為我國文學史上的聖地。

現在我們見到的杜甫草堂，是極寬闊的一座大院落，如果當年杜甫真的住了那麼漂亮的大宅第，他也不會是一個窮詩人了。事實上，杜甫當年住的草堂是很狹小的，他搬走後再沒人居住了。唐末，詩人韋莊來到成都，在浣花溪尋得杜工部草堂舊址，「雖蕪沒已久，而柱砥猶存。因命芟夷結茅為一室，蓋欲思其人而成其處，非敢廣其基構耳」。韋莊之後草堂又寂寞了一百多年。到了北宋時，只知草堂的模樣是茅屋一間，內有一幅遺像。後來疏疏落落地有人修建，也有命僧人居住看守的，而且愈修愈廣，不僅蓋了正室作為祠堂，還修建了左右廂房和前後門，並且立了碑記。現在草堂的規模是在清嘉慶十六年修造奠定的，這次建房屋九十間、小橋兩座、官舫兩艘、小艇一艘，還有帘幕几榻之類。正堂已名「詩史堂」，左為「獨立樓」，右為「露梢風葉軒」。現在的「草亭」、「恰受航軒」都是當時命名的。其實，杜甫草堂原來所在的位置，只是「詩史堂」的地方，現在則既有青瓦紅牆的夾道花徑，還有大園林。

草堂外的浣花溪，有過一段傳說，說唐代西川節度使崔寧的妾任氏，是虔誠的佛教徒，本是普通民女，一次在溪畔洗衣時，甘心為一個遍身疥瘡的和尚洗他又髒又破的袈裟，當她漂洗時，每一漂衣，溪水即泛起蓮花，撲鼻異香，和尚不見了。現在的浣花溪則分隔成幾段小小的養魚池。「舍南舍北皆春水，但見群鷗日日來」，這樣的景緻，久遠了，完全不能想像。

六、遷居白帝城

杜甫在成都草堂寫下了二百多首詩，但他在夔州居住了不足兩年，卻是詩作最旺盛的階段，竟寫下了四百多首詩，相當於全部杜集的七分之二。夔州是巴蜀的門戶、水路的咽喉，地勢險要，為歷代兵家必爭之地。夔州現名奉節，在長江北岸，奉節大南門上本來有「依斗門」三個大字，可是，旅行隊到了大南門抬頭一看，怎麼也找不到三個大字，原來被「農業學大寨」五個字覆蓋住了。

杜甫於大曆元年春末抵達夔州，足跡遍及不少地方，譬如白帝城。如今白帝廟明良殿的楹聯扁額都是杜句，像「伯仲之間見伊呂」、「諸葛大名垂宇宙，宗臣遺像肅清高」等。廟內臨江有一觀星亭，亭內有石桌，桌座呈八稜，上刻〈秋興八首〉。傳說那是諸葛亮夜觀星象的地方。唐代的夔州一般被稱為白帝城，杜甫〈移居夔州郭〉就寫「伏枕雲安縣，遷居白帝城」。順着江流向東望去，夾江對峙的是赤甲山和白鹽山，一個山像桃子，呈紅色；一個山則呈灰白色，像鹽堆，相映成趣。在白帝山頂向西南下方俯視，可以看見瞿塘峽口的石礁，就是小灩澦。杜甫〈灩澦堆〉

就寫過：「沉牛答雲雨，如馬戒舟航。」這是說為了求上天保護，把牛沉於水中以作祭祀，在灩澦堆如奔馬時，就絕不宜行船。

如今三峽的石礁都給炸掉了，對航運來說，也不再危險了。杜甫遷居白帝，換過四個居住的地方，赤甲不可考，其中西閣是在現在的關廟沱，面對灩澦堆，可以看到江中往來的漁船，也可看到峽中陰晴風雨的變化。〈閣夜〉說：「五更鼓角聲悲壯，三峽星河影動搖。」

杜甫在西閣住了將近一年，便搬到瀼西居住，買了四十畝柑園，自己蓋了房子，那是瀼西草堂。瀼西，現在梅溪河之西，也是今日奉節城東一帶。但瀼西草堂遠不及成都草堂出名，因為地址已不可考。到了北宋，這地方被改為州城，劃為阡陌，裂為坊市，連宋代的陸游他們也找不到草堂位置了。「東屯大江北，百頃平若案。六月青稻多，千畦碧泉亂」，詩題〈行官張望補稻畦水歸〉；杜甫移居東屯，是因為當年夔州都督柏茂琳喜愛杜甫的詩作，委他代管一百頃公田。這地方現在還在，情景和詩很相似，由於河水少，改種了很多玉米。

七、敢辭漁父問

據元代人說，宋時岳陽樓上左右兩壁，一邊是杜甫詩，另一邊是孟浩然的〈臨洞庭湖〉。不過，我到岳陽樓時，只看見范仲淹的〈岳陽樓記〉，樓呢，則是清同治六年，李鴻章的兄長李瀚章主持建造的，三層三檐純木結構，屋頂像一頂將軍帽子。不過最近，這樓據說太舊，已經給拆掉，要重建一座。如果現在到岳陽，就看不見岳陽樓了。

漂泊西南近十年的杜甫，在大曆三年冬天，隨着那條孤舟來到岳陽，登上岳陽樓遠望，感慨萬千：

昔聞洞庭水，今上岳陽樓。
吳楚東南坼，乾坤日夜浮。
親朋無一字，老病有孤舟。
戎馬關山北，凭軒涕泗流。

「春岸桃花水，雲帆楓樹林。偷生長避地，適遠更沾襟。」杜甫又南征了，首先到的是潭州，即今長沙，他當時又老又病，「右臂偏枯半耳聾」，「緩步仍須竹杖扶」，但他在潭州居留的兩三個月中，還數次上岳麓山遊覽。岳麓山上現有理學家朱熹講過學的岳麓書院，又有「霜葉紅於二月花」的「愛晚亭」，但杜甫那時所見，是美麗的山色，所以他說：「一重一掩吾肺腑，山鳥山花吾友于。」罕有地流露出喜悅的心境，這種心情杜甫晚年是罕有的，大抵是因為有山鳥山花朋友在，這位好友是抵達潭州履任刺史的韋之晉，韋對杜甫悉心照顧，只可惜不久病逝了。

當然，在長沙，杜甫常去的地方還有「定王城」和「賈誼宅」。杜甫離開潭州，本來想到郴州投奔在那裏作錄事參軍的舅父崔偉，「敢辭漁父問，從此更南征」，但他到了耒陽，上水船因江水上漲不能前行，只好停泊在方田澤，過了幾天，詩人回舟潭州，再離潭州歸秦，病歿於岳陽舟中。杜甫終於走完了他的萬里行。我在岳陽乘船赴君山時，當地導遊說君山對面其中一個小島上有杜甫的墓地。杜甫之墓，傳說紛紜，我想，若是洞庭湖上的一個無名小島，那其實倒是很好的。

耒陽、平江、偃師都有杜甫墓。還是杜甫誕生的地方似乎比較真實些。河南鞏縣南瑤灣村是杜甫的老家，村子西面有座清製碑樓，上刻「唐工部杜甫故里」。村東北角有一座小土山，像筆架，山下有個面南的小院，打開黑漆的門，裏面是北方農家式的樸素院落；東面山下有個窯洞，幽暗而清冷，洞分前後兩間，最裏面的一間，據說就是杜甫誕生的地方。

一九八三年九月一日至七日

素葉、碎葉

一、素葉

杜甫的出生地是河南鞏縣，在一個小小的窯洞裏；而李白，他的出生地可遙遠了，如果現在我們想到那裏訪古學詩萬里行的話，得走一趟「絲綢之路」了。

當年玄奘取西經，曾路過李白的誕生地，不過那時候，李白還不知道在哪裏。因為玄奘在唐太宗貞觀元年秋天從長安出發西行，半年後才到達高昌，第二年再繼續西進，經凌山、熱海，過素葉水城。那時候，是公元六二八年。而李白是武則天長安元年出生的，是公元七〇一年。李白出生的地方，是玄奘途經的素葉。

玄奘的《大唐西域記》，專為唐太宗口述西域的風土人情，對素葉水城的記述是：

清池西北行五百餘里，至素葉水城。城周六七里，諸國商胡雜居也。土宜穈、麥、蒲萄，林樹稀疏。氣序風寒，人衣氈褐。素葉以西數十孤城，城皆立長，雖不相稟命，然皆役屬突厥。

當時的素葉，由突厥人治理。大清池是熱海，又叫鹹海，因為那裏的水青黑色，味道鹹苦，傳說有水怪，這個地方，是現在的伊塞克湖。素葉水又叫碎葉水，是一條河，《大清一統志》譯作吹河，現在則譯作楚河。素葉水城位於碎葉水南岸，在今蘇聯吉爾吉斯境內，托克馬克城附近。因為李白出生於如此偏僻遙遠的中亞，所以陳寅恪疑他為西域胡人，其實，李白先祖是「中葉非罪，謫居條支」的。

條支並非某一特別的地方，只是泛指西域。郭沫若在《李白與杜甫》（這是一本對杜甫認識不深的人不宜閱讀的書）書內認為，古時凡由漢民族居地移住外域，便說成竄謫或降居，不外是指自行流亡，出奔異地。那麼，甚麼叫「中葉非罪」呢？中葉是依李白的氏族計算的，李白與其九世祖李暠，其間共九代，第五代是中葉，時候正當隋末，故「中葉」，是指隋末，隋代漢人有不少流寓異域，原因是躲避戰亂、經商、從軍、被掠賣，甚或因罪流放。李白的先祖是因「非罪」被流放。公元六〇九年，隋煬帝「發天下輕罪徙居」西域，輕罪重罰，把輕罪犯重判，李白的祖先並非得了重罪而流放，甚至並非因為犯罪，而是自行流亡的。

二、碎葉

素葉，又名細葉，在許多的典籍中則叫碎葉，譯音不同，意思則是水、河、川。所以，敦煌本《大唐西域記》的素葉水城，並無水字，只叫素葉城。唐代似乎有兩個碎葉城，一個在焉耆，一個在楚河；其實，焉耆城四面皆水，當年的安西都護王方翼戲劇性地擒獲西突厥可汗後，並沒有在焉耆築城，而是把原來的碎葉城裝修，刷新城門而已，碎葉城一直只有一個。

唐初，玄奘謁西突厥統葉護可汗於素葉，那時，碎葉還未入唐版圖，到了六五八年，唐滅西突厥，在碎葉川東西設置了昆淩、濛池兩個都護府，又於六九二年復取龜茲、于闐、疏勒、碎葉四鎮。李白出生的時候，碎葉已入中國的版圖，不過李白在五歲時已返回中原。後來突騎斯（烏孫後裔）勢力強大，安西四鎮之一碎葉也被焉耆替代，到了七一九年後，再也沒有碎葉鎮守使的存在了。

李白〈上安州裴長史書〉中說「奔流咸秦，因官寓家」，為甚麼碎葉會變了咸秦呢？一般的說法是，「咸秦」即碎葉之訛，把咸秦兩個字輕輕打發掉了。近日翻讀饒宗頤的《選堂集林》，則見有所解釋，認為咸秦可能是官名，即是拓跋語的「咸真」。咸真是甚麼人呢？乃是司驛傳的人。「奔流咸秦，因官寓家」的意思可能就是說奔走驛人之役，因官職而流寓。因此，李白的先祖可能一度淪為驛傳小吏，到處奔走流離，寄居為家。

張掖沮渠氏，本為羯族，羯族亦用突厥語。李白先祖曾淪為沮渠氏的低級驛人，奔竄流徙於西北，所以也習用拓跋的語言，到了李白述其先代，不想沿用胡語，就不說咸真，而亦當作咸秦了。饒宗頤的看法，比咸秦的碎葉是形訛的說法有見地多了。那麼，傳說李白曾在西域做過翻譯，也是可能的。

不過，唐中葉之後與西域隔絕，唐時碎葉故城已毀壞無餘。

碎葉，如今位於阿克·貝希姆遺址（Ak-Beshim），就在今吉爾吉斯的托克馬克旁邊。

一九八三年九月八日至九日

臺靜農：那些無助的女子

吳二姑娘提着菜筐和小水桶，到水井這邊來打水了，她穿着鳳頭鞋，洗菜的時候，袖子高高地捲着，露出紅嫩的手膊，水井邊幾個小伙子，黑眼珠都朝她迷惑地看着。吳二姑娘健康、活潑、生氣勃勃，走起路來大搖大擺的，誰個惹了她，她就會站在棵大樹下口裏放沫的罵。年輕的吳二姑娘是無憂無慮的吧，彷彿甚麼人都不必為她的將來擔心了，將來她會有怎樣的一個將來呢？

翠兒和吳二姑娘一般，也是一個漂亮的年輕姑娘，父母為她選了一個好女婿，男家有錢有勢，新姑爺的學問、人品、樣貌都好，像這樣的一門親事，誰說翠兒沒有福氣呢。可是，吳家少爺得了病，要翠兒過去沖沖喜；出嫁的日子，香案上左邊的燭焰竟然熄滅了，好像是被急風催迫的樣子。翠兒上轎時的哭聲，已不是普通女兒的常態，竟是慘痛的、絕望於將來的聲音，而事實上，翠兒才嫁過去，新姑爺就去世了。

出殯的時候，街道上的婦女們含着眼淚向翠兒的背影悵望，她們說：這姑娘真可憐啊。又說：為甚麼沖喜也無用呢？對於命運的擺佈，婦女們只能群居一起無助地歎息。

羊鎮十字街油鹽店的少主母，該是嫁得不錯的一個女子了，夫家開了店，生活是不用愁的，而且店內有一名忠心耿耿的長工吳老爹，打理一切的店務。年輕的少主母嫁了過門，第二年就生了個兒子，頭一胎就生了男孩，怎麼不是祖上積德、自己的運氣好。可是少主母哪裏知道，年輕的丈夫漸漸地不規矩起來了，整日價不是同市鄰們一起打牌，就是在市頭妓女家鬧酒，店舖的存款都被他掠去，門面漸漸艱窘，生意也冷落起來。少主母可是一個性情溫順、懦弱的人，在丈夫面前一句硬話也不敢說，到了最後，少主人賭輸了錢，房子也賣了，自己決定去當兵，叫妻子和孩子回娘家過活，吳老爹也只能為自己打算。好好的一個家，竟此散了。

也有些丈夫算是善良的好人，既不賭錢，又不到外面胡混，可是，遇上了荒年，飯也沒得吃了，日子又如何過呢。李小就是這樣了，大伙兒遇上了十年沒遇見的荒年，窮人更窮人了，所以，他不得不把妻兒賣掉。當年，妻兒在鄉間當貨物轉賣是常有的事。李小本來想去逃荒，他的妻子並不願意：逃荒，荒能逃得掉嗎，或者竟在半路上餓死了，而且，身邊還有小孩。李小的妻寧願改嫁，人總是要活的。李小覺得恥辱，但他不得不安慰自己，到了這種地步，不是個人的意志，而是命運的播弄。生活在人世間，又誰能非笑命運呢。李小的妻不得不改嫁該也是命運的指使吧。

李小的妻改嫁了，汪大嫂的情況也一樣，可是，汪大嫂的命比李小的妻還要悽苦。她的丈夫沒有因窮要逃荒，賣了她，而是死了，拋下了她。照汪老爹的意思，自己的大兒子既然死了，留下的這個小寡婦，可以賣掉，得些錢財，也好湊個生意本。不過，汪老爹沒想到，汪大嫂竟和大兒子的弟弟汪二有了孩子，肚子一天一天大起來。汪大嫂想想，自己這個樣子，孩子生下來，算誰的呢，唯有和汪二拜了堂，磕了頭，反正人家是笑話的了，將來還要過活，還要見人。叔嫂拜堂，真是一件見不得人的事，難怪汪大嫂在拜堂時對着亡夫磕頭，眼淚撲撲落下地，當時，室內陰森慘淡，雙燭顯得黯淡無光，大家都手足失措。是怎樣的一種命運的安排，竟叫叔嫂在那麼愁慘慘的半夜拜堂呢。

四太太是趙四爺的妻子，按說，她也是嫁得不錯的，趙四爺在衙門裏辦公，家裏是出一屋進一屋，十分風光；不過，遇到了一次兵變，兒子被殺，女兒被姦，趙四爺的親兄弟，跑個沒影沒蹤，回來後把亡兄的房子家產都哄去了。所以，四太太發了瘋，整天在街上遊蕩，還當女兒、兒子活着，要出嫁了，要娶媳婦了。不在街上遊盪的日子，她會守在兒子的浮厝旁邊，露出頹喪的神情與慘白的眼色，見了人來，總是招呼：請進來，喝一杯喜酒罷，看看新娘。有一天，是重陽節的前一天，不知怎的，四太太將兒子浮厝上的草燃着了，結果被燒死了，她的屍體，就是一大堆浮厝灰燼裏藏有的一個小小的黑團。

得銀的母親如今很老了，家裏一個人也沒有，本來，她還有一個兒子，她把希望全寄在得銀的身上，可是，得銀不知如何，餃子也不賣了，竟結交了個能打少林拳的人，讓人家勸了下水。某一日清晨，他臉色慘白，出門之後就沒再回來。他母親在夢中見過他，血着身子，竟沒穿衣裳。

七月十五日，市上有河燈會，得銀的母親並沒有錢買紙做燈，她偶然抬頭看見荻柴的破牆上夾有小小的紅塊，正是一張紅紙，滿臉熱淚地拿下來，又到鄰家去討一棵竹子。竹片軟，破竹的刀把手指割破了，她敷些香灰在手上仍繼續糊燈。那是一盞小小的美麗的紅燈，紅燈在河上漂浮的時候，得銀的母親在她昏花的眼中，看見得銀得了超渡。

臺靜農在他的短篇小說集「後記」中說，書中有九篇都是以他的故鄉為題材的，編成集子名叫《地之子》。這些小說，我們可以讀到許多女子悽慘的遭遇，各有各的苦況。生長在中國大地上的女子，數十年來都是被欺壓得低下頭來，默默無語，只能認命。為甚麼這些女子的一生幸福，都要掌握在別人的手中呢。讀臺靜農的小說，生活在羊鎮的女子中，我只看見一個活潑、健康的吳二姑娘，但是，後來她的命運又怎樣了?能否平平安安過日子?那許許多多無助的女子，彷彿天生是弱者，得把幸福投注在丈夫的手裏，大多全輸了。況且，在中國的大地上，又偏有那許許多多的兵變、水災、旱災和荒年。

臺靜農：《地之子》

一、也不埋怨那人

二十年代，有些甚麼人在那裏寫小說呢？臺靜農在寫。他的那些出色的短篇，如〈蚯蚓們〉、〈拜堂〉、〈紅燈〉、〈燭焰〉、都是一九二六、二七的作品，每一篇都正面或側面反映了羊鎮的小人物不同的面貌，並且用了簡潔的文字、明快的剪裁和有力的象徵。

〈蚯蚓們〉裏的李小，因為窮得走投無路，不得不賣了妻兒；〈負傷者〉裏的吳大郎，也賣了妻兒，他賣妻，是因為老婆偷漢。那個年代，妻兒不過貨物而已。吳大郎，令人想起古代的武大郎，他常常在外邊蹓躂，遲遲不敢回家，回家去會怎樣呢？回到家裏，他的妻子就會指着他迎頭破罵，或者，他的妻子正在家裏跟一個四十許凶橫的男人擁抱、調笑，見到了這個男人，他便不禁打一個寒戰。那一次，他氣不過忽然對女人罵說：「你咒我死麼！我死了，你們好快活！娶了這樣的一個不要臉的淫婦！」不久，女人對着她的情夫哭哭啼啼，那人就一把刀抛向吳大郎，落在腳背上受了傷。

在鎮上，見了吳大郎的人誰不嘲笑他呢，他真是一點臉面也沒有了。那次他的腳受了傷，還因為打架被警察拉到署裏去，放出來的一天，又嚇又哄的，結果把老婆賣掉了，署長從中也撈了一筆錢。吳大郎沒了老婆，而且無家可歸。他想到報復，於是鼓起了勇氣回家去找老婆的漢子算帳。可是，到了家門，勇氣又離開了他，變成一個既可憐又愚鈍的人。終於，被屋內的人連同四鄰召來警察，將他抓了起來。他遭警察捆了又捆，卻一句話不說，也不反抗，像木頭一樣。幾十天後，竟因為黑夜行凶的罪名，帶了腳鐐手銬給押到縣裏去了。

武大郎有他的兄弟武二給他出頭，羊鎮的吳大郎就沒有任何人能為他做甚麼了。和〈蚯蚓們〉裏的李小一般，吳大郎倒也沒有特別埋怨自己的妻子，他不怨那女人的薄情，女子何嘗不是受害者？他仇恨的是這樣挾了錢和權勢的男子，掠奪了他的女人，佔據了他的家室。

二、羊鎮的油鹽店

羊鎮的十字街，有一家油鹽店，打理店務的是一個叫做吳老爹的人，他可不是店舖的老闆，他只是十四歲的時候，便來到油鹽店。後來，老店主夫婦都過了世，主人將剛十八歲結過婚的少主人託給吳老爹照顧。這少主人沉迷賭博，不但不理店務，並且只知將錢筒裏的錢，倒了，也不過數，便悄然地拿走了。

在〈吳老爹〉這個短篇小說裏，又出現了一個默默地接受命運安排的女子，那就是油鹽店的少主母。本來，她嫁了那麼一個丈夫，衣食是不該擔憂的，而且又生了個兒了，一生應該可以安安靜靜地過；可是，丈夫卻是個整日往外跑，拿了所有的錢去賭博的人。她性情溫和而且懦弱，在丈夫面前一句硬話也不敢說。吳老爹也覺得女人是應該這樣的，丈夫雖不好，要是女人來管，倒有失體統了。所以，勸導少主人改邪歸正的責任，他就放在自己身上。

少主人愈鬧愈不成樣子，少主母幾乎天天暗地裏哭，店鋪的存款都被少主人取去，無法添置貨物，門面漸漸艱窘，也漸漸冷落起來。後來，少主母把首飾檢出變賣，幫補生意，經過左扣右扣，剩下的實在很少。而且，由於急於脱手，總被壓低了價錢。有一天，少主人回來了，竟然也哭了，原來他賭輸了錢，連房子也變賣了。他自己決定去當兵，女人和孩子則叫她們回娘家過活。至於吳老爹，他只能叫他往後自作打算。一個家，就拆散了。第二天，吳老爹戴着破斗笠，穿着草鞋，揹了小小的包袱，獨自在春雨紛紛的大路上緩緩地遠去。

〈吳老爹〉主要寫的是吳老爹這個人物，少主人最後對他説：「吳老爹我對不住你，我沒有好處給你，反累你老人家受罪！」但是，對於自己的妻子和孩子，他只是這樣説：「女人，孩子，同我受罪，自然是他們結下了冤孽。」對於吳老爹，他認為自己有些良心不安；對於妻子，他卻看了她一眼，厲聲地説：今晚上收拾收拾，明天帶了孩子回娘家去。我管不了你們了，你們也不要問我的死活。

三、已婚的婦人們

〈拜堂〉裏的汪大嫂和〈蚯蚓們〉裏李小的妻子，是臺靜農筆下的兩個性格鮮明的人物，也和我國傳統的女性形象很不相同。

而且，子夜拜堂的婚事，還是由她主動提出來，不斷催促之下，才積極進行的。〈拜堂〉裏的汪大嫂，丈夫死了之後，並沒有默默地守寡，反而嫁了給汪二，汪二去買黃表和香燭時還在想：同嫂子拜堂成親，世上雖然有，總不算好事。哥哥死了才一年，就這樣了，真有些對不住。

汪二並不想拜堂，他本來想，糊裏糊塗算了。要不是嫂子天天催，也就可以不用磕頭（即拜堂）。可是汪大嫂有她的想法：肚子眼看一天大似一天，要是生了一男半女，到底算誰的呢？不如率性磕了頭，遮羞，反正人家是笑話了。

比較起來，汪大嫂遠比汪二勇於面對現實。和汪二有了孩子，該自殺嗎？她決定的卻是拜堂。於是坐在門口穿上鞋子，到了晚上，又自己去央求兩位大娘來證婚。汪大嫂認為將來還要活下去，就決定勇敢地活下去。

〈蚯蚓們〉裏李小的妻子，也決定要活下去，但她不願跟着李小去逃荒，逃荒的結果，可能是餓死的吧，於是，她寧願改嫁。是因為她自願改嫁，這才叫李小更憂傷了。顯然，這女子是不愛他的了，彼此是不能患難相扶的了。但李小還是原諒了她，認為這也難怪伊，即使伊不改嫁，給伊母子甚麼吃呢。而且，要是說夫妻之間沒有感情，她又怎會在月光之下一面收拾針線，一面在那裏顫動啜泣。

李小的妻子不願和李小一起去逃荒，會不會是為了小孩呢？或者她想過的，她改嫁了，孩子就可以不必吃苦，她就可以為李小把孩子養大了。這，還是為了李小好。不過，事實上，她顯然並不那麼關心李小，居然還叫小孩出來問李小討錢，那筆錢，還是賣掉妻兒的錢。但是，為了小孩而討錢，從另一面想，似乎又是為了李小的孩子設想。

〈蚯蚓們〉寫得那麼好，大概就是在這種種曲曲直直、反覆轉折上吧。而這，也是李小深沉的悲愁刺透他的緣故。

四、誰能非笑命運

虹霓縣的人民真不幸，十年來沒有遇見的荒年，竟碰着了。誰也沒法子挽救，有錢的田主們，天天也在埋怨，說窮人們不修好，累得他們少了收成。

大家都不得已各人想各人的法子。李國富雖然名叫國富，卻是個窮光蛋，遇上了荒年，他也一籌莫展。這年八月十二的月光，特別明亮，他坐在柳樹根下，嘴裏啣着旱煙袋，看着月亮。去年這個時候，他正忙着碾榖子，那時碾了兩斗米，往鎮上賣了，買了些牛肉豬肉、月餅，還給小孩縫了一件夾衣；誰也沒想到，今年是這樣的結局，明天，他的妻子和小孩都要離開他了，因為他已經把他們賣掉了。

李小同樣把妻兒賣掉了，心中不僅存留着傷痛，更重重地蒙上一層恥辱。但是他又自我安慰，他所以到了這種地步，不是個人的責任，而是受了命運的指使。大家一起生活在人世間，又誰能非笑命運呢？

李小雖說賣掉妻兒是受了命運的指使，卻又不免想到妻子的薄情。因為依他自己的打算，原想帶了妻兒往別處逃荒，可是他的老婆竟不願意去，還罵他沒有本事，連老婆也養活不了，鬧得三番五次，終於依了表舅母的調停，讓伊改嫁。

回進茅屋裏的李小，靜靜地歎了一口氣。轉而想這也難怪伊，即使伊不改嫁，給伊母子甚麼喫呢，難道竟教伊們喝風麼？

第二天，李小在賣據上重重地打了個手記，等着收四十串文，當他坐在一個小椅上，卻聽得後面一個老女人說：「現在你不跟他了，小孩子你給他養活着，還不向他要點錢，作小孩子的私房嗎？」

當李小收到錢，點數的時候，忽然他的小孩跑出來說：「爸爸，媽媽叫我問你要錢。」他忍着眼淚，拿了一串錢放在小孩手裏。小孩拿不動，曳着走，還高興地說：「爸爸給這些錢！」李小拿着錢走了，主人的門口掛着一對紅燈，他走到半里路的光景，便隱隱地聽到鞭炮聲。

五、將來還要過活

黃昏的時候，汪二將藍布夾小襖託人當了四百大錢，然後拿了錢跑到雜貨店買了三股香、二十張黃表和一對蠟燭。此刻是黃昏，汪二買了黃表等等物事，是帶回家去結婚用的。結婚的時間，是這個晚上的半夜子時。為甚麼不在大白天堂堂正正地結婚，要在半夜子時，又為甚麼結婚這般匆忙呢？原來，汪二要娶的妻子，竟是他自己的嫂嫂。可是，不結婚又不行，嫂子的肚子一天大似一天，生下孩子，算誰的呢？只好率性磕了頭，遮遮羞，反正人家是笑話的了。

汪二回到家裏，嫂子坐在門口上鞋，穿的是白鞋。丈夫死了才一年，她還穿着孝服。晚上要拜堂，怎能穿孝服呢，所以，她趕着上鞋，做一雙黑鞋子穿。汪二和嫂子拜堂的事，他們決定不告訴老爹，因為他是個醉鬼，甚麼都不理，只曉得問人要錢灌酒。半夜子時拜堂，他一定喝醉睡熟，所以不用告訴他。但是這樣的結婚雖然很醜，證人還是得去找兩個來的。

鎮上打了二更，汪大嫂提了蔑編的小燈籠，悄悄地去求兩位大娘來作證婚，哽咽地說：「現在真沒有臉見人……」大娘們跟着汪大嫂回來，替兩個人穿戴一番，點好了蠟燭，燒起了黃表，於是，新人磕頭了，先對天地磕三個頭，次對祖宗磕三個頭。因為老爹睡了，沒有驚動他。然後，他們給陰間的媽媽磕一個頭，接着，還要給陰間的哥哥也磕一個。這時候，汪大嫂的眼淚撲的落下地了，全身顫動和抽搐；汪二也木然地站着，顏色變得可怕，全室中的情調，頓成了陰森慘淡，雙燭的光輝，竟暗了下去。大家都張皇失措了。終於一位大娘說：總得圖個吉利，將來還要過活的。

〈拜堂〉，臺靜農的短篇小說，不但反映了汪二家的貧困的處境，同時倒反映了小鎮民風的另一面，人倫算是比較開放吧，叔嫂拜堂這樣的事情，並沒有人群起逼他們自殺，反而會願意做證婚，還有位拎畫眉籠的齊二爺莊重地說：「也好。不然，老二到哪裏安家去，這個年頭？」

六、出嫁的好日子

臺靜農筆下的女性，固然有汪大嫂和李小的妻那樣的人物，但也有翠兒這樣的默默地接受了命運的安排的女子。二十年來朝夕不離雙親的漂亮姑娘，這天在奏樂與爆竹聲中啜泣了起來，因為這天是她出嫁的好日子。

翠兒的母親招呼了在堂屋吃飯的女賓後，悄悄回到伊的房中，見伊在床上獨自倚臥着，在那裏嚶嚶地啜泣。問伊想吃點甚麼，伊拒絕了，甚麼都不願吃。母親知道，這正是少女將出門的意態。女賓們都說：翠姑是有福氣的，女婿是那樣的俊俏，又聽說他的學問一切都好。而且，男家有錢有勢。但伊的哭聲，在伊上轎時痙攣得尤其厲害，所以她的母親覺得，好像那盛事，並不是喜事，而是將女兒拖送到惡運的領土去。事實上，翠兒這次出嫁，是因為吳家少爺病了，要她提早過去沖沖喜。

在堂屋裏，妝扮得美麗的翠兒在辭家的禮儀時，香案上左邊的燭焰竟然萎謝了，好像是被急風催迫的樣子；至於右邊的，卻依然搖着明閃的光。於是，母親的顏色慘白了，大家也悽然地面面相覷。後來，母親的耳邊，彷彿還聽着女兒上轎時的哭聲，伊的哭聲，已不是普通的常態了，那是慘痛，對將來絕望的聲音。

臺靜農筆下出現許多不同類型的女性，有時正面寫，有時側面寫，〈拜堂〉是正面寫汪大嫂，〈燭焰〉是側寫翠兒。她的命運，都在環繞她四周的人物的感覺和憶念中呈現出來。首先，是晚春的一個早晨，市上人早餐以後，大家都期待着吳家的少爺出殯。人們說，沒想到將媳婦娶到家沖喜也無用。然後，喪禮的行列出現，人們看見婦女們擁着一身白服啜泣的少婦。中間的一段，寫翠兒出嫁的前一晚的情形，遠親近鄰都來參加盛禮，而伊只是啜泣。結尾的一段，是母親想起種種的惡兆和噩夢，女兒嫁了幾天，她總是心神不安。而這時，外面的大門，有人緊急敲着，聲音泠峭而且銳利，刺進伊的心中，有人終於帶來不幸的消息。

七、活潑姑娘吳二

得銀三歲的時候，父親便過了世，二十年來，他的母親忍受了人們所不能忍受的欺負，把孩子扶養長大。可是，在欄柵門外賣餃子的得銀，不知如何與叫做三千七的人合在一伙，下了水，一日清晨，離了家，從此一去不回，他母親在夢中看見他，血着身子，也沒有穿衣裳，老是站着不動。

得銀的母親知道兒子已經不在了，就去別人家裏借錢，想買二斤錢紙，買半刀金銀箔，再給兒子黏一套藍衣、一套白衣、一件大褂、一件馬掛。可是，她並沒有借到錢，即使想燒些金銀衣紙給兒子也不成。猶幸這時是七月半，市上有的人為了善慈或許了願，請了道士為鬼靈超渡，得銀的母親便扶了竹杖，到寒林之下，呼喚她的孩子。

南山陰雨，河水暴漲，市上有人提議放河燈，免得亡魂在曠野中徬徨。得銀的母親於是也想到了糊一個小燈。她到別人的園子裏求來一棵竹子，破竹時竹片一軟，刀落在自己的食指上，鮮血迅速地流出，她抓了些香灰敷在傷口上，又繼續破竹。用竹篾作了燈骨，偶然抬頭看見荻柴的破牆上有小小一塊紅紙，用來糊了燈。

市上放河燈的時候，人聲嘈雜，陰靈的盛節恍若人間的遊戲。得銀母親糊的小燈順着水勢，孤獨地漂遠了，在昏花的眼中，她彷彿看見兒子得了超渡，穿了大褂，被紅燈引着，遠去了。

〈紅燈〉裏得銀的母親，是臺靜農筆下另一個可憐的女性，不過，小說裏，卻出現了一個活潑潑的吳二姑娘。得銀的死，是她在水井邊打水時聽到的，那時，她拎着小水桶和菜筐，到井邊來打水洗菜。放河燈的那個晚上，她也擠在河的兩岸人叢中。吳二姑娘是個年輕美麗的女孩，那些男子漢見到了她總要故意向她調笑，而她，則吐沫地罵道「砍頭的」，或者「瞎了你的眼，踩了你姑奶奶的腳」。在羊鎮，將來，這位吳二姑娘的命運會是怎樣的呢？每一個鎮上都有一群不幸的婦女悲哀地活着，但總也有些是安安靜靜地度過平凡的一生的吧。

鍾理和：姓鍾的故事

一、兩個人都姓鍾

讀臺靜農的短篇小說〈拜堂〉，特別感到驚訝，一方面固然因為小說中描寫拜堂時磕頭一節氣氛營造得出色，另一方面是對小說中那個鄉鎮的民風感到意外，臺靜農在書後自述的文字裏提到過他寫的小說，取材都是源自他自己的故鄉。比較起來，另一位作家鍾理和的故鄉，就十分不同了，鍾理和同樣寫下許多可歌可泣的、過去真事的故事，但他的鄉鎮卻完全和臺靜農不同。

臺靜農的〈拜堂〉裏，汪二娶了大嫂，四周的人倒是同情的多，即使汪二的爹，覺得汪二不該娶了嫂子，不是因為那女子是他的媳婦，而是認為汪二應該聽爹的話，把小寡婦賣了，湊個生意本，去做做生意，現在卻失去一個機會了，就像家裏少了一隻豬、一頭牛似的。

鍾理和的悲劇，也是源自婚姻。本來，他在工作的地方結識了一個女孩子，彼此漸漸相愛，這應該是一件美好的事，可是，很不幸，鍾理和自己姓鍾，他的女朋友也姓鍾，兩個人都姓鍾，竟因此惹上了麻煩。

鍾理和是台灣高雄人，他家原居屏東，十八歲時，鍾理和隨了父親遷居到美濃鎮尖山地方經營農場，是在這個時候，他認識了鍾平妹，也是在尖山這個地方，幾乎所有人都鄙視這兩個走在一起的姓鍾的人。

戀愛雖然是兩個人的事，但外界的壓力是巨大的。鍾理和在〈同姓之婚〉裏說：就在這時，我發覺她和我同姓，這事最初使我很失望。就如一個小孩在街上，看見心愛的東西而被父母強制拉開時感到不滿和不樂。

同姓結婚，在今日來看，已經不成問題了。朋友告訴我，他收到同事的婚宴卡，兩家的名字，全都姓黃。大家都認為從未見過，真是萬中無一，可沒有人認為失禮。可是在鍾理和生活的時代，那是台灣的三十年代，鄉下人都認為同姓的婚姻，是一件羞辱的事。因此，鍾理和說：隨後的一段時間，我陷在從未有過的徬徨和迷惘中，不知如何是好。他說：有時我非常生氣，但生氣沒有用的，因為你根本不知道應該向誰生氣。當我和平妹說得高興時，同姓的意識像一條蛇，使我瞬間由快樂的頂點跌進苦悶的深淵。

二、一個也不中意

十八歲的鍾理和，雙親已經忙着為他張羅婚事了，幾乎每天有人上門議親，鍾理和因此每天都去「看女人」，他是抱着息事寧人的態度去應酬父母和親朋的。他一口氣看了不下一二十個女人，每次母親徵求他的意見時，他只有微笑，母親不樂地問他：難道說連一個中意的也沒有嗎？鍾理和歉然地搖頭，幾乎想說出來，一面看着母親的臉一面想：母親是不是要大大地吃驚，或者罵我是發瘋了？

鍾理和和鍾平妹相愛的事，終於家裏的人知道了。做父親的大發雷霆，說自己不願意有這麼個羞辱門第的兒子，於是，接連三次，把鍾理和趕出家庭。鍾理和只好遊魂般在親戚朋友家飄來蕩去；做母親的捨不得，每次由她做好做歹的領兒子回去，可並沒有遷怒到鍾平妹身上去，罵她是淫邪無恥的女人。

但鍾平妹能做些甚麼呢？她當然悲愁地整日哭喊了，她總是勸鍾理和離開她，回到父母身邊，做一個安分守己的好兒子。但鍾理和冷冷地聽着，一種不甘屈服的頑強的意識，他甚至在自己的行為中感到無限驕傲和快慰，這成為了他意志力的最大泉源。鍾理和決定和鍾平妹結婚。他認為他必須具備兩個條件：第一、脱離家庭；第二、經濟自立。結果，鍾理和隻身從台灣跑到東北瀋陽，考到了汽車駕駛執照，努力建立起一個小小的立足點，到了第三年，鍾理和果然回故鄉帶着鍾平妹走了，結束了他們那坎坷不平、艱難悲苦的戀愛。

鍾理和和鍾平妹終於結婚了，在故鄉之外，他們過了平靜、幸福、甜蜜的日子，但是鍾平妹忘不了對世人的顧忌，彷彿隨時隨地可能由某一個角落伸出一隻可怕的手來。事實上，鍾理和夫婦結婚以後，並非一直平靜、安逸的，生活無論哪裏都不容易，他們的擔子沉重，又到處遭人白眼。兩個同姓的人離家出走結婚，需要勇氣，但也可能只是憑一時的衝動。鍾氏夫婦婚後的生活，彼此患難相扶，才是他們生命中大勇的呈現，也是鍾理和的作品感人的地方。

三、風雪中的步伐

看《天雲山傳奇》，見到一個女子在風雪中拉一輛車子，忽然想起鍾平妹來，風雪中的女子不過是一個剪影，而鍾平妹卻是一個活生生的人。

離鄉背井的鍾理和，因為懷鄉，終於回到台灣去了，由於辛勞成疾，患上了肺病，為了以後的生活，一家四口不得不硬着頭皮，回到故鄉家裏去。在家裏，鍾理和的父親已經病故，家裏的人對鍾平妹有如對待一個外國人，處處表示應酬，在言語和儀態中都帶有一種敬而遠之的成分。鄉公所來了調查戶口的人，一聽見鍾平妹姓鍾，就吃驚地說：鍾？同姓呀？

有一次，鍾理和在山間散步，遇到妻子以往的好朋友，想邀請她到家吃飯，經過一番歪纏和堅請，那人說只需耽擱一會就去拜訪，叫鍾理和先回家。鍾理和是多麼高興呀，兩夫婦準備了最好的食物，忙得團團轉，飯菜弄好後，一直等，終於答應的人並沒有來。不但沒有朋友肯到鍾理和家來，連他們的小孩子也遭受鄰里的嘲諷，說他們一家人都是畜牲。但鍾理和再也沒有能力離開家鄉了，他的病愈來愈壞，不得不進醫院療養，在醫院中住了三年，開刀切去了七條肋骨，一個人只剩下半個。三年中，就靠鍾平妹一個人在鄉下扶養孩子，從事農耕，而且忍受四周的白眼。

從醫院出來那天，鍾理和回到家鄉小鎮下了車，在車站到處找妻兒，卻不見人影，以為她們沒有接到信，於是自己提着包袱，慢慢走回家。幾年不走路，他走起路來十分吃力，過了村莊學校、小坡，在小路旁的樹蔭下，看見一個女人帶一個小孩向這邊頻頻抬頭張望，原來就是他的妻兒。鍾平妹沒有到車站去接鍾理和，因為車站裏有很多人，外界的壓力幾年來一點也沒有變，仍把她壓得抬不起頭來。

回到家中，鍾理和學會了一個家庭主婦的各種職務：做飯、洗碗筷、灑掃、餵豬、縫紉和照顧孩子，只有洗衣服沒有學好。鍾平妹則下田工作，鍾理和每天上下午沏壺熱茶送到田裏去。生活十分艱苦，三分薄田並不能自給自足。

四、五塊錢十斤糠

阿宏是鍾理和的第二個兒子，彌月的那天，鍾理和就入了醫院；離家數年，從醫院出來回家，阿宏已經五歲了。鍾平妹每天在田中做活，大孩子要上學，家中沒有人，所以不得不把阿宏一個人關在家裏。有一次，孩子要喝茶，自己搬了凳子登上茶桌，沒踩好，一跤跌下來，額頭跌破一塊皮，鼻子也出血了。家裏沒有人，所以哭夠了竟躺在地上睡着了。有一次，病了半個月。那時候，阿宏三歲。

鍾理和回到家中，照顧阿宏的責任就落在他身上了，但他身上有病，生活又不如意，情緒不穩定，對孩子責罰很重，於是阿宏很怕父親，常常不作聲，只會說怕。鍾理和空閒時看書，小孩走到他身邊，滿懷興趣地看他讀書，又用手翻書，但鍾理和把他推開，扳着臉說：你看你，把書和衣服弄髒了。孩子於是又吃驚，又羞愧，又怕。

孩子六歲時，鍾理和教他做好算術，孩子並不聰明，學得慢，鍾理和不耐煩了，老是用揪耳朵和揮鞭子來施教，又把簿子擲給孩子，命令他好好做完功課，否則不許走、不許動，甚至不許吃飯、睡覺。孩子做不出算術，對着簿子發呆，恐惶、焦急，後來便流眼淚。有時，孩子溜跑了，他便到田中把他找回來，結結實實地打，於是孩子更加不願留在家中，見了父親便默默地望着。

阿宏九歲時，天氣很冷的正月，鍾理和交給孩子五塊錢，差他出村去買糠，原來五塊錢可以買十斤糠，小孩揹着布口袋蹣跚地從早到晚才走回來，來回走了六公里路。因為怕父親打罵，孩子把十斤糠終於揹回家來，顯得異常疲倦，有氣無力的，不洗澡也不吃飯便上床睡了。那晚，孩子發了高燒，過了六天，孩子死了。

孩子死後，鍾理和才知道自己一直對孩子太苛刻了，並且痛悔自己過往的那些暴行，但阿宏已經不在了。後來，鍾理和的另一個孩子出生，相貌生得和阿宏一樣，人家都說：是阿宏復活了，但他知道，世界上並沒有輪迴那樣的事，他的阿宏已經一去不回。

五、盜伐山林的人

家裏有兩個孩子，一個疾病纏身的丈夫，鍾平妹擔起了養家的重擔。除了生活費之外，這個貧困的家庭還要一筆醫藥費和孩子的教育費，三分薄田是不能自給自足的。因此，在做完了田中的工作，鍾平妹就到林管局造林地去做工，去開墾山地，有時還匆匆趕回家生火做飯。後來，鍾理和自己學會了做飯和縫紉等工作，她才不必趕回家。

造林地並不是一直有工作給人做，鍾平妹於是又找到了一項別的工作：到山林中去掮木頭。掮木頭的人通常是男子漢，他們都是報上說的盜伐山林的人，這些人，每天大清早潛入中央山脈的地方去砍取林管局的柚木，午後日落時分掮出來賣與販子。為了生活，鍾平妹決定加入掮木頭的行列。

一個弱質的女子，被磨折得幾乎不成人形了。鍾理和這樣寫他的妻子：日頭落山後不久，平妹很順利的掮着木頭由後門回來了。她的上衣沒有一塊乾燥，連下面的褲子也濕了大半截，滿頭滿臉冒着汗水，連頭髮也濕了；這頭髮蓬亂異常，有些被汗水膏在臉上，看上去，顯得兇狠慓悍。平妹看見我便咧開嘴巴，但那已不是笑，壓在肩上的木頭把它扭歪得不知像甚麼。霎時我心中有股東西迫得我幾乎喊出來。但實際我只一言不發的把頭別開；我不忍看，也不敢問。

鍾平妹揹回來的柚木帶皮，三寸半厚，有一丈三尺長，這麼重的木頭，也不知揹了多少路，才揹回來。因為揹木頭是偷盜的行為，遇到林警，小則把辛苦揹出來的木頭擲掉，人可以倖免；大則人贓俱獲，那麼除開罰款，還要坐牢三個月。所以，鍾平妹去了揹木頭，一家人無不為她擔憂。有一天果然林警日落時出動捕人了，鍾理和站在門口遠遠就見人們跳躍奔跑，還有女人身子跌倒的人影。鍾平妹幸而沒有被捕，但木頭擲掉了，自己跌在小河裏，整個人，上至肩膀，下至腿骨，密密地佈滿了輕重大小的擦破傷和瘀血傷，幾乎沒有一寸皮膚是完好的。但她總是說：我吃點苦，沒關係，只要你病好，一切就都會好起來。

一切會好起來，這同樣是讀者的盼望。

六、記憶感情風暴

鍾理和並沒有入過中學和大學，他的學歷只是高小畢業，再加上一年半的村塾。小時候，他看的是些古體小說，後來看新文學作品，偶然拿起筆來寫些東西，從沒有想過要寫小說。他所以寫小說，有兩個主要的原因：首先是他的婚姻，他和鍾平妹結婚，受到了重重的打擊，於是，他想藉筆墨來發洩蘊藏在心中的感情風暴。其次，是因為身體不好。從療養院回家來的鍾理和，根本再也不能出外工作，但不能下田幫助妻子，只有在家裏做一些洗碗、看孩子的家務，空閒的時候，便看書，並且寫作。

一家四口的生活非常困苦，鍾理和並沒有寫字枱，他工作時，只有一些紙、一支鋼筆、一塊六寸寬一尺長的木板，外加一把古舊藤椅和一堆樹蔭。即使是稿紙，鍾理和也常常買不起，因為在他逝世後，家人檢視他未發表的遺稿，發現早期的許多作品都是寫在一些印刷品的背面。

由於體弱多病，鍾理和也不能長時期工作，他每天一般只能工作兩小時，所以一生的作品不多，全部約共六十篇，其中四十多篇是小說，數量不過五十萬字。在寫作上，鍾理和也有他的局限，因為他的小學教育，是在日治時期，受的是日文教育，下筆時思緒不免受日文影響。他自稱國學根底太淺，開始寫作時，要先用日文做初稿，然後譯成中文，經過一段時日，才能擺脱日文的羈絆。

鍾理和的小說，多半是他自己的生活。在他的小說中，主角常常是他的妻子鍾平妹，他誠實而認真地寫她，並且寫他四周的人物，寫醫院中的病友，寫自動車學校的同學；他的筆下沒有奇幻的故事，沒有華麗的詞藻，他只用他的充滿感情的筆，寫他所認識的沉鬱悲涼的人生。鍾理和的小說，給人的感覺是平淡的，結構也沒有叫人特別驚奇的地方，但他的小說，就是那些平凡的日常生活細節令人感動。

翻開一些書本，總有一些名字叫人記住。讀《深淵》，記得一個名字叫暖暖，讀《海岸七疊》，記住了盈盈；讀《香格里拉》，記着阿緞；讀鍾理和的小說，則記住了鍾平妹。

王禎和：《香格里拉》

一、嫁妝一牛車

以前讀王禎和的作品，沒有想起過臺靜農，因為那時候還不知道有位臺靜農先生，在二十年代已經寫過出色的小說。後來讀臺靜農的作品，一面讀，竟一面想起王禎和，他們彼此都在小說中採用了鄉下話，常常用「伊」、「莫有」這樣的文字。讀到〈負傷者〉和〈蚯蚓們〉關於賣妻子的事，就更加想起〈嫁妝一牛車〉來。

王禎和的小說，大多在《文學季刊》上發表，再由洪範出專書。〈嫁妝一牛車〉寫於一九六七年，那時應該還沒有看到臺靜農的作品。他筆下的萬發，像〈蚯蚓們〉裏的李小，也是窮得沒辦法，只好接受了那個姓簡底（的）一台牛車，每個星期拎着一瓶啤酒到料理店去，盤桓到很夜才回家，有時回得太早了些，還要挨延到姓簡的出來，才進家去。別人是把嫁妝隨着女兒一起送嫁到男家去，而萬發，卻是別人用一台牛車作交換，換去了他的妻子。〈嫁妝一牛車〉裏的阿好，是萬發的妻子，就像〈負傷者〉裏吳大郎的老婆，自從姓簡的成了他家的鄰居不久，就很不好看了，所以，像吳大郎那般，萬發也是村上人背後譏笑的對象。

萬發並不是一個懶惰的人，可是不幸耳朵有點聾，所以，每回找到事做，不久就讓人辭退了，落到最後，不得不替人拉牛車，和車主平分一點稀粥的酬金，生活還勉強過得去。他唯一的希望是儲蓄一點錢，自己買一台牛車，那麼就可以不必和車主平分了。但阿好好賭，輸多了錢就賣女兒，結果把三個女孩都輸掉，只剩下兩個男孩。

因為窮，萬發讓兒子阿五給鄰居姓簡底當幫手，讓妻子阿好去給那人縫補洗滌。因為愈來愈窮，萬發把自己的家租一半給姓簡底住，每個月收回些房錢米錢，而這樣，姓簡底和阿好就更加膠在一起了。

萬發到底是個男人，閒言閒語在耳邊飛，即使是聾的也聽得到了，他火了起來就把那姓簡底趕走了。那人走了之後，萬發的生活又乞縮起來，兒子患起嚴重的腹瀉，他去拉牛，又撞碎了一個小孩底小頭，因此要坐牢。是在牢中，他決定了，把妻讓出去，於是，得了一台牛車，並且，還可以到料理店去喝喝酒，來一碗當歸鴨，雖然店門外的眼睛儘朝他瞪望。

二、伊會唸咒

王禎和的《香格里拉》（一九八〇年）是自選集，收了〈伊會唸咒〉（一九七四年）、〈素蘭要出嫁〉（一九七六年）、〈香格里拉〉等短篇佳作。

無論讀古代的小說還是現代的小說，小說裏總有許多悽苦的小人物，不少是遭受有錢有勢的人的欺凌。在古代的小說中，那些被欺壓的人忽然幸運地叫一位打抱不平的俠士拯救了，並且贈下一筆金銀，搬到別處去安安靜靜地過活；但在現代的小說中，俠士永遠不會出現，我們只能眼睜睜看着那些可憐的人物在泥沼中愈陷愈深。

阿緞是王禎和小說〈伊會唸咒〉裏的一個小人物，丈夫死了已經幾年了，留下了她和孩子小全。一個寡婦帶着小孩，住在十字路口的一間小木頭房子裏。她靠縫紉維持生活，鄰居的人都嫌她窮，又是寡婦，並不和她來往，她自然不去計較，以為兩母子自家過些靜靜的日子就算了。

可是，大禍來臨了，她住的屋子原來和一個議員的書店相連，這個姓章的議員想買了阿緞的房子，連同他本來的書店，一起拆了蓋一座四層樓房，於是，許多說客，以及議員，都來和阿緞說過了，可是阿緞不想搬。

議員於是展開一連串打擊寡婦家的行動。先是拆了書店蓋房子，把一切垃圾、泥巴磚塊，全往她房子這邊扔，結果颱風過後，阿緞的小屋又漏水又塌牆，幸而得到了弟弟的幫助，她修整了房子，還在屋門口兼擺些木屐賣。可是，議員並沒有罷休，竟控告阿緞新修好的房子違章建築，因此要派人來強制執行拆房子。

阿緞到處求助，但是沒有人能幫她。大年初五就是拆屋的日子，別人過年快快樂樂的，只有阿緞愁眉苦臉。她只能到大小的寺廟去求神拜佛，求些平安符回家貼在門上，並且晚上不忘在門口燒盆銀紙，向天叩拜，口裏嘰嘰咕咕，似在唸咒。

可憐的阿緞將怎樣呢？看王禎和的小說，我們知道小說的結尾並不會有俠士或神仙出現，但王禎和給了我們一個意外，那位欺凌弱小的議員忽然在交通意外中喪了命。於是，再也沒有人來拆阿緞的房子了，許多人見了她還親善地笑，以為她會唸咒，咒死了議員。

三、香格里拉

阿緞並不會唸咒，否則，她也不必為小全的考試擔心了。關於拆房子的事，阿緞是那麼地幸運，對於小全的考試，她當然希望也會有好運氣，可是，好運氣是那麼無法捉握的東西。自從議員死後，大概大家也終於看出來了，阿緞並不會唸咒。於是人們對她的態度又回復原來的樣子，譬如附近死了人，家家都分到鎮邪的符紙，她沒有；隔壁餅乾麵包店娶媳婦，花車來時，特別派幾位婦道人家到她家和她談天說地，免得她有空跑出外看新娘，把寡婦的霉氣傳染過去。

鄰居那些甚麼章夫人、金九嬸、韓太太、計太太，終日聒聒噪噪，眼睛都像刀子一般銳利，監視着阿緞家的一舉一動，小全穿了件新衣服或坐在門口吃飯，附近的人總有滿嘴的閒話。這一切，不外因為阿緞沒有了丈夫，是個寡婦，而且家貧。但阿緞甚麼都能忍受，只要將來小全有出息，就能替娘爭一口氣了。

小全現在要考中學，阿緞無論如何要讓孩子進中學，唸多了書，將來就有出息了，在阿緞的心目中，只有小全能為她展開美麗的香格里拉。為了小全考試的事，阿緞晚上也沒有睡好，一早起來生爐火弄早食，為孩子特別炒了一盤苦菜油飯，又替他一件一件數着准考證、初中升學指南、國語講義等等，裝進書包裏去，因為家裏沒有錶，就叫孩子把小瓷鐘帶去看時間。

別的小孩都有家裏的人陪了去考試，阿緞也想這樣，可是，她要趕衣服交貨，不能陪他去。想想這麼小的孩子要自己老遠去考試，又痛心又擔憂，但只能讓他自己去了，臨走的時候，仔細地叮嚀了不知多少話。小全走了之後，她又不知擔了多少的心，不知他考得怎麼樣，會出了甚麼的錯，沒有一刻寧靜。

沒有人知道小全能不能考得上中學，即使母子想盡辦法，找尋種種課本裏裏外外的答案，譬如美國總統候選人是誰之類，懂得了這些，也不表示小全就能考上中學，香格里拉是遙遠而縹緲的，而阿緞並不會唸咒。

四、那個素蘭

王禎和的一些小說，題目的出處源自一首歌，譬如〈兩隻老虎〉（一九七一年）、〈香格里拉〉和〈素蘭要出嫁〉。

〈素蘭小姐要出嫁〉是一闋閩南語流行曲，歌詞裏有這樣的句子：「那個素蘭，那個素蘭，要出嫁啦，要出嫁啦。素蘭，看着伊，坐在轎內，滿面春風笑微微。」歌詞是這樣說，可是小說裏的素蘭，就不是這麼一回事了。

本來，素蘭一家人是過得不錯的。辛先生早上上班，素蘭去上學，辛太太在家打理家務，晚上一家人在家裏享受天倫之樂。可是，這樣的幸福家庭驟然改變了。就在大專聯考前一月，因着準備升學考試過於緊張的緣故吧。素蘭的精神猝然間異樣起來，四處延醫求治，始終沒有起色，反而一日嚴重一日。這樣，辛家一大半生省吃儉穿下來的儲蓄統統花在素蘭的醫藥費上了。辛先生在困境中想到了提早退休，得了退休金，還清了些債務，找了間房子，還和朋友合伙做大理石加工品生意。

但石油漲價，商業不景氣，經濟萎縮，貨幣貶值，遊客減少，辛先生的投資都石沉大海了。他出外找工作，但哪裏找得到，年齡都限在四十五、三十五以下，結果，找到了份守山林的工作。

素蘭的病竟漸漸好了，還能到夜間職業訓練班學打字，在夜校裏，不多久就有位男同學每天晚上送她回家，又過了不久，素蘭就和這姓朱的同學結婚了。但是，婚後的素蘭又發了病，被鎖在後院的小木房裏，生活得比豬狗還不如，於是，素蘭又回到了家裏。辛先生知道消息後從山林趕回家時跌斷了腿，進了醫院。這樣，辛太太不得不出外擺地攤做小販，晚上睡在床上，怎麼都睡不着了。

辛先生讀到報紙上一篇文章，說外國有一種福利制度，失業的人可以領救濟金，年老了可以領撫卹金，工作殘廢的、盲人、聾人和精神病患者有各種機構收容，治療他們，並且訓練他們如何適應社會，為社會貢獻一份力量，而且還有公醫制度。

音嗎？

但是，那個素蘭和她的家人，並非生長在那個國家。小說的呼籲，會得到回

五、月蝕少年

起初讀王禎和的小說，會很不習慣他的文字，不過讀了一些小說之後，就習慣了，習慣了他的「只好這欵樣子」、「莫用擔心」、「難不成又患啞巴」或「查審不出他有倦歸底意思」等等的文字。有時候，如果看到了一篇文章沒有那樣的句子，反而懷疑是不是在讀王禎和了。

其實，王禎和的小說也有多種的面貌，他的文字也不是千篇一律，譬如〈月蝕〉（一九七〇年），用的就是簡易明朗、一句花蓮話也沒有的文字。他寫「聽到沒有？」而不是「聽到莫有？」，他寫「究竟要去甚麼地方？」而不是「甚麼事，你明白講，莫伊娘這欺無頭無腦」。

〈月蝕〉是透過一個讀初中的少年的自述，也許因為他是個少年，才沒有一般

成年人那種家鄉話吧。讀初中的少年，知道他的堂兄弟泰山病得沉重，一條腿開始潰爛，如果不及時醫治，便完全沒有希望了。但泰山他們沒有錢看醫生。少年問過學校裏的胡大夫，校醫願意幫助醫治泰山，於是少年踩了腳踏車回家，找弟弟一起上泰山家去。弟弟一直不知道兄長要他跟着到哪裏去，直到走了一半路，才知道是要到堂兄弟的家去。父親和堂叔結過仇，父親是不准孩子們到那邊去的，於是，弟弟在半路上轉回家去了。少年要救泰山，但他自己不敢上泰山的家，因為他必須經過一座墳場才能到達泰山的家，他找弟弟一起去，是為了多一個人可以壯壯膽，但弟弟回家去了，他於是一個人在半路上徘徊。太陽下山了，遠處有狗吠，他是很害怕，想救泰山，但又怕墳場。

王禎和在愛荷華時看過小津安二郎的《東京物語》，他說，他當時所受的震撼至為強大，後來又看過小津的其他一些電影，領悟到生動的、活潑的、充滿生命力的小說藝術也當如小津的電影。他認為，小津的作品，從人倫親情出發，低調地，將藝術與社會的群眾生活密密結合起來，而沒有走入「孤芳自賞」的藝術死胡同裏。

〈月蝕〉寫於王禎和看小津電影之前，他的小說，其實也像小津，是以活潑的、自然的、充滿生命力的寫實技巧，將藝術與廣大的群眾密密結合，沒有走入死胡同。

六、五月十三

五月十三是一個節日，附近的居民都會到廟裏去燒燒香，但願神明有靈，保佑一家平安立福。開玩具舖的羅老板家裏當然要忙節日拜拜的事，到城隍廟去燒香，做幾個菜在家裏晚上吃一頓。

對於神明，羅家的願望當然是希望菩薩保佑生意興隆，那麼，玩具舖的房子就不必賣掉了。這一陣，羅家的生意可倒霉了，附近開了一家東洋玩具總匯的店子，用盡了種種手段來打擊羅家，哪個人在這裏買了一台小三輪車出去，過不了幾分鐘就要跑回來退貨，説甚麼人家那邊的店只費九十元，而羅老板的貨卻要一百一十八元，這樣的事已經發生了許多次了。

由於生意不好，謠言滿天飛，都説羅老板要倒店了。羅老板的店真能支撐下去嗎？他也想過的，說不定真的要收山了，還是去跟兒子過活吧。他要是把店鋪收了，雖開這個地方，並非出於自願。有甚麼辦法呢，東洋開了業，競爭得厲害，他是被逼的。

羅家可能會賣掉房子搬走，而楊家，則已經決定搬走了。楊先生和楊太太租了羅家半間店面，作些農藥營業，生意也不很好，但他們要搬走的主要原因，是楊先生病了，患上了癌，甚麼樣的治療都也認真試過，還是病無起色，身形且日日寬胖，走起路來，總要人幫扶，終日坐在走廊馬路上停着的三輪車裏，萎弱地躺坐着，鼓起的肚子上兜了條綠毛毯，看看像捧個大西瓜的樣子，見了人就氣弱地笑笑。

楊太太當然也常到廟裏去求神拜佛，煎了神明藥給楊先生喝。五月十三節，就更得上城隍廟燒香求神去，據說喝了神明藥的楊先生感到病輕了許多。但這也不能表示是吉兆還是別的。拜節的人們對於神明各有所求，顯然，他們的渴求都是渺茫的吧。

以前讀〈五月十三節〉，注意的一直是羅老板這個人物，可是近來重讀，注意力卻轉到楊先生身上，心裏很是難過，甚麼神明能下醫治他的靈藥呢？

七、快樂的人

快樂的人並不快樂。〈快樂的人〉（一九六四年）裏的含笑，並沒有開懷地笑過，相反地，她常常哭泣，而且哭泣許久許久。她不過是一個靠男人混日子的人。

十年來，她不時要收到一封信，信裏的句子總是這樣開始的：母親大人膝下。內容是祖母的病很重，藥錢很貴，請寄錢來給祖母注射。學校要開學，最好寄錢來註冊。信末的名字也總是：不肖子，秋雄。這樣的信，其實是含笑偽造的，她會拿着信給和她一起生活的男人看，然後跟他要錢，得到了錢，她會去吃喝、去賭。她試過戒賭，自從與一個四川老子緣分盡絕後，她下過決心不和眾姐妹來往，決意戒賭戒煙，可不出一個星期，她又跟她們交往了，所不同的是每次去的時候，多了片刻的猶疑，回來的時候，多了一項抓心懺悔的勤務。泥足愈陷愈深了。

十年來，她和家人一面不會、一信不通，她很少惦思家人，有時夢裏大家碰見了，也稀有泣不成聲的感人場面。十年來，她只是自然地和一個一個香客廝守，日子一久，也都不復醒記了，以後，她當然還是這樣地活下去。

在〈嫁妝一牛車〉裏，王禎和的文字有很多的花蓮話；在〈快樂的人〉裏，除了花蓮話，還有不少的古詩詞，讀起來就有一種很奇異的、陌生化的感覺了。譬如洗衣服的阿婆，把自來水龍頭一會放大，一會轉小，始終不關掉它。王禎和就這樣寫：一任它高歌淺唱：嘈嘈切切，金盆，呢呢喁喁，露滴牡丹。

綠珠在對話裏說：你看這就是他贈給自家的胸花，自家一直都戴在身上（感君纏綿意，繫在紅羅襦？）。又說：哦，我的娘，自家愛上了一個大學生咧！（柘舞平康舊擅名，獨將青眼到書生？）含笑在收信時，不意淚掉下了幾顆（劍外忽傳收薊北，初聞涕淚滿衣裳？）。文字都有反諷的意味。

「劍外忽傳收薊北，初聞涕淚滿衣裳」，哪裏是因為收到家書而歡欣呢，不過是早已安排好了的討錢計劃罷了。

楊牧：《海岸七疊》

一、盈盈草木疏

有一位詩人，娶了美麗的妻子，從普林士頓回到西雅圖，重返青翠多湖水多海岬的北西北。北西北是樹木花卉繁茂的地方，詩人的妻子不懂草木的名字，於是，詩人為她寫下〈盈盈草木疏〉一輯十四首詩，為了增加她的印象，又從各種書籍裏剪來草木的圖片，給她看，並且和詩一併發表。那十四種草木都是他們院子裏比較顯著的草木；還有些別的，有的不太有意思，有的則連詩人都自己都不認識，只好算了。

寫〈盈盈草木疏〉的詩人是楊牧，盈盈是他妻子的名字。那一輯十四首詩，以及他寫給兒子名名的一組十四行詩，等等，名為〈草木疏〉，都收在他的詩集《海岸七疊》裏。《海岸七疊》，彷彿十五世紀梵艾克（Jan van Eyck）那幅《阿諾芬尼結婚肖像》（*The Arnolfini Portrait*），又彷彿一冊照相簿子，無數溫暖、細緻、思念、關懷的情意，都在紙頁上栩栩地浮現起來。

〈草木疏〉中的〈梨〉，長在院子裏，並不貼近房子，而是長得離房子遠一點，詩人寫它：更遠處是挺拔沖沖的梨。是怎樣的梨樹呢？詩人告訴他的妻子：是北溫帶品種。它的模樣和個性又是怎樣的呢？詩人描述它：六朝人物的風姿，纍纍不言不語，在疏雨中吐納，將細枝低低壓到蒲公英的小臉上。

詩人並不只是為了將草木的名字和模樣告訴他的妻子就算了，他們生活在花草樹木之間，既描寫草木，也寫自己的感情。詩人是這樣地寫他自己的感情的：就因為你喜歡它，我曾屢次踏着露水走過去採擷，一籃子擺在桌上慢慢觀察，我們可以謙讓，不許分它：明年春天還要一樹傘狀花。

屢次踏着露水走過去採擷，而且採了一籃子回來，擺在桌上觀察。梨子有大有小，兩個人都像孔融那樣，自己選擇比較小的、差一點的梨。詩人說：我們可以謙讓，不許分它。梨可以謙讓，但不能分，因為分梨，就是分離了。明年春天還要一樹傘狀花，詩集裏的插圖，梨花果然像一把把小小張撐的傘，而且是密密的七朵花兒相互集聚在一起。

二、只要你平安

楊牧這樣寫：普林士頓這小城自有它可愛的地方。斑剝的歌德式建築，常春藤從雪後的陽光影下醒轉，鐘響處，教堂的髹漆玻璃窗灑入無可名狀的溫暖。

盈盈在普林士頓學網球和英語會話。他們就在迎春花和辛夷盛放的春天裏，遲遲起床，喝一壺茶，打兩個鐘頭球，下麵，開車到學校取信，花許多時間在校園上走路，和松鼠打招呼，觀察樹葉的形狀和蓓蕾的顏色。

盈盈去學英語會話的下午，楊牧就一個人在家裏，一面喝茶讀書，一面記掛着她。他在〈會話〉裏這樣寫：「這件事發生在普林士頓／春雨似乎是停了又髣髴／還細微飄飄而淡淡的煙／浮遠浮近在林木的末梢／我正坐在窗口等候張望／不知道你在學校裏怎樣」。

外面正在下雨，詩人坐在窗口，他在家裏做些甚麼呢？他讀屈原，他喝茶，他吸煙，他不斷抬頭看窗外；窗外，紅頸子的小鳥在草地上覓食。〈會話〉詩的第二節這麼說：「紅頸子的小鳥在草地上／踏過一叢叢的新蔥覓食／院子裏很靜而我在窗口／喝茶吸煙讀涉江的屈原／不斷抬頭看窗外而你在／學校喝咖啡且英文會話」。

詩人不斷抬頭看窗外，因為盈盈還沒有回來；應該回來了吧，已經是下課的時候了。詩人抬頭看窗外，其實還要看的是雨是否停了，因為盈盈沒有傘；沒有傘，怎麼走呢，而且，下雨天，車子在路上會危險嗎？〈會話〉詩的第三段是這樣的：「網球場上有老人在遛狗／春雨似乎已經停了否則／你沒帶傘下課怎麼樣走／英文會話能應付就行了／我把書推開張望你的車／只要你平安回家就行了」。

既然網球場上有老人在遛狗，雨應該已經停了；雨停了，盈盈沒有傘也可以走了。但是雨雖然停了，路上那麼滑，車子會沒有事嗎？詩人把書推開，書看不進腦去了，盈盈為甚麼還不回來？英文會話能應付就行了，盈盈只要平安回家就行了。英文會話是不重要的，盈盈才是重要的。〈會話〉，多麼溫暖的抒情詩。

三、不許改變你

我想，《海岸七疊》大概是我們這些年來所能見到的最快樂的詩集了，集子裏的詩，充滿了生活裏種種歡樂的聲音和容貌，讀了那些詩，或者我們也不得不承認：愛情和生命本來就具有它最落實最確切不可動搖的面貌。

在抒寫愛情和生命的時候，在這生命中最寧靜最充滿自信的時刻，詩人只沉醉於自己小小的天地而把廣大的外在世界忘懷了嗎？沒有。楊牧在〈詩餘〉裏說：「我在書房裏，又聽見她開門出去取信，捧回滿懷的報紙和郵莿。〔……〕幾天來報上正在大篇幅刊登高雄事件的審判消息和辯論，我曾經對着微茫的北極光，不能自制地為一個事件的發生而放聲痛哭。」

詩人並沒有忘記自己的故鄉。楊牧的故鄉是花蓮。是那令他放聲痛哭的事件使他寫下了〈花蓮〉。海和海是相通的，異國的浪濤裏有故鄉的龍的聲音。詩人說，花蓮的濤和他一樣屬龍，而且他們性情相近，保守着彼此一些無關緊要的秘密。子夜醒來，他聽見他訴說別後種種心事和遭遇。窗外是龍的聲音，龍在欄外低語，他說：你來，我有話，有話對你說。於是，龍對一個忽然流淚的花蓮人說：你莫要傷感，淚必須為他人不要為自己流。你必須和我一樣廣闊，體會更深：戰爭未曾改變我們，所以，任何挫折都不許改變你。

而這時候，盈盈睡着了，海濤的聲音，龍的話語，她是不知道的。詩人沒有喚醒她，他說：我要你睡，不忍心喚醒你，更不能讓你看到，我因為帶你返鄉因為快樂，在秋天子夜的濤聲裏流淚，而且，有些勸告太嚴肅緊張了，所以我沒有喚醒你。

但是，詩人會告訴他的妻子關於花蓮的濤聲和龍的話語，他會告訴她，就說：他說的，他說我們家鄉最美麗，最美麗的新娘就是你。山水自有生命，生命中自有它崇偉澎湃的訊息，這些是常在、不改的，楊牧如此說。

四、名名十四行

楊牧和盈盈的孩子在三月間出生，名叫名名。三月裏，庭院逐漸轉綠，新葉萌發，雀鳥紛紛來集。名名出生的那天，春寒料峭，還下了一場冰雹。楊牧寫孩子的誕生道：「在那個完整的日子裏／我們目睹冬寒節節向春暖讓步／破曉爆炸的聲響，在長橋／兩側，濺起廣大的湖水和煙／當生命以超越的端毅／挾貫耳的／萬鈞雷霆在那選擇了的日子／那個完整的日子裏向我們宣示⋯⋯朝陽後迅速下過一場細雪／豪雨乃在午間洗滌清醒的大地／山脈升得更高，河流急急／蒼松在狂風裏喧嘩催促，瞬息／瞬息間，一群白鳥掠過萌芽的／原野，飛雹敲打面海的大窗：你選擇了一個完整的日子來到」。

〈草木疏〉，是楊牧寫給妻子的；〈出發〉是他寫給孩子的，一共是十四首十四行詩，整理出來時已是六月。詩人把謄好的原稿拿到樓上時，盈盈正坐在窗前餵名名吃乳，她專心一頁一頁翻讀，詩人回到樓下書房裏，良久以後，聽見她對剛滿三個月的兒子說：你看，爸爸寫了好多好多詩給你⋯⋯

楊牧寫孩子誕生時庭院和書房內的情形：「群鳥從草地上躍然飛起／〔⋯⋯〕所有的蓓蕾／提早迸裂去年的寒衣，蚯蚓／在土壤裏迅速翻了一個身／小蛾焦躁，頂撞着金色的蛹/以他正成型的翅膀」。這些都是新生命降臨的景象。而在書室內：「古典的/和浪漫的書在架子上爭持不下/應該朗誦幾首詩？以甚麼程序/進行？中文先呢還是英文？/迎接他們啼聲宏亮的小主人」。

楊牧在詩裏對孩子說：「這是你的王國」，「最初的家園」。但要他牢記「蓊鬱一片萬里風波外的才是鄉土」，要他「牢記香蕉鳳梨的南溫帶」。詩人又對孩子說：「你不必畏懼/往檳榔樹開花的/方向走去，使用簡單的方言/有禮親善的手勢，在適當的/場合，以微笑回報族人的好奇/他們將擁戴你如部落的兄弟」。

詩人說：生命真是多麼美麗的結合。後來，他在台北悶熱燠濕的街衖裏行走，覺得步履是落落實在的。

五、第一場冬雪

名名在三月間出生，到了夏天，盈盈帶着四個月大的小名回台灣，楊牧留在華大趕作一項研究，他說：妻兒一走，頓知「震耳欲聾的寂靜」是甚麼意思。夏秋過去，冬日降臨，第一場雪落下來了，詩人懷念他的妻兒，寫了〈第一場雪〉。雪落下來的時候，詩人坐在室內，面對滿桌子的文稿，拆讀遠方的來信。他要小心地拆信，小心不要撕破信封上兩顆鮮紅的熱帶番茄。兩顆鮮紅的番茄不過是枚小小的郵票，可是，在下雪的日子，外面是一片白，番茄卻是鮮紅的；外面下雪，所以冷了，但室內，因為鮮紅的番茄，卻溫暖起來，溫暖是自遠方傳來的。

雪，在研究室的長窗外，像大提琴為民歌伴奏。詩人要把這下雪的情景告訴自己的妻子，他說：「今年冬天第一場雪／起初是驚訝／淺淺的喜悅——可以讓我描寫了／滿足你的好奇」。雪落在枯枝和磚牆上，那是那年冬天第一場雪，詩人將妻子的來信放下，室裏適度的雪光泛開四溢，照着一張番茄郵票。以及信封上，她的姓名和住址。

雪落下來了，異國的冬天是嚴寒的，詩人的妻子卻生活在滿滿濃濃的快樂裏，雖然，亞熱帶的台灣那時也是冬季，她在信中也說起冷鋒過境，可是，在詩人的心目中，盈盈是豐饒的大暑，而且永遠是。大暑不是冰雪，不是嚴寒，大暑是陽光和綿綿的生之氣息。

第一場冬雪，入夜以後就停了，詩人在晚上仍舊工作，他在研究室裏打字，試論文學批評的方法和態度。詩人想：「明天早上松鼠和小鳥/也會出來在雪地上打字/論核桃，翅膀，和童謠」。於是詩人隨手拿起一個信封，將妻子的姓名和住址寫好。並且說：「明天影印一份寄給你。」

影印甚麼寄給盈盈呢？影印文學批評的方法和態度，還是松鼠和小鳥在雪地上打字所論的核桃、翅膀和童謠？楊牧說，他從前絕對不敢想像，一個詩人如何能編出一本完整的、快樂的詩集。他以為別人不可能，自己更不可能。但《海岸七疊》是一冊完整的、明朗的、快樂的詩集。

六、纍纍林檎樹

《海岸七疊》，是楊牧生命中最寧靜最充滿自信的回憶見證，讀着每一首詩，真的看見每一刻都是一份光彩。楊牧說，他從來沒有覺得自己那麼健康開朗過，因為盈盈總是那麼健康開朗愛笑。當然，盈盈哭過，當她想家的時候。

想家的時候，盈盈會哭；想家的時候，她會寫信。她會坐在長窗前寫信，寫長長的信，忽聽得破哭一聲，果實落地如句點。

庭院裏長着許多花草樹木，有常春藤、杜松、薔薇、辛夷、蕨、山杜鵑，也有柏、山楂、山毛櫸、白樺、竹和梨，這些草木，楊牧都寫在〈草木疏〉裏了，在庭院中，還有林檎樹。

那是一棵老樹，長在後院裏，垂垂金陽的果實，報知秋天深了。秋天深了，盈盈在窗前寫信，好長的信，許多的句子，許多的句點，而窗外的林檎，果子從樹上破突破突地掉下來，彷彿替盈盈的信加標點符號一般。

楊牧的〈林擒〉第二節是這樣寫的：「深秋的午後充斥着林檎成熟的聲音/推門出去瞧瞧數數/草地上有多少跌落的蘋果/信紙上就有多少圈圈句點/還有，飄零的葉子是逗點」。

林檎成熟了會從樹上掉下來，那麼，推門出去數數瞧瞧，為甚麼不是去看看草地上有多少跌落的林檎，而去看看有多少跌落的蘋果？林檎是蘋果嗎？還是去翻開書本來查查看吧。

《辭海》說，林檎又叫花紅，還有一個名字叫沙果，是薔薇科，落葉小喬木。花在花蕾時紅色，果實秋季成熟，黃或紅色，果味似蘋果。可用作蘋果砧木。砧木，就是嫁接繁殖的植株。由此看來，林檎的果子是很像蘋果。所以，詩人出外去數蘋果了。

盈盈帶了小名回台灣時，夏天過去，秋日到來，楊牧從一個房間走到另一個房間再走向陽台、走向庭院，發現蘋果又像去年一樣纍纍長滿了一樹，梨子也在迅速的陽光裏，誇張地膨脹着。過幾天蘋果撲撲落地，那些蘋果，也是他長信中的句點吧。

七、折疊小衣裳

幸福並非不可能，你要它，它就來了。楊牧這樣在他的詩集後面說。他們住在北西北，過着安寧靜謐、快樂的生活。他們的家有一個生長着果樹的院子，盈盈可以在那裏做運動，夫婦又可以一起散步。他們將地下室改裝為寬敞的書房，把所有可用的藏書都從學校研究室運回來。時常，就在斜陽午後的書房裏，楊牧動手寫作，或是整理這一兩年積存的舊稿，聽見盈盈在樓上走路的腳步聲，洗菜淘米的水聲。

楊牧在《海岸七疊》裏這樣寫他們的生活：「在一個黑潮洶湧的海岸／我們尋到歇息生聚的地方／（你曾經長期隨我流浪／帶着雙鞭，和一對刀槍）」。楊牧當然並非真正的流浪，而是從一個地方旅居到另一個地方，況且，流浪指的也並非只是軀體，心靈也會流浪的。楊牧說，妻子隨他流浪，帶着雙鞭，和一對刀槍。為甚麼盈盈會帶着雙鞭和一對刀槍呢？原來她是舞台上的演員，是一名美麗的刀馬旦。所以，在他們找尋房子居住的時候，要有院子讓他們在黑潮洶湧的海岸尋到歇息生聚的地方。那是一處俯視溪谷草原的山坡上，他們尋到了喬木和草樹，練武的院子，和書房。詩人繼續寫道：「你纖細的小手握緊的時候／本是黑帶二段的拳頭／如今溫婉地梳攏着好看的／短髮，摺疊着小小的小衣裳」。

刀馬旦在舞台上是威風凜凜的，纖細的小手都變成黑帶二段般有力的拳頭，可是在家裏，這雙纖細的小小的手卻是如此溫婉地梳好看的短髮，而且，摺疊着小小的衣裳。為甚麼要摺疊小小的小衣裳呢？因為他們的孩子就要誕生了。

但一切都從容簡單，生活過得寧靜而豐滿：忙着為盆花澆水，將陽台上的小松鼠餵胖，杖着鹿谷鄉的竹竿過馬路，捧回一兜滿滿的郵件。詩人說：「這時日光已經愈拉愈長了／照滿你的院子和我的書房／春天即將來到，下一代／會比我們活得更充實放心」。

《海岸七疊》，每一首詩都是對於生命和愛情的擁護。

書房與我

許多年前，一位編輯朋友想到舍下來做訪問，我直言相告，家母年老體弱，需要休息，不甚方便。她說，那不要緊，到你的小房間去談談好了。我只好笑，因為舍下合共三個隔間，一是浴室，一是廚房，此外則是個約二百呎的正方形空間。在我家，客廳、飯廳、臥室、茶座、花園、運動場，的確一切齊備，端看你怎麼看；而且，它還是不錯的書房。

小小空間住幾個人，得容納必需的家具，床櫥桌椅之外，還得放樟木箱子、冰箱、座地風扇、唱機、盆栽。但我仍在這狹窄的空間塞進八隻書櫥。母親和親友搓麻將，要縮在門角；妹妹也沒處擺梳妝枱。即使家居，也暴露了讀書人的文化霸權。八隻書櫥，如何砌七巧板，讀書人其實最希望家徒四壁，可以只放書。我把兩個櫥相連貼牆，進佔了原來可以懸畫和日曆以至掛氈的牆壁；一個貼窗放，更糟，把兩扇窗口堵住。矮書櫥總算有點貢獻，肩負承托電視的重任。另外四個書櫥，背對背，邊靠邊而立，擺在房間中央，成為我家著名的「九龍壁」，分間出廳房，前面會客，後面休息；前面讀書，後面靜思，出入之間，略近布萊希特的「間離效果」，要是圍着它們走，還可以唱團團轉，菊花園，運動運動。

書櫥陪我數十年，書本原該愈積愈多，可我的書本卻愈來愈少。早幾年病了一場，對生命毫無把握，把一半的書扔掉了。有的書估計不會再看，有的覺得到處易找；有的雜誌，只有一兩篇耐看的東西，就撕下來，其餘的扔掉。過一陣稍有悔意，是否輕易地肯定，草率扔掉？如今卻又無悔了，反覺從容。讀書這件事雖說為學日增，一旦成為物累，也該明白為道日損。人的意識有所謂意識流。書，其實也應該有書流：流動遷徙，不要停留靜止。是人看書，不要讓書看人。最好的書，大抵要過一種吉卜賽的生活，到處流浪賣藝，某時某地受人欣賞最好，也不怕最終化作春泥。

如今較少上書店。想逛的中文書店都開在二樓，以我病後的體質，走完那些樓梯，步入書店已感氣喘，面對一列書，戴的又非漸進式眼鏡，只見書本浮遊，不得不趕緊回家休息。幾家大書店，常常要攀上三樓，買書又沒有折扣。英文書店的好處是不用爬樓梯，可是，連企鵝這種紙頁糊在一堆的版本也動輒百多元，更不用提畫集和攝影集了。不常買書，幸而仍有書看，得感激我的朋友。朋友都是每星期逛幾次書店的人，買得新書新雜誌，都借我閱讀。我有時想，一群朋友，合組家庭式圖書館豈不好，每人專買一類書，時時見面，互相交換閱讀，既可避免書災，又可擴充書房。但讀書人都愛坐擁書城，一本好書不能私有、隨時把玩的話，就若有憾焉。如今的人結交朋友，是否仍有古人的情義？也許，因為環境改變，或者為生活奔波而疏離，看來，增殖書房也只是夢想。

歲晚上朋友家探訪大小花貓，只見一片新年氣象，大門貼上門神，窗前兩盆花蕾密密的水仙；書房一副對聯「無後為大，著書最佳」，是胡適當年贈陳衡哲的句子。但文字戲謔鼓勵女子寫作，不拘泥於做賢妻良母、結婚生子，倒沒有大男人主義。書房是藏書之處，也是寫作的好地方，若擁有好書房，寫出好文章，的確相得益彰。朋友讀書寫作，大貓在書櫥頂冥想，小貓伏在窗台上看主人翻動書頁，書房兼有聰敏小動物出沒，靜寂中充滿朝氣，平添許多樂趣。

但真要讀書寫作，誠如朋友所說，也不一定要在書房，就在運動場也無不可，有人甚至可以在監獄裏，但畢竟都不是常態，我還是喜歡回到書房來。衣魚一定同意我的意見。近來發現衣魚其實十分美麗，米粉白色，全身細銀鱗，頭上有兩條長觸鬚，腹部有三條長尾鬚，走路奇快，素食，並不騷擾人。原來它們也看書。偶然找雜誌，見它走避，畢竟是生靈，何苦追殺，由得它回進書堆去。書蟲愛書，裏裏外外把書本吃透，真是最佳讀者，不要以為它們甚麼書都吃，而我讓它們選擇的品類並不多。將來的書本會變成軟件，到了電腦書房的時代，衣魚也許就成為瀕臨絕種的小生物了。不必刻意保護它們，像動物園那樣圈起來，就讓它們來去自由，反正也吃不了多少書。

現在我約有五櫥書，兩櫥外國文學，兩櫥中國作品，一櫥雜書，數數一千本左右。進入後青年、後疾病時代，不能像以前幾天就看完一本厚書。以前買書，藏在家中，總是說，留待將來慢慢看。

將來很快到來，才知道讀書和旅行，都已力不從心。不能多讀書，就學衣魚，一點兒一點兒磨吧。

一九九五年三月八日

滾動的樂趣

每逢有甚麼重要的足球比賽，朋友之間又有了聚會的藉口。球賽的現場直播，時間常常是香港的深夜，於是，可得安排在誰的家裏觀看、在哪裏留宿。好幾屆的世界盃、英國足總盃、洲際盃……都連場熱鬧。不過，大家雖然興高采烈，據我的觀察，我那一眾女子朋友對足球其實並不熱衷，也來參加聚會，只是湊熱鬧，大家見面聊聊。比賽開始，她們就悄悄離場，看畢球賽的，似乎只得一位小朋友和我是女子。大多數的女子不喜愛足球，怕是由於從小受的教育所致。小時候，我們的玩具老是洋娃娃、小茶具，而男孩子則是飛機汽車，也總有一個皮球。學校的操場上、街巷的泥地上，從來沒有女孩子踢球。那麼粗野的遊戲，據說是不宜女孩子的。她們從小被塑造成典雅文靜的淑女。

有趣的是，我國古代那麼不出閨門的淑女，倒也有踢足球的。博物館中的宋代陶枕、明代五彩和青花瓷中，都有女子踢球的圖畫。明初女子彭雲秀，練就一身超卓的球技，詩人詹同文為她寫了一首〈滾弄行〉；時人也稱讚她「女流清芬」。踢足球，古代叫蹴（踢的意思）鞠（皮球）。古代的足球高手，除了曾做過蘇軾書僮的高俅，大概是《燕山叢錄》所記載的顯靈宮道士韓承義，他精於蹴鞠，肩背胸腹都可控鞠，鞠在他身上彷彿受磁石吸住。這就像巴西的比利了。

二千多年前，中國人已盛行踢足球，《史記》中就寫過臨淄市民無不吹竽、鼓瑟、彈琴、擊筑、鬥雞、走狗、方博，以及蹋鞠。蹴鞠本是一種遊戲，後來用以練兵。漢代有一部足球專著《蹴鞠新書》，共二十五篇，《漢書》歸入兵書類。漢高祖在長安宮苑內建了一個大校場，名叫「鞠城」，皇帝在此校閱球賽，看球員的身手。最初的足球是實心的，用皮做成，裏面塞滿毛髮，又重又笨。到了唐代，球內充氣，輕巧多了，而且用竹竿設置龍門，儼然是現在的球場。宋代設有宮廷球隊，朝廷舉行盛會，例有足球表演，先由樂隊奏樂。

除了中國，希臘、墨西哥、日本古代都有類似足球的遊戲，羅馬士兵也踢足球。目前足球的範式是十九世紀在英國劍橋大學興起的，隨着水手、商人、傳教士、軍人，傳到各地。但北美人對英式足球並不特別喜好，只愛橄欖球；而南美人卻鍾愛若狂。半個世紀前，巴西幾乎每一個街童都踢襪子纏成的足球，或汽水罐。別的運動，如籃球和排球，較少明顯的地域區分，但足球卻有不同的民族風格，兩種風格對賽，可以看成一本複調小說。

女子朋友外，我又發現，朋友中也並非都愛看足球比賽，喜歡的大多數是自己童年時也在街巷踢過球的人。在那個經濟蕭條的年代，既沒有電視機遊戲機，家居狹窄，小孩子全在街上嬉耍。當年踢過足球的孩子，如今看球，會是懷舊麼？有一點可以肯定：任何物事，參加過，了解愈多，興趣也愈濃。球賽其實是虛構的世界，參與的和觀看的人都得尊重遊戲規則，而遊戲的最高境界是嚴肅認真，如同小說，先要把懷疑懸置。那麼多的人，追逐小小的圓球，追到了又把它踢走。難怪李鴻章會認為荒誕。但它卻可以牽動無數人的悲喜、憤怒、哀傷。

和足球打交道也許要靠機緣吧，我自小也只是個抱布娃娃長大的女孩，又沒踢過足球，喜歡足球運動，當然因為家父曾是足球員，然後是裁判員。他常常帶我上球場，日子湮遠，我愈來愈覺得足球場上充滿了父親的影子。我是真的懷舊起來了。除了懷舊，我是否真的喜歡看足球比賽呢？喜歡些甚麼呢？那麼寬闊的巨大空間，可以容納數萬人，非常自由自在，可以大聲喊叫，可以穿拖鞋、短褲，可以講粗野話。那是平民化的場所，你只是就球論球，你的褒貶，大抵與球員的膚色、種族和信仰無關。而在高而富球場上，有色人種能做的事不外拾球、揹球袋。網球場上不許喧嘩，彷彿那是音樂會，只聽到單調的「的達」聲。四年一次的世界盃足球賽，連場的對陣，整整的一個月，可不是全世界球迷的大嘉年華會？比賽直播之外，電視上我們同時可以見到主辦國的各個城市，看到景貌和風土。球場更熱鬧啦，上萬的觀眾掀起人浪的波濤，啦啦隊敲鑼打鼓，化妝舞蹈。

小說家中最愛足球的可能是秘魯的巴爾加斯．略薩，世界盃足球賽時他擔任評述；至於歐洲足球王國的意大利，寫作《傅科擺》的艾可則不愛。他少年時隨父親開了一場眼界，結果連上帝也懷疑起來，要立即向神父告解，從此畏而遠之。當然，不喜愛足球打甚麼緊呢，世界上還有無數有趣的事物，像中世紀的符號學，像追蹤書本上一個謀殺的兇手。但喜愛足球就有足球滾動的樂趣。南美一個小城，市民上球場，原來是愛上了一位足球裁判；最近歐洲一次球賽，蜮在球場龍門橫楣上的觀眾，竟是一窩蜜蜂，要出動消防員和養蜂專家才能請它們離場。偶然，我們也會看到一隻狗，或者一隻貓走到草地上散步，叫球賽停頓下來。

足球場是一個多姿多采、變化萬千的世界，遊戲規則簡淺，看多幾次就懂。怎樣看？用眼睛。也不見得，盲人同樣可以聽足球。五六十年代，沒有電視，球場多數滿座，球迷就聽收音機轉播。街頭巷尾的涼茶舖子一早擠得水洩不通，聽球賽一如聽柳敬亭說書，球評家創出許多新詞彙，例如說傳球不好，容易令接球的隊友受傷，叫「醫院波」；又有翻用舊詞，「銜枚疾走」；更有趣的是把廣東話「揿粗嚟」（粗暴地踢），翻成中英合璧的「揿 chewia」。

一九九三年五月

兒童樂園

蘇州街頭，常常看到一幅橫條廣告，斗大的字寫着：迪士尼太遠，到蘇州樂園去。蘇州近年在郊區建了個樂園，吸引小孩子，因為樂園裏有許多機動遊戲。這是好事，真是造福園林。士大夫的園林，並不適合小朋友遊戲，也許除了獅子林的假山石洞。有了蘇州樂園，古典的園林反而寧靜許多，讓小朋友都到樂園去吧。看來蘇州這個新樂園，仍是迪士尼式的。我國的兒童樂園，何不建些《西遊記》、《封神榜》專題樂園？那裏儘多有趣的故事。

譬如香港，也可建本土風格的海盜樂園。既然許多人去鑽探張保仔洞，建一個尋寶的樂園有何不好？海邊泊兩艘古典海盜船，岸上建尋寶洞，大小孩子一樣可以探險、可以游泳，還可以天天上演木偶劇、皮影戲，設兒童說書場。早一陣的文學周，文化中心戶外廣場的木偶表演就吸引不少人。前一年的飛鵬木偶團上演《金山寺》，我仍念念不忘。木偶動作細膩，白素貞的寶劍真的會飛，很有真實感，絕不是電影中的一道白光。知道唐山市皮影劇團會到港上演孫悟空三打白骨精，當然不想錯過。我在布拉格看過幾場皮影戲，我覺得中國的木偶劇、皮影戲，並不遜色。說來香港其實早就有《兒童樂園》，那是半月刊的兒童刊物，一九五三年創刊，主編羅冠樵先生，我來港後也看了好些年，後來就少看了，原來已經停刊（一九九五年），而我也早已長大，老了。

二〇〇〇年二月二十二日

春蠶

以前是怎樣讀《春蠶》的呢？大概是那麼隨便看看故事，知道老通寶一家人養蠶，千辛萬苦，結果，蠶養得很理想，可是蠶市已經改變，人們仍陷入經濟的困境。最近看《春蠶》的電影，對於養蠶的細節明白多了，覺得以前看書的時候，原來沒有好好地注意詳細的描述，於是，去把《春蠶》的小說找來再看一遍。

那個小女孩坐在矮凳子上拿着剪刀剪的是甚麼呢？原來剪的是燈芯草，她把燈芯草都剪成細末子，然後把阿四和阿多從田裏採回來的野花揉碎，放在一起。到了中午，飯鍋上的水蒸氣嘟嘟地直沖，四大娘立刻跳起來，把紙做的蠶花和一對鵝毛插在髮髻上，就到「蠶房」裏去了。其他的人也跟着她。

「收蠶」是怎樣的呢？首先，是把包裹着蠶種的布打開，把野花碎片和燈芯草末撒在「布子」上，然後把「布子」秤一秤，接着，四大娘把髮髻上的鵝毛取下來，在「布子」上輕輕拂掃；野花片、燈芯草碎末，連同蟻蠶，都拂在「蠶簞」裏了。髮髻上的紙蠶花和鵝毛都要一起插在「蠶簞」邊上。

蠶種最先掛在竹竿上，稍後，四大娘把黑芝麻似的轉了點綠色的「布子」貼身縛綁了「窩種」，那樣子，就像一個婦人懷孕一般。蠶種要窩三、四天，窩種的時候，老通寶就要占卜一下了：把一個大蒜頭塗上一些泥，放在蠶房的牆腳邊，如果蒜葉多，就是好預兆。

圓桌面那樣大的竹器是「團扁」，用來盛蠶；比桌面小一點，底部編成六角形網狀的是「蠶簞」，用來育蟻蠶，因為有孔，要糊紙，那種特別的紙叫「糊簞紙」，還要再糊一些印着「聚寶盆」和「蠶花太子」的花紙哩。有三隻腳像三把梯子連在一起的木架是「蠶台」，共分七、八格，是放「團扁」用的。至於「綴頭」，是稻草紮成的小樹，讓蠶爬上去結繭。

看小說時只記住了故事，現在看了電影，再看看小說，就把養蠶的過程也記住了。

一九八三年九月十日

韓少功：〈女女女〉

一、淑媭

就說說韓少功的〈女女女〉吧。小說裏的「我」自稱家裏住着一個叫淑媭的女人，大家稱她么姑。她是一個聾子，因為失聰，自己聽不見，所以老是喊叫。據說她爹的耳朵也不管用，祖爹五個兄弟中，也有兩個聾子。這真是一個叫叫喊喊得極辛苦的家族。

因為她，「我」這家人也大叫大喊了一輩子。甚至當她離開他們，他們依然嘩啦嘩啦地叫喊。和她說話，常常牛頭不搭馬嘴，答非所聞。聽不見別人的話，她於是敏捷而鎮定地猜度別人的聲音，小心試探着接上話頭。

曾經很不容易給她買過一個助聽器，但她不肯用。說是太花錢，不是音量扭到最小，就是乾脆關上。一對電池，買得幾多豆腐。在她那裏，有了豆腐就有了世界的美好。

耳朵是怎麼聾的，也不清楚。依據傳說，是生孩子。那時候又沒得郎中，就用菜刀來掰破肚子，殺豬一樣。嬰孩保不住，她哭得黑天黑地，耳朵就背了。沒有能力生孩子的女人在鄉間是恥辱，她只好離家背井，別尋生計。起初，她在工廠裏做工，後來，留在鄉親家中打理家務。

無事的時候，她就呆坐，不願上街，不去公園，不看電影，也不與鄰居串門交道。六月炎天，屋內火氣烘烘，她也不抽張椅子出門歇涼，寧可閉門呆坐，警覺地守護着一房破舊家具和幾罈酸菜，守護自己的某種本本分分的恐懼。

門一關，她的毛巾就很安全了，她的茶杯也很安全了，她的傘也很安全了。她常常買回幾個臭蛋，喜孜孜的。對她說，這些蛋根本不能吃，吃了生病的，她不信，要吃，搶去她的碗倒了蛋，她氣得發好半天牢騷：看我不順眼了，拿把刀來把我殺了算了，我也不想活了……

這軟弱的婦人依靠她刀槍不入無比頑強的力氣和克己，穩操勝券。

二、老黑

么姑有一個乾女兒，叫老黑。她也沒有孩子，因此，也不在鄉下居住。這是一個奇異的女子，獨自一個人生活，世上的一切彷彿都是玩意。她玩的東西才多，玩革命、玩舊軍裝、玩結婚和離婚、玩錄相帶和迪斯科、玩化妝品和老煙老酒。身上全是洋玩意兒，穿牛仔褲。

么姑喜歡做吃食，老記着乾女兒喜歡吃火焙魚，常常炒一碗送去。其實，老黑早沒這個嗜好了。老黑真的和以前不一樣，漸漸地，連么姑也看出來了。以前，老黑的手錶、毛衣、往返城鄉的路費，全是么姑給的；現在，她可以自己掙錢，當年的事，陳穀子爛芝麻，都不用提。老黑如今認識這個城市一串串的作家、畫家、導演、民間歌星或舞星，好一些廳局長及其子弟，乃至外國領事館的白人或黑人，這就是她不會在乎么姑也不會在乎上述所有人的資本——儘管她經常宣佈社會之骯髒，號稱她每天回家都得洗澡。

老黑愛洗澡，么姑也愛，一個勁地燒熱水。澡盆張開大嘴，誘人脫下衣服，很不懷好意。么姑在浴室的蒸氣中露出一隻手。醫生說她中風，催大伙兒大把大把地往醫院裏摔錢。中醫、西醫對這種中風偏癱症都只是搖頭。

翻遍了么姑的床枕和那隻烘箱，只有一些舊衣服，散發着陰陰的霉氣以及某種老婦人身上特有的枯敗而潮膩的氣息。像是翻遍了她整整神秘的一生，才找到了一隻值點錢的金耳環。

么姑住在醫院裏的頭幾天，老黑倒也大汗淋淋地幫乾媽擦身餵飯塞尿盆。然後，再也不出現。只說了：她這樣活得太受罪，讓她死，絕對人道。我們弄出個自殺的現場根本不成問題。

動情時的友善和無情時的狠毒，都很真實。報恩邏輯在老黑看來當然庸俗可笑。把這件事打扮成一個理論問題，就不那麼真實了。

三、妻子

中風的老人不能老留在醫院裏，於是么姑回到「我」的家中。本來給別人打理家務的人，現在就靠別人服侍。「我」是怎樣的一個人呢？他是個需要一小時一分一秒的時間，來讀書，來爭吵，來奔走，來幹那些幹了又不想幹而不幹了又想幹然而非幹不可的事，來實現他對這個城市眾多的問號和驚歎號。

么姑躺在這人家裏，咚咚地捶打床邊的小桌。他以為她要小便，趕緊找尿盆和小孩們常用的那種尿片。她只是餓了，在催飯，時間還不到上午十一點。她近來很能吃，一餐三碗米飯，還要大塊大塊地吃。

她似乎是變了，從那團團蒸氣中出來以後就只是形似么姑的另外一個甚麼人了，連目光也常常透出一種陌生的兇狠。也許，她在蒸氣中死去就好了，他想。一想到這點就懍然心驚。

么姑吃飯時打了個嗝，扭着眉頭，說肉弄得一點味道也沒有，最好是弄點火焙魚來吃。他的妻子告訴她，這季節沒有火焙魚。但她堅持說有，在太平街，要寸把長的。他蹬自行車，蹬得踏腳螺絲都掉了，替她找到了火焙魚。

這還是沒令她滿意。她先說魚裏沒有豆豉，他的妻子加上豆豉，她又說少了大蒜，待那妻子加上大蒜，她又說少了鹽，加上鹽後，她只隨意戳上幾筷子，說這魚一定不是太平街買的，當然一點味道也沒有，木渣渣一樣。

她對火焙魚一類的猜疑，轉化為對他們不滿。妻子幫助她大小便，她繃着一張臉，決計不從，一不留神，就大大方方把糞尿拉在床上，弄得家裏的烘架又豐富厚重一次，累得妻子手忙腳亂大口喘氣。

么姑一天到晚敲桌子，聲音越來越大，越來越老辣，帶着血腥兒充塞於天地之間。他開始脱髮，更多地與別人吵架。妻子輕輕歎了口氣說：么姑是在討帳。先前給了後人很多恩惠，現在都要一筆筆討回去。

四、珍宴

么姑有一個幾十年前結拜金蘭的妹妹，叫珍宴。不知道那裏的女人名字裏為甚麼大多帶有「宴」字，就像不知道為甚麼那裏的鄉人總說祖先是一隻蜘蛛。至於女子結拜的事，後輩的人也不知道裏面是否藏着平淡無奇或者驚魂動魄的故事。

寫信去問，鄉下回信了，也來了人，是珍要的兒子們，用綁着槓子的竹躺椅，把么姑拉拉扯扯抬走了。么姑竟然一把鼻涕一把眼淚地不肯走，罵「我」沒有良心。幸虧這一罵，「我」突然酸楚的心情又突然變得拍拍實實的淡了。

么姑不能走動，但味覺很靈敏、很精細。她想吃兔肉，珍要的老大一早摸黑騎着自行車往鎮上趕，蹦蹦跳跳十幾里，看能不能碰上一兩個挑死兔的獵手。她想吃黃鱔，老二就紮腳勒手提着小木桶下田，踩得泥漿呱嗒呱嗒。弄回了這些，全家人都不吃，炕的炕，腌的腌，留給么姑。可她吃不了多少，戳幾下筷子，就沉下臉。

可能是悶得慌，不滿意。兄弟們商量了一下，一個去找竹床，一個來搓麻繩，在竹床兩邊各紮一個繩挽了，權當擔架，抬着老姨子出門去散心，看禾場，看河水，看鴨群和蝴蝶，看寨子裏某一戶養的一大群長毛兔。每天一次。

么姑滿意了。她喜愛貨郎挑子，見了就湊上去，臉盤被琳琅百貨所反射的日光抹得飛光流彩，買了彩紙風車。她還有一點錢，城裏按月寄去她的退休工資和給珍要的辛苦費。有一次，結拜妹妹借走她幾十元，她極不高興，說有人偷她的錢。從此，賭氣地在床上屎尿，捶打床沿，弄得珍宴也氣起來。

吾前世沒欠你，你哪麼要這樣來磨人啊，珍宴說。姐妹情分，砍不脫打不爛，真是天意。兒子說不如把老姨子送走，她不肯。於是一家人想出種種辦法來減省服侍中風老人的氣力。

五、活物

先在床上挖一個洞，後來又改為把床榻改成空空疏疏的欄墊，床底下鋪草木灰，隔幾日打掃一次，被褥都撤去，給么姑換上厚一點的開襠褲。這樣做像是養頭豬，不大恭敬，不過細想起來又還是恭敬的。

恭恭敬敬的改進還在繼續。比方說，把么姑的頭髮全部剃光，是怕她頭髮裏生虱子；用木槽代替瓷碗，是怕她打破碗，瓷片割破指頭甚麼的；至於索性做個籠子把她關起來，那當然是後來出於更為善良的考慮。

么姑從此生活在一個籠子裏，再也沒有人像以前一般圍着她轉。她整天咕咕噥噥，根本沒人理。她在籠子裏繼續生存下去，真是奇跡，她變得不怕餓也不怕冷，冬天裏不着棉襖，光着四肢在籠子裏爬來爬去。她整個人愈長愈小，手腕老是向下勾縮，皮膚開始變硬、變粗，分裂成一塊塊，帶着細密交織的溝紋。鼻孔向外擴張開來，人中拉得長長的。

有一天人們突然覺得，她有點像猴。她繼續小下去，手足都萎縮得又細又短，似乎要返歸到軀幹裏面去。隨意看一眼，只見她一個光溜溜的身子，還有眼皮鬆泡和眼白增多的呆呆雙眼，人們又有新的發現，覺得她像魚。

這條魚成天撲騰撲騰的，喜歡吃生菜，吃生肉，甚至吃床邊的草鬚和泥土。吃飽了，常常吃吃吃地一個勁冷笑，卻不知笑甚麼。

成人們已不大記得她。來調查人口，來注射防疫針甚麼的，不把她算計在內。小孩子好奇地潛進房子，當她動物園的怪物看，有的說她是魚人，有的說是娃娃魚。大人不在，小孩把污物從籠子裏放出來，打水給牠洗澡，用紅布條子給牠紮個沖天小辮，搔牠的胳肢窩。活物呵呵大叫，眼裏盈起了混濁的淚水。

么姑可能就在那天死了。據説她呵呵大叫的時候，嘟噥了一句甚麼，好像是説一碗芋頭。

六、年老

得到了噩耗，他到家鄉去走一趟，帶點錢，給珍㜷去落氣錢，打雞卦，辦陰席，熱墓和招魂。這地方原是他的故鄉，祖輩的大宅本來在小雜貨店對面，以前是三進三出，跑馬樓，後花園，畫棟雕樑，風水牆三丈八。現在是一間學校。

他在珍㜷家中住宿第二天一早起來，想走走月光潑濕的山路，上墟場去。四周很靜，不聞雞鳴和狗吠。他一路走，腳下一路踩到軟乎乎的東西，他以為是蛇。不，是老鼠。很多老鼠，列隊奔跑。

他記起來了，這些天上面來了人，抄着三角架水平儀一類寨前寨後忙碌，又召集大會，問大家是否發現雞飛樹丫、井水升漲等異兆，同時囑咐鄉民統一警號，輪流守夜，住磚房的統統搬進木房……讀過書的後生紛紛談起叫做地震的事情。

真的地震了，地震是不是么姑那隻手捶出來的呢？人們說么姑的錢都給了珍姑，可珍姑不要，就辦了隆重的葬禮。既然一輩子都耳聾清靜，何必用震天動地的禮樂把她送上歸程？那天鞭炮叭叭作響，嗩吶雄亮起調，送葬的人很多。地震也許是人們密集的腳步跺出來的。

〈女女女〉是韓少功去年一月發表的小說，在這之前，他還寫過〈爸爸爸〉，和以前其他人的小說很不同。應該說是表現的手法不同了，時間的次序可以自由地編排，段落與段落之間不必頭尾連接，還可以加插敘事和記憶的描述。〈女女女〉寫得跳脱，先寫么姑進了醫院，中風的情形延後敘述；先說她給困在籠裏，後來才寫製作籠子的事。地震一場則和喪禮交替剪接。

韓少功的小說，有超現實的味道，又帶點魔幻，么姑後來不是變了猴，又變了魚麼。這可真慘，人總是會老的——小說裏的一句話。老人的問題，韓少功寫的是古老鄉間可憐無依徐徐老去的女人。

陳村：兒子和一天

一、〈給兒子〉

如果要把陳村的〈給兒子〉拍成電影，重要的不是畫面，而是旁白。攝影的鏡頭可以追隨旁白的聲音，捕捉江南的景色。主角是一個剛進入大學第一年的青年小伙子，他只需要微笑就夠了，一句話也不必說的。

小說裏面有很多人物，但一切都是假設。一位父親對兒子說了話，希望孩子出外旅行，目的地可以是父親當年生活過的地方。目的地其實並不重要，重要的是過程。

小說其實沒有主角出場，不過是一位父親在那裏緩慢地說話。你聽，他是這麼開始的：

你會長大的，兒子，長到高過你的父親。你總會進入大學，把童年撇得遠遠的。你會和時髦青年一樣，熱衷於旅遊。等到暑假，你的第一個暑假，兒子，你就去買票。你對同學説，你去探親，不開給半票證明也去。

父親告訴兒子，到了暑假就去旅行。父親是很好的嚮導，他給了意見：火車四百三十公里，輪船四百八十八公里。去時坐火車，再慢的火車也比輪船快得多。乘搭火車，到哪裏去呢？父親的指導是：一直坐到蕪湖。你別貪玩，蕪湖沒甚麼可玩的。你只須揹着書包爬上江堤，看看長江。

父親叫兒子去看看長江，因為：再沒有比長江更親切的河了。它寬，它長，它黄得恰如其分，不失尊嚴地走向東海。它吞吐那麼多的水，多得浮起整個流域。它才是河。

接着，父親指導孩子走下江堤，花一毛錢去打票，乘搭渡船。他告訴孩子，船上會有許多人，有的挑擔子，有的扛被子，有的奶孩子。孩子可以和他們說話，他們沒有壞意。父親又說，孩子上了岸，得走半小時路，見到一個村子，應該在那裏找灘船，還有二十幾里的水路呢。

然後就到板橋了。盯着落日的方向就是。可以沿着大埂走，右邊是漕河，它連接着巢湖和長江。河灘如沒被淹，一定有放牛的。父親說：我也在這兒放過牛。牛喜歡這裏，我也喜歡。

父親說：走下大埂，沿着水渠邊的路走。別貪近，別指望有甚麼近道，老老實實地走人踩得發白的路，即使方向反了也走。所有的近道都通向河。板橋有許許多多河，七彎八繞的，你不住下就認不過來。

然後就進村子了，這不是大路，凡是走來的都是特意來的。村裏的人會看你，議論你。別在意，他們沒有壞心。對他們說，你叫楊子，你是我的兒子。得找比你大許多的人，找和你父親差不多年紀的人，他們才記得。

在這個父親生活過的地方，孩子可以做些甚麼呢？父親一一告訴他：不管他們說甚麼，你都聽着，不許還嘴。我說了，你得尊敬他們，兒子，比對你的父親更尊敬。你別誇耀上海，沒人愛聽你吹牛。你的上海和他們沒有關係。你既然到了鄉里，就該學做個鄉里人。

那麼，食宿的問題又怎樣呢？父親說：會有人請你吃飯。不必客氣，誰先請就跟誰去。他們會輪流請你，你輪流去吃。能喝多少喝多少，能吃多少吃多少，這才像客人。天黑了，他們會留你住宿，他們非常好客。

孩子已經是個青年了，所以，父親又特別叮囑他：你別老盯着姑娘看，更別去招惹甚麼。她們會認真的。她們沒有開玩笑的雅興。又告訴他：你看人得用正眼，說話得爽直，來幾句罵人的口頭禪沒關係，但不能騙人。

如果村子裏下雨了，父親建議孩子光着腳走。在村子裏的時候，他可以釣魚，划條船出去採菱、吃鮮藕和蓮子，到桑樹下張床席子，用竿兒打桑葚吃。

他可以去找找父親當年住的那間草屋，無論當了倉庫還是住了人，都進去看一下。父親當年睡在那個西南角上。你看一下就出來，別在屋裏過夜。這是你父親那輩人的包袱，與你無關。也許那草屋已經不在了，當年它就晃晃的，想必支撐不到你去。也許，那裏又成了一片稻田。倒了就倒了，沒甚麼可遺憾的。

下田去吧，讓太陽也把你烤透。你的肩膀不是生來只能揹揹書包的。你得認識麥子、稻子、玉米、高粱、紅薯。它們比彩電、空調更有歷史感。

在鄉下生活了一陣，兒子該離開了。父親說：當你離開板橋的時候，人們會送你。你是不配的，兒子。你得在晚上告別，半夜就走。夜間的漕河微微發亮，你獨自在河灘坐上一會，聽聽它的流動。

也就是這些話了，兒子。你得去，在大學的第一個暑假就去。父親對兒子講了那麼多話，但一切不過是假設而已，板橋究竟怎樣了呢？父親說：我不知道究竟會怎樣。要是你的船走進漕河，看見的只是一排煙囪、一排廠房，兒子，你該替我痛哭一場才是。雖然我為鄉親們高興。

陳村的小說〈給兒子〉，仍和〈一天〉一樣，一天可以指一生，暑假的旅行也就是人生的旅程。散文體系小說（prose fiction）是這兩年中國小說的特色。

陳村的〈給兒子〉（蔡浩泉繪）

〈給兒子〉很像家書。陳村寫過一個短篇，叫〈死〉，主角是傅雷。十七歲時的陳村，是知青，下鄉到板橋，在那裏生活了八年。他的另一篇〈藍旗〉，寫知青下鄉，可以對照。

一九八七年二月十八日

二、〈一天〉

小說的名字叫做〈一天〉，是個短篇，共十四頁，分為四小節。

初看第一節，覺得也沒甚麼特別，不過是一個叫做張三的大孩子，清晨的時候，被母親從睡夢中喚醒。這天，是孩子去見師傅學生意的日子。母親很是關注，給他早就預備好泡飯，又把午餐裝進飯盒子裏給他帶去，臨走的時候，把圍巾給張三圍上，仔細叮嚀：第一天去學生意要聽師傅的話。

小說有一個普通的開始，如果有甚麼特別的線索，也只呈現了張三這孩子的父親已經過世，家裏就是母子兩個人，也因為這樣，張三要去做工養家了。張三年紀小，不過，他長得高大，所以，他穿上了父親留下來的棉襖。

小說的第二節寫張三穿過弄堂，走到柏油路上。他沒有乘搭電車，只沿着電車的鐵軌朝前走，一直走到工廠的門口。然後就是第三節，張三已經進入工廠，他在車間裏工作，坐的是一張高腳凳，做的工作是把鐵皮放到機器底下，由沖頭沖出一個一個的小洞來。他整日就做這樣的工作。工作不難，只是呆板，毫無變化，可也必需小心，因為面對的是機器，不小心就會發生意外，讓機器在手指上沖出洞來。

小說的最後一節則是張三放工回家。從早上開始，離家上工，直到晚上回家，剛好是一天的過程。小說的題目就叫〈一天〉。不過，作者要寫的並不是浮面的一天，而是另有深意。在小說的第二、三小節裏，蛛絲馬跡就露出來了。

在第二節裏，當讀者跟隨着張三在馬路上走，聽他的一連串內心獨白時，忽然聽見他說了這麼的一句話：做人做到大人了，總要去上工的，不上工就沒有飯吃。然後，作者緊接着說：張三的女人也就沒辦法拎着小菜籃到菜場上去買小菜了。

從這一句敘事，讀者吃了一驚，原來一直跟隨着的這個張三，在第一節裏是個小孩，在第二節裏已經是個成年人了，每天上工廠去做工，家裏已經娶下了媳婦。由於時間忽然飛速行進，讀者知道，第三節裏的張三，當然年紀又長大了。

果然，在第三節裏，敘事的方式仍是平平靜靜，不外說一些車間的工作，以及張三的奔跑往返的思路。但是，在字裏行間，我們又找到了描寫張三年齡的句子：張三知道別針很早就有了，這是師傅告訴他的，他也就這樣告訴徒弟了。

張三已經有了徒弟了，因此，在小說的第三節裏，讀者知道張三起碼有四十歲左右了。到了這個時候，作者的用意都已顯露，所謂「一天」，指的同樣是人生的一天：既是早晨、中午、黃昏和夜晚，也是少年、青年、中年和老年。

作者再也不用隱藏他的寫法，到了第四節，他很快地敘述工廠放工的時刻，張三的徒弟把電門關上，機器不再聲響。張三並沒有沿着電車軌道走路回家，是徒弟送他回去的，乘搭的是一輛麵包車，離開工廠的時候，由許多人敲起鑼鼓歡送。

馬路上已經沒有電車了，軌道都被拆掉了。張三回到家裏，看見兒子的媳婦已經回來，坐在床邊上聽着錄音機在做小人的衣裳。牆上掛着「光榮退休」的鏡框。

這是張三的老年了。他不但有了兒子媳婦，不久還有孫兒哩。作者用平淡的筆法描述了一個普通人平凡的一生，沒有大悲大喜。平靜的日子，順天應命。年老的張三，想的是甚麼呢？作者這樣寫他：母親活着的時候喚自己「三兒、三兒」，叫起來的聲音現在想想是非常非常動聽的；記起父親活着的時候告訴自己，一個沖床工到老了還有十隻手指頭是非常難得的。

小說的主角叫做張三，那就是一個任何人了，他也可以叫李四。平平凡凡的人，生活也都是平凡事。作者描述張三，用的是一種特別挑選的重重複複的內心獨白，配合張三那種彷彿差利卓別靈電影裏描寫的工廠生活：機械而沉悶。所以，小說裏的句子總是這樣：張三坐在那只高腳凳上，高腳凳是師傅留給張三的。張三的師傅留給張三的這只高腳凳凳面已經磨得非常非常的光滑了。當初張三的師傅把高腳凳留給他的時候，凳面已經非常光滑，現在這只高腳凳的凳面就更光滑了。句子又長又沉悶，結尾不是「的」就是「了」。

這是一篇用時間濃縮手法記述人的一生的小說，類似的作品有古巴小說家卡彭鐵爾（Alejo Carpentier, 1904-1980）的〈回返根源之旅〉（"Journey to the Seed"），那是一個倒溯的故事，由老年還原到嬰孩。張系國的〈冬夜殺手〉也是倒溯的小說，寫一對老年夫婦在家中遇害。

〈一天〉的作者陳村，是回族人，小說發表於一九八五年。過去兩年，中國的「新時期」小說，朝氣蓬勃，文學創作呈現一片新景象，作者群分別用不同的手法寫作，再也不是樣板產物。陳村還不是響亮的名字，但他的小說比過譽了的許多名家紮實。

《一九八五小說在中國》選了這篇小說。

一九八七年三月十七日

陳村的〈一天〉（蔡浩泉繪）

張承志：宮殿和足球

一、〈九座宮殿〉

韓三十八遇上那個蓬頭髮的城裏人，已經是三、四天以前的事了。那個小伙子在太陽曬得沙漠上一溜火光的時候到來，下了拖拉機以後，好像尋不着落腳的地方。韓三十八一眼就看出，那人打算在這幾間紅膠土壘的小村裏尋個店呀招待所呀的。

韓三十八忙着到地裏伺弄苞穀林子，沒有顧上找那蓬頭髮搭幾句話。這裏是沙漠的邊緣，太陽火苗般毒燙，焦旱得兇，土地再不灌水是不行了。韓三十八瘸了一條腿，一直在為修渠的事發愁。那個蓬頭髮的人起先在一邊蹓躂，然後，進入沙漠去。

奇了，韓三十八一邊捧起瓦罐子喝水一邊想，這個僻靜的小地方從來不見外人，一個孤村，村外是一大片嚇人的不毛戈壁。可是，那蓬頭髮的人進沙漠去了。

沙漠，韓三十八進去過，走了三天三夜，那回他使着最大的心勁在裏頭走了三天，在沙浪裏走，感覺到自己見到了海。

那麼，這個蓬頭髮的人進沙漠，多久才回來呢？能不能回來呢？不管那人是為了啥，韓三十八挺想看看那人能進去多久。韓三十八想問問那個人，見過海麼？不管見過沒有，前頭的戈壁就是沙浪滾滾的大海。韓三十八的眼睛有病，在烈日下看東西，瞪一陣，鹹苦的水就順着眼角淌個不停，眼珠就針扎般痛。但他還是向地平那兒的稜線上望過去，沙漠閃爍着眩目的亮光，蓬頭髮走得一點兒影子也不見了。

蓬頭髮最後摔倒在一叢紅柳旁邊。不是不能再走，而是不敢再走了。沙漠的夜，靜得使你以為離開了世界，陣陣恐怖襲上心頭。他已經迷路了，他是到沙漠來尋找古城的。他要找的是特古思·沙萊。歷史書上記載着一個著名的古城，地理書上記着一個地名，他相信那就是特古思·沙萊。

他以為黑夜裏的沙漠上有螢光，但沒有。他以為這裏有枯死的大片樹林，有改道後乾枯的季節河床，有伸出沙丘的古代廢墟的木頭。但沒有。他很累。白天在沙漠邊上那片紅壤地裏，該找那個悶頭幹活的年輕人找點水喝。他搖搖自己的水壺，還有半壺，留在明天用吧。

那個小村子叫韓家工村，只有二十來戶人家。從地圖上看，他在韓家工下車是對的：那小村往南應該正對着大名鼎鼎的古城。村裏的人都昏昏矇矇的，開口先「啊」上半天。女人們慌慌張張地只顧閉上門。村子裏既沒村長也沒有保長。古城麼，沒有人答他，人們瞇着眼睛打量他，最後就盯着他的頭髮。

韓家工村簡直是個被世界扔棄了的小村，沒有駱駝、沒有驢、沒有車、沒有任何交通工具。他在小學校找到了住處，一連幾天調查古城的事。一張地圖，一壺水，他如今深陷在塔克拉瑪干大沙漠裏。

那個開手扶拖拉機的小伙子說，韓家工以前都姓韓，後來娶了馬家回回的丫頭，就有了韓馬兩姓了。其實韓家原來是青海省的撒拉人。他想，撒拉人跑到塔克拉瑪干大沙漠邊上幹甚麼呢？奇怪的小紅泥村子，在地圖上守着那傳說的古城。還有半壺水，再往沙漠裏面走就是自殺了。

韓三十八仍在地頭上修渠。聽老人說，韓姓原來不是回回，是循化十二工的撒拉。有幾個村子給朝廷殺得剩下沒幾戶，從死人堆裏逃出來，順着大沙漠邊邊來到這裏。從循化轉到這大沙漠千里萬里，從撒拉變成回回轉了幾轉，幾戶人家沒有絕掉。

聽說先人們逃出了青海，一路上熬着磨難，可是心裏唸着真主，唸着一個名叫九座宮殿的地方。韓三十八小時聽爺爺講過，傳說那個地方是綠草茵的淨土，一字排開九座藍玻璃的宮殿。

韓三十八朝眩目的地平線望過去，一個小小的人影在迎面的沙丘上蠕動着。兩天一夜。該回來啦。他肯定渴得皮燒焦了。你去那裏頭尋個甚麼呢？那是個海，人神都過不去的海。我那次比你氣血還盛呢？我在裏頭蹲了三天三夜整。

蓬頭髮喝乾了韓三十八剩下的半瓦罐水，兩個人才搭起話來。韓三十八說：家去吧。吃碗酸酸的湯麵。蓬頭髮吃麵的時候說：我是博物館考古隊的，上這裏來出趟差，找一個叫特古思·沙萊的古跡。那是維族話，意思是九座城堡王宮。

韓三十八說：九座宮殿。他想，九座宮殿是找不到的。祖輩們那麼旺的血性都沒找着。他自己揹了整整一羊皮口袋涼水，進去三天也沒找着。他說：那個地方，真主把它藏起來啦，咱們尋不上它。蓬頭髮說：尋不上，是啊，沒有辦法。回去吧，明天我就回去啦。

張承志的〈九座宮殿〉（一九八五年），和他以前寫的小說比，不同了。以前，他的小說充滿曲折離奇的情節、生離死別的浪漫，然而，他漸漸冷靜下來。小說只有兩個人物，一個叫韓三十八，一個就叫蓬頭髮。情節很淡，但細節豐富，顯然活用了歷史考古的經驗，交替描述，開展他的尋找。傳說中的宮殿，也許存在，也許不存在。如果存在的話，也許找得到，也許找不到。如果找到的話，也許令人快樂，也許並不令人快樂。張承志畢業於北大歷史系，分配到歷史博物館考古組工作，另一篇有關沙漠的〈三岔戈壁〉，也寫得很好。〈心火〉是他的自傳，記述了他是山東的同族，和他參加考古發掘的事。他是中國歷史學界第一個越過天山冰大坂的人，文章有〈宋代王延德北庭—高昌路線考〉。

二、〈阿勒克足球〉

〈阿勒克足球〉，是個怎樣的足球呢？對於足球，我總是好奇的。於是，我就讀那個小說了。

烏珠穆沁草原上，兩個小孩子正在遊戲，男孩子十歲，名叫白音寶力格，女孩是他的妹妹，叫索伊拉。他們看見遠遠的一邊，圍了一堆人，跑過去才知道有兩個人在打架。其中一個是早幾年才到蒙古大草原來的青年，另外一個，不是別人，正是孩子們的父親。

小孩的父親喝醉了酒，和年青人打起架來，可他又打不過人家，語無倫次地吵鬧，又像女人一樣嗚嗚地哭起來，捶胸頓足地說：我們用馬隊和汽車賽跑來歡迎你們喲，納木吉拉家的瞎老婆子在草地上爬着，把奶豆腐捧給你們喲。嗚嗚，孩子們的父親這麼一哭，那個年青人眼睛裏漸漸出現了一種茫然若失的神情。這個年青人和許多年青人一樣，都是到大草原上來插隊的，不過，有許多人已經漸漸地回去了。「打架的」沒有走，據說，他的父親早已不在，母親也嫁了別人，他沒有家可回，城裏也沒有人幫他回去。

消息在草原上傳開了，「打架的」要在這裏辦一間學校，教小孩子讀書。白音寶力格十歲了，從來沒有進過學校。這一帶的小孩子，沒有一個識字，因為這裏沒有學校。白音寶力格不知道爸爸會不會讓他去讀書，因為他和那個人打過架。不過，媽媽卻是很高興，給小孩子縫新的書包。

開學的前一天晚上，「打架的」到白音寶力格家的蒙古包來了，媽媽就叫小孩喚他巴哈西。「巴哈西」是老師的意思。老師說：明天到學校來吧。小孩說：嗯。爸爸躺在蒙古包裏面一動也不動，也不作聲。

開學了。在草原上，隨便一件小事或一個偶然的聚會，都會造成一種奇特的喜慶氣氛。小孩子上第一堂課的時候，巡迴小學的門口擠滿了看熱鬧的牧人，晚秋的草灘上佈滿了絆住三條腿的全鞍馬。那些牧人，儘管嘴角帶着嘲笑，眼中流露着懷疑和輕蔑，但他們不知道，當他們把馬匹上了皮絆，把馬杆子拋在草地上，盤腿坐在門外的時候，已經是給學校舉行典禮了。

老師毫無疑問要在牧人面前顯顯本領，第一節偏上蒙文。當他用粉筆把三個元音寫在黑板上時，門口擠着的那些牧人們響起了粗重的、像牛一樣的呼吸。「阿……哦……依……」老師唸着。小孩子們也鼓足氣力喊：「阿……哦……依……」

亘古以來，大概只聽過牛羊的咩叫、駿馬的馳騁和嬰兒的啼哭的烏珠穆沁母親，第一次聽見了牧民子弟的琅琅書聲。正襟危坐在門外草地上的牧民大叔，聽得出了神，甚至沒有發覺腮上掛着兩滴混濁的老淚。還有幾個目空一切的馬倌，他們一向自認是草原的驕子，走到哪裏都大聲吵嚷。可今天卻老老實實地坐在門外，連大氣也不敢出。

小孩子們可樂壞了，他們是烏珠穆沁母親的第一代稱作學生的兒子。齊齊唸啊、寫啊，「阿……哦……依……」。白音寶力格發現了還有更快活的事呢，學校裏有一隻褪了色的籃球，那球因為打了一個補釘而顯得不太圓，但孩子還是汗流浹背地踢了它一通。老師費勁在把他們分成兩隊，但根本沒有人聽。幾個大些的孩子只要一搶到球，就一個人拚命踢着跑，踢得愈遠愈好，反正草原寬敞極啦。甚麼射門不射門，比在家裏逗大黃狗有意思多啦。圍觀的大人們看得呆了。

起初，學校只是一個蒙古包，冬季之後，定居在三間歪斜的小黃泥屋裏，屋頂上有一面旗子，用蒙文寫上了所有學生的姓名。這間哈達圖小學，已經有二十多個學生了。最興奮的事是，這時候，老師帶回來一個真正的足球，用黑白兩色皮子縫成的。按照蒙古語的顏色分類，這種花色稱作「阿勒克」。

五個大隊的民辦小學只分到一個足球，白音寶力格的老師和其他的老師們比賽摔跤，把足球贏了回來。每天上學，小孩子就踢足球了，黑白相間的阿勒克足球在綠色的草地上飛。每天晚上，男孩們輪流抱着阿勒克足球睡覺。女孩子呢，她們總用羊油塊把球擦拭得光滑乾淨。

那年的足球比賽，哈達圖小學踢敗了不可一世的旗小學。當這伙穿着普通的蒙古袍子和馬靴的牧民娃娃，把那可愛的阿勒克足球一連三次踢進旗小學那些穿着白球鞋、紅球衣的傢伙們的大門時，大家是多麼地激動呵。

〈阿勒克足球〉，作者是回族的張承志。小說收在「全國少數民族文學創作獲獎作品叢書」的《中篇小說集》中，全書共有六篇小說。我先選看了張承志，因為我想知道甚麼叫阿勒克足球。書中的作者名字都是陌生的，除了張承志，我只認得孫健忠，他是土家族人。

〈阿勒克足球〉當然和張承志的生活經驗有關，一九六八年，他給下放到內蒙古東烏珠穆沁旗插隊當牧民，在草原上生活了四年。草原上的生活，他寫過〈綠夜〉和〈黑駿馬〉，那時候的張承志，還是用比較傳統的手法寫小說，後來才漸漸蛻變，變得沉雄有力。

一九八七年四月十五日至十六日

張承志的〈九座宮殿〉（蔡浩泉繪）

張承志的〈阿勒克足球〉（蔡浩泉繪）

鄭萬隆：《生命的圖騰》

一、地穴

我正在閱讀的這本短篇小說集，是鄭萬隆的《生命的圖騰》。早一陣，我看過一點關於鄂倫春人的故事，所以覺得這本書很親切，因為鄭萬隆這次寫的，都是大興安嶺上的生活。鄭萬隆在黑龍江邊上出生，那裏是大山的褶皺，一個漢族淘金者和鄂倫春獵人雜居的山村，曾經被稱作「野蠻女真人使犬部」。

我喜歡這本小說集，因為裏面有酒館、村落、山道、馬車、貯木場、金礦、女人的首飾和酸菜豆腐，以及山林色彩、粗獷旋律和寒冷的感覺；作者母親感歎的青春和石冢，作者父親在那條踩白了的山路上寫下了他冷峻的人生。

起先，我只是喜歡小說裏記述的蒼茫、荒涼與陰暗，樺林裏飄流出來的鮮血，狂放的笑聲和鐵一樣的臉孔；後來，我又喜歡小說的說法了。鄭萬隆在書的後記裏這樣說：他們不滿足於那藝術史上「實實在在的模仿」，他們不再相信那種故事型小說的完美性了。

鄭萬隆所說的「他們」，不能肯定說的是誰。這陣子，流行的反而是福克納他們和拉丁美洲一些國家的作者。於是，我就在小說裏找找鄭萬隆自己用怎樣的手法來描述現實，反映那個充滿了神話、夢和幻想的世界。

就說說那個叫做王六道的人吧，他上阿根布山去找尋傳說中的金礦，他找到了山洞，卻掉進深不可測的洞底。他好像睡了一覺，醒來後沿着地道向前走，彷彿穿透了阿根布山，然後他看見地道的盡頭是一座大山，許多人都在那裏採礦。他還見到了自己的爹娘，這時，他全身都發冷了，因為他的爹娘已死了好多年。

爹爹悄悄地把一塊九成的石包金交給王六道，讓他帶走，他又回到地面上來。他回到鎮甸去，但一切都變了，鄰居的子女已經長大，昔日住在這裏的人都不見了，所有的人都不認識他。他說，他上山找金子，帶了一塊回來。他把懷裏的寶貝拿出來看，原來是一塊石頭。

這其實是寓言，有一點點魔幻的意趣。

二、圖騰

鄭萬隆這部新作裏的小說，有好幾篇都有一段引子，有趣的引子。譬如〈黃煙〉，他說：塔爾達奇山上被灰褐色的熔岩覆蓋着，幾乎沒有樹，華嚴浩蕩的原始森林，已經不存在了。山頂上是一個圓錐形的湖，深深的水明淨如玉，清澈得發藍，有一種森然之氣。它就是報紙上報道過的那個發現過怪獸的湖。

譬如〈火跡地〉，他說：一六四七年九月七日阿特梁贊中尉率領的俄國紅綬帶火槍隊全軍覆沒在這裏，索倫部巴爾達奇氏族的一百五十一名炮手也無一生還。第二天，這裏下了一場大雨。雷把樹林打着了，大火燒了快一個月，到下頭場雪的時候才安靜下來。當人們踏雪來到這裏，浩浩的森林已經變成一片火燒跡地，到處是枯立木和風倒木，人們走遍整個峽谷，沒有找到一具屍體，沒有找到一匹馬、一把槍。那夜晚，所有的人都聽到了馬叫聲，是他們氏族領袖毛考代汗的雪青馬，「咴吙」地嘶鳴。女人們都叫喊看到了馬的眼睛；男人卻甚麼也看不見。也就是那天夜裏，所有進溝的女人都懷孕了，都生了個大胖小子。從此，巴爾達奇氏族的人，再也沒有踏進過這條峽谷。

譬如〈洋瓶子底兒〉，他說：那陣，這一帶的森林還沒開發，樹木像草一樣茂密。就是在法別拉河上游那些採金的，也不知道巴那諾奇山裏沒有人。它是整個大興安嶺地區海拔最高的地方，可以看到林海中的日出和日落，似乎只有在這裏才能真正感覺到地球是圓的，而且也能夠看到太陽發出的綠色閃光。走進這裏就可以感覺到，那種幽深寧靜得有些陰森恐怖的原始森林的味道，連空氣都是藍的，真好像在玻璃瓶子裏一樣。

小說的引子，已經是一篇篇故事了。我想起海明威的《吉力馬札羅山的雪》（*The Snows of Kilimanjaro*）的引子：在非洲高高的吉力馬札羅山頂上，有一隻枯乾的死豹，豹子跑到這嚴寒的地方來，要尋找甚麼？沒有人知道。

鄭萬隆沒有寫豹，沒有寫怪獸，也沒有寫十七世紀那場戰爭，但他寫了馬架山上的湖、峽谷中的奔馬和透過玻璃瓶底看到的神秘而奇異的世界。

三、峽谷

兩個十四五歲的大小孩，做着英勇獵人的夢，希望能夠獵得一頭熊。他們在勒勒山下果然見到了心目中的熊，足足有五六百斤，笨重得好像得了半身不遂，走路搖搖晃晃的，四肢僵硬，有好幾次想站起來夠樹上的松子都沒有成功。他們沒有槍，記住了熊洞，回去撒了謊，借來槍和馬，因此很是得意。

他們在進山的路上碰見申肯這個老傢伙。他們還沒有出生的時候，申肯就不住在屯子裏了，聽説他得罪了「透倫瑪路」，在薩滿作法時笑了，被大伙攆出了。申肯穩穩地坐在馬鞍子上，對大小孩們説：打熊帶槍幹甚麼？又説：沒有我，你們鬥不過那頭老熊。大小孩沒法擺脱申肯，一起上了勒勒山。

幸虧有申肯在身邊，因為兩個大小孩根本不知道怎樣獵熊。峽谷裏的水響，他們以為是熊叫，嚇得幾條腿像踩在棉花上一樣發軟。

申肯告訴大小孩該用幾根樺木杆橫七豎八地堵住洞口，緩弱一下熊的衝擊，又說，熊出洞的時候不會拐彎，站在洞口左右沒有危險。他自己退到離洞口五十米的一棵楓松下面站着，把刀子橫拿在手裏。大小孩用樺木杆捅進洞去，一次、兩次，熊吼叫着撲了出來。

申肯不願獵那熊，因為這是一頭懷了孕的母熊，快要生產了。但大小孩們不肯，把槍握在手中。申肯求他們放了母熊，孩子們不答應，三個人就糾纏起來，槍都被打掉了。可這時母熊撲過來了，申肯叫孩子們逃命，自己單獨和熊決鬥，結果，熊和老人都跌下山崖去了。

這個故事，令人感動的是老人不願意傷害懷孕的母熊。還有，當兩個大小孩把死了的老人和割下的熊頭熊膽拴在擔架上抬回屯子的時候，覺得擔架輕得沒有一點分量，認為是老人和熊的靈魂還留在勒勒山上的緣故。靈魂是最有分量的。收結好極了。

四、陶罐

冬天過去，農曆四月初，江還緊緊封着，冰上還跑着爬犁。江不開，岸上的樹都不敢綠，蟲兒還眠在土裏。然而，入夜後天色就有點不對勁，九點半了還不黑，河上頭的紅得炭火一樣，不知從哪兒飛來了許多燕鷗，盤旋在江上，叫得像發瘋，空中充滿了牠們的喊聲。

忽然，雷聲從江裏發出來，地皮在顫，木頭垛的房子在晃，狗叫、雞叫、羊叫、馬叫，一世界充滿了暴雨般的喧嘩。封得緊緊的大江爆裂了，山上下來的水把冰拱開，築起一道道冰牆。冰牆像一排排推土機推上岸，淹沒了草灘，爬上山梁，湧進峽谷，把一片片樺樹林子，木板障子、房子、一個個村落蕩平了。

天亮的時候，雷聲靜下來，可水沒退，冰排在水裏野馬一樣突來奔去，雲杉溝四個屯子的人，幾乎是空着身子逃到霍特山那片雜木林裏。山下都是水，死魚像厚厚的一層油浮在水面上。

那麼多的人都看着狗從冰排上滑下去，馬被浪吞沒了，家具都在水上漂，於是有人問：趙勞子呢？七十五歲的趙勞子不見了。不久，人們看見趙勞子的房子在水浪裏漂浮，而趙勞子，則在水中朝那房子游過去。四周都是冰塊，好幾次，他爬上了冰塊，又掉在水裏。

人們看着趙勞子游到房子了，栽進門裏，過了很久，抱着一個紅布包着的東西從破窗子裏出來，倒在浪裏。在冰浪中掙扎、搏鬥了很久，趙勞子終於上了岸，抱着紅布包着的東西進了柞木林子。山上的漢子們都追過去看，相信趙勞子捨命奪回來的一定是一罐金子。

趙勞子在路上栽倒了，紅布包着的東西砸開了，那是一個空的陶罐，草窩裏是破成幾瓣硬黑色陶罐的碎片。趙勞子那雙粗硬的手顫抖着，一塊一塊把陶罐又對起來，對成一個完整的罐，又用紅布包起來，抱着它頭也不回向山的高處走去。

趙勞子不需向任何人交代，陶罐是空的。

五、酒館

這裏的人，每一個人，甚至每一條狗，都認識陳三腳，而且恨他。誰不知道呢，陳三腳膽子特大，刀子使得特別好，曾經有人被三腳踢死過。

不出三天，大雪就要封山，靠山林生活的漢子們都回到屯子裏來，找地方紮窩，忙着用皮子、黃芪和飛龍兌換鹽、火藥和白麵。陳三腳也到屯子裏來了，爬犁上掛了一隻短臉熊，那是他的獵物。

綠豆眼的老棒子在這裏開了爿酒館，為了省錢，用生炭溫酒，煙鱉在屋裏出不去，陳三腳聞到這種生煙味，酒興就敗了一半。不過，他還是進酒館去了。打從老棒子在這兒開業那天起，陳三腳來來往往十幾年了，吃酒館喝酒館，從來沒有給過錢，從關裏初到屯子來，綠豆眼還沒站穩腳，就和陳三腳較量了一次。陳三腳的刀子天生愛多管閒事，綠豆眼自認是個買賣人，可陳三腳說起碼有兩條人命壞在他手裏。

陳三腳在酒館裏吃喝，從來沒給錢，帳可是一筆一筆都記得清清楚楚的。綠豆眼往雙耳銅壺裏灌了一斤酒，坐在陳三腳對面的凳子上，看見陳三腳平敞的衣襟裏圍着被血染黑了的毛巾，一條很大的傷口從脖子上深到裏面。

陳三腳不肯留在屯子裏養傷，寧願冒大雪回金礦去。臨行時，留下一隻金戒指，說是可以到磨稜去找劉三泰，跟他要酒錢。陳三腳走了之後，再也沒有了消息。綠豆眼上金礦去找他，並沒有找到，回程時繞道去了磨稜。

劉三泰原來是個十三四歲的小孩，他一見戒指就問：他死啦？然後說：那他回不來了。並且一口答應還酒錢，挑戰式地說：你急甚麼，等我長大了，一個子也少不了你的。到時候我給了你酒錢，你得把這個還給我。要是丟了，我可饒不了你。孩子身上的牛皮腰帶是陳三腳的。

這個故事，陳三腳和小孩之間的生死交情，至於他們如何結義，作者留白，讓讀者琢磨好了。

葉蔚林：〈五個女子和一根繩子〉

一、女子

五個女子，生在一個村子裏，吃一口井水長大。各有各的脾性，可是好得要命，要活齊齊活，要死死一堆。她們不識字，不識字要甚麼緊，照樣曉得剪鞋樣、納鞋底。一錐一個眼古，麻線扯得嘶嘶叫。鞋底納出十字紋、胡椒眼、芝麻花、雙龍搶珠鳳朝陽。

明桃最大，滿二十一歲，金梅最小，才十八，桂娟二十，荷香和愛月都是十九。雖然各有名字，但另外還有一個共名，叫做「賠錢貨」。所有的父母都這樣叫她們，聽聽也就聽慣了。

在父母的家裏做女兒，畢竟是好的，五個女子可以聚在一起遊耍。足跡不曾踏出村子三十里，也去過遠一點的墟街趕鬧子，吃過橋米線，盡放辣椒醬，吃得滿頭冒汗，可不快樂？

她們在家裏做活，也到戶外山裏刈絲茅草。山是荒山，就她們幾個人，甚麼體己話不能說呀，就說說女子的靈魂好了，女子的靈魂是隻小鳥，羽毛雪皚皚的白，能夠飛進天上的「花園」遨遊。五個要好的姐妹，手挽手結伴遊花園，曉得幾愜意啊。

都過十八歲了，如今這五個女子全部訂過親，今冬明春將陸續出嫁。離開了娘家，要受多少苦？想想也就心酸，還是遊花園的好。

日頭剛偏西，草就刈完，結實捆好。草捆起碼兩層，擋住烈日，造出一片陰影。五個女子，坐到陰影下來，實實在在商量遊花園的事。

大伙兒決定穿七件新衣裳，大紅燈芯絨對襟衫，罩在上面，又時髦又打眼。日子也講好了，九九重陽天氣好，遊花園正合時。

兩隻鷓鴣在樹上啼，遠遠彷彿有牛叫。幾十步外，草梢上探出一個頭來，站着傻子四寶。傻子喜歡女子，喜歡看她們，趕他不肯走，吩咐他做事，卻是聽話。

二、愛月

愛月十九歲，奶奶八十歲。奶奶的名字叫巧巧，八十歲的人，和名字怎麼想也貼不上。活到八十歲真不容易，又到生日了，就得請幾個客人來熱鬧熱鬧。

爹爹吩咐愛月：「明日莫出門，留屋裏殺雞宰鴨，辦個金針粉絲八大碗。」又喊：「叫你媽去問五叔，有青皮黃豆不，借幾升打兩板豆腐。」

媽就在灶屋做夜飯，隔個小天井，不到十步遠。可爹從不對媽講話。也不怪爹，這是鄉俗。外人面前，夫妻必須形同陌路人，實在有事，互相也只叫聲「哎」，喊聲「喂」。在家呢，全靠女兒傳話。

愛月想到出嫁，早晚和一個男人吃飯、睏覺，挨得那麼近，又離得那麼遠，真不是滋味。鄉俗還多着呢，就像爹愛吃青韮，愛月得去割青韮，男人不理菜園，是鄉俗；女人家就只配在灶台上吃飯，不能坐到桌邊吃，也是鄉俗。

八十歲的奶奶生日，唯一的希望就是能夠到飯桌邊坐一坐。客人都吃了一驚，愛月的爹很尷尬，支支吾吾地說：「媽，裏面菜是一樣的。你婦道人家又不會喝酒……好，好，你想坐席，好歹來坐一回。」

老人結果沒有坐席，沖沖轉身走了。愛月的小弟一早卻爬上條凳坐着。愛月上前攔阻，說他沒規矩，可爹橫愛月一眼，說道：「讓他坐。」小弟抽鼻涕，朝愛月扮鬼臉。

關於奶奶，有好多傳說，說她是百年難見的美女。人又美，手又巧，兩日做雙花鞋，三日卸疋大布，一把杭州剪子鉸窗花，草兒花兒、蝶兒鳥兒，生根的生根，飛的飛。十六歲那年中秋節，上蠔街鬧子，人擠人，爭看她，踩死七隻雞、五隻鴨，打翻燙米線的湯鍋。

過生日的老人那個晚上沒吃夜飯，睡覺時沒脫衣，閉目僵臥，抓緊愛月的手，重複幾個字：我好悔，我好悔。愛月知道奶奶悔甚麼，咬住被角，一直啜泣到雞啼。

三、荷香

有一種鳥的名字叫哥好鳥，叫起來的聲音是哥好、哥好。荷香的哥哥不好。他是大木匠，使慣四斤六兩大斧頭，臉塊也就像斧頭：又黑、又硬、又冷、又厲。喜歡吃酒，吃醉了就打老婆。

荷香的哥哥不好，嫂子好。嫂子相貌乖雅，做事爽快麻利。荷香覺得，哥給嫂子洗腳都不配。荷香喜歡嫂子，同情她，還保護她。嫂子有個情人，荷香曉得，從不對別人講。

哥哥挑起工具出門做活，嫂子就洗衣裳，獨獨洗一件藍花衣裳，高高晾上竹竿，挽起籃子上了後山。荷香看出蹊蹺，跟蹤探出了究竟。嫂子，你放心，荷香說，翹起蘭花指，從嫂子頭髮上拈出一根草，一根山後生滿的細細的雞茸草，嫂子臉色白成一張紙。荷香說：「我一樣也沒看見！」

七月半是廣西蠔街鬧子，荷香的哥哥一早就出門，說是去三幾日才回轉，講話時用陰險的目光打量嫂子。有人在蠔街等荷香呢，她也就出外了。

荷香閃閃縮縮地過了橋，到了河邊，就見到穿白背心的那個男人。荷香說：你忍心看我嫁別個？荷香要他帶她走，可那人對荷香從沒撫慰的話，只有動作。荷香曉得即使他講，講的也不是實心話。

回到石拱橋上，只見聚起一堆人瞧熱鬧，隱約聽見哥哥的粗嗓大喉吆喝甚麼，荷香擠過去看，只見一個年輕的女人，在那裏被裸體示眾，倒捆雙手，頸上吊兩隻破草鞋。光天化日，眾目睽睽，荷香聽見監守她的人喊：「看吧，看吧！這是我老婆，她偷人，養野老公！」「老子教訓老婆，誰也管不着，誰來管，老子斧頭不認人！」

那是嫂子。荷香衝進人圈，擋住嫂子，被哥哥用鋸梁當頭壓下。穿白背心的男人說示眾的人活該，誰叫她偷人。荷香捂住流血的額角，只覺絕望。鬧子將散時，她進了布店，買六尺大紅燈芯絨做對襟衫。

四、桂娟

一連落了幾天大雨，天晴之後，桂娟正準備出牛欄糞便，姐姐突然搭訊來，說要臨盆了，叫桂娟快去招呼。桂娟放下糞耙，空手去了。

姐姐命帶甘草，嫁了個好丈夫，三代單傳，讀過一年中學，會打算盤，如今在鎮上當管帳先生。姐夫趕不回來，因為大河漲大水，渡船全停擺了。

姐姐嫁過去，上無公婆，下無小叔小姑，逍遙自在，可如今要臨盆了，只好通知娘家。桂娟來到姐姐家門，只見兩個婦人把守，一個高舉禿頭掃把，一個拎個橫端五指糞叉，不讓桂娟進。

桂娟認得其中一人是姐夫本家叔婆，她說：今日是黑煞，主凶不主吉。大清早見到一個女鬼跳到姐姐家門前。叔婆要桂娟從狗洞鑽進去，桂娟沒法，只得忍氣鑽了。

姐姐故意不讓姐夫趕回來，說是不要他見過這一關的。桂娟替姐姐蓋好被子，燒水去。叔婆卻在姐姐房間裏敲鑼、殺狗，把狗血到處淋灑。收生娘娘來了，牛高馬大，一臉滾刀肉，像個屠戶，甚麼也沒帶，只帶把舊剪刀。孩子生了半天沒生下來，收生娘娘跨在姐姐身上無情地顛動，姐姐就昏死過去。

小孩還是沒生下來。一條牯牛牽進至堂屋，眾人把產婦拾起，伏在牛背上，趕着牯牛團團轉，桂娟只覺天旋地轉，耳邊是姐姐撕心裂肺的慘叫。

姐姐生下了一個胎兒，竟然是活的，而且是男嬰，堂屋裏揚起勝利的歡呼，姐姐聽到嬰兒悲壯的哭聲，深深感動，默默一笑，便安祥閉攏雙眼。

姐夫回家時，姐姐已經變了血盆鬼。姐夫給桂娟一件藍燈芯絨對襟衫，姐姐生前囑咐的：送她做嫁衣。如果是紅的多好，不用再做一件了。桂娟想。

五、花園

花園裏面是怎樣的，就得去問問淑雲了。要問淑雲，得找十八仙姑才行。五個快要出嫁的女子一起到河邊那座獨立的小白屋去。

屋子才整潔呢，煤氣罩子燈很亮，十八仙姑接待了她們，給她們端來香茶和一小盤餅乾糖果。五個女子擠在一條長板凳上坐下，起初很拘束，後來也敢吃東西說話。說是想問問淑雲姐姐遊花園的事。

十八仙姑點點頭，她去洗手、抹臉，打開大門，吹熄了煤油燈，點燃了香火蠟燭，閉上了眼睛。果然，不久，淑雲姐姐就來了。她一來就說：「姐妹們，好久不見，大家好嗎？」

淑雲姐姐講話總是這麼笑眯眯，喜歡偏起了腦殼。明桃年紀最大，就由她說：大家想知道遊花園的事。淑雲愉快地回答：「花園好哇！」就流水一般給大家講起來。

在花園裏，「好吃好住。住在樓上，又乾爽，又風涼，沒有蚊子。吃呢，早飯就吃豆沙包子，還有油條」，「中飯夜飯更不消講，少不了豆腐魚肉，隔個天把就吃到黃豆熬豬腳」，「當然囉，也要做點事：種花啦，澆水啦，蠻輕鬆，只當耍子哩」。

雖然這樣說，女子們還有許多不明白的地方，所以荷香就問了：「花園裏有男人不？」淑雲說：「當然有，也有嫁娶的。」「男人也打女人？」淑雲說：「不打不打，女人是寶貝，寵都寵不贏。」

「萬一女人又跟別的男人相好，怎麼辦？」「這個……隨女人自由去，男人管不到的！」桂娟想起姐姐，就問道：「那裏的女人也生孩子？」淑雲說：「還講，不過生起來蠻順當的，有醫生哩！」

女子們覺得滿意了。花園是那麼美好的地方，她們從十八仙姑的家裏出來，天色已經深沉。她們仰望深藍邈遠的夜空，浮想聯翩，意往心馳。

六、繩子

〈五個女子和一根繩子〉（很沈從文味道的題目），是葉蔚林的短篇小說。共分六段，寫的是女子們悲劇的命運。十多二十歲的未婚女子，生活得自由自在、快樂無憂，然而，她們知道，可悲的日子因為出家的時刻逼近，即將降臨。

小說寫得很好，說是五個女子，舉三個例子就夠了，愛月的祖母，荷香的嫂嫂，桂娟的姐姐，都是過往一般女子一生的寫照。然後用一小節來描述「花園」的美景，這花園，天國而已。作者並不煽情，明明是個極沉重悲哀的故事，卻以女子們歡樂輕鬆的心情對待，筆調和臺靜農、鍾理和等人完全不同。各人對花園十分嚮往，赴會之時彷彿上蠔街鬧子一般喜悅。也正是這樣，讀起來更加辛酸，最末的一段，尤其不忍卒讀。

就重陽九月九了。天氣很好，五個女子在河灣的老油榨房裏湊齊。一切都照計劃行事。油榨房離村不遠不近，靠河邊，空氣好，頭上又有遮蓋，房外有花有草，還有竹雞婆子叫。橫樑雖然蛀過，卻仍可以負得起五個人的重量，而且，這地方，人們第二天經過就會發現了。

金梅年紀最小，她家有苧麻、黃麻、棕片，繩子由她搓。棕繩不好，又粗又硬，還是苧麻好，又結實又柔軟，繩子雪白，用濃石灰浸過，晾乾，細細梳理，像梳理自己的頭髮。十多丈長哩，真漂亮的繩子，姐妹們果然個個稱讚。

在油榨房裏，大家穿了七件衣裳，外面一件是紅的。各人想過了，沒欠別人東西，父母之恩也用汗水還了。一切由明桃指揮，繩子挽橫樑上，繞兩匝，垂下五個白色非常整齊等距的繩套，現出一幅美麗的幾何圖案。五個人成山字形站在不同高度的木板上。

傻子四寶忽然出現了，說：「哈哈，你們想吊頸呀！不不，我告大家去。」明桃鎮定地說：「你喜歡我是不？……現在聽話，去，去外邊給我採點花來。」傻子果然去了，回來時一切都已完成。

蔣子丹：〈今夕是何年〉

老掉牙的故事，因為有了新的敘事方法，也就可以一讀了。因為方法不同，故事也就有了變化。

小說中的主角，在作者的筆下，既是第一人稱的「我」，也是第三人稱的「他」。本來是一個人，但可以一分為二，彼此交談，互相補充。「我不知道在月台上發呆的這個男人就是我」，單這一句，已經點明了人物的特徵和小說的敘事角度。

小說採用的是三文治式的結構，開頭和結尾都寫火車站，中間的部分是一個小城。在城中發生了甚麼事，作者以開放的形式敘述，而這些情節，呈現不同的可能性。關於主角從前的戀人，我們不知道她真正的結局。甚至一切不過是假想而已。主角還沒登上火車哩。

蔣子丹，湖南人，一九五四年生於北京，八三年才開始寫小說，今年出版了第一本書，叫《昨天已經古老》。新時期這兩年寫新小說的女子，充滿新意的，有殘雪、王安憶、劉索拉她們，現在又多了一個蔣子丹。

一九八七年九月

林斤瀾：〈法幣〉

中國大陸的「新時期文學」，是從一九七六年開始計算的，那時正是十年動亂之後，打倒了「四人幫」。小說方面，出現了「傷痕文學」、「反思文學」，暴露和批判「文革」的錯失，反思歷史。

新時期小說初期的作品，有許多顯得粗糙、不成熟，但一個文學運動的起端，自有時代的意義，值得看看。劉心武的〈班主任〉、盧新華的〈傷痕〉、叢維熙的〈大牆下的紅玉蘭〉、馮驥才的〈啊！〉、陳世旭的〈小鎮上的將軍〉等都是傷痕文學的代表作；至於反思文學，則有魯彥周的《天雲山傳奇》、高曉聲的〈李順大造屋〉、張一弓的〈犯人李銅鐘的故事〉等。有的也已拍成電影。這類稱號，好像標籤，不好，不過是照用內地的評論的說法。

〈法幣〉是一篇「傷痕文學」的作品。受「文革」迫害的人，不僅僅是知識份子，還有商人、小販，以至普普通通的老百姓。小說中的小人物，犯了甚麼罪呢？只因為上過禮拜堂，聽過講道理。在自白書上寫過這麼的兩句話：「家境貧寒，上學時常找外活來做，月入約法幣百元。」

法幣並非法郎，不是法國的錢幣，只是老法幣而已。小人物受到批鬥，成為特嫌，女兒當然也無法在社會上立足。自白書上寫了「歌聲爬上塔尖」，「戴着雪白雪白長翅膀的帽子」，都是罪。

〈法幣〉和許多傷痕文學作品不同，不單止有紮實的內容，還有相應的獨特形式。短短五千字，分為六節，每一節以一項「最高指示」前導，接一則自白，由誠誠懇懇的交代，發展到恐恐惶惶的認罪，最後是小心冀翼的保證，層層出新意。

小說並不描述人物的衣衫、面貌，也不依靠對話進行，主角只是一個「我」，這些，都和傳統的小說顯著地不同。短，也是小說的一個特色，而且是作者的個人特色。文字簡潔、冷靜，通篇有個「我」，明明是非常主觀的敘述，卻呈現旁觀者清的味道。

林斤瀾是資深的作家了。今年（一九八七）的四月、五月，一連出了兩冊短篇小說集。〈法幣〉選自《滿城飛花》，另外一冊是系列小說《矮凳橋上的風情》。算起來，林斤瀾不屬於前衛小說家，用的一直是傳統的寫作手法，他的〈法幣〉，面目清新，真是意外的驚喜。

一九二三年出生浙江溫州的林斤瀾，並不故步自封，一面寫小說，一面探索；在探索的路上，也寫些議論文字，出了個《小說說小》的集子。有人說「看不懂」他的小說，他引了托爾斯泰的話：沒有一個作家能夠征服全部讀者。

一九八七年十月

高曉聲：〈火和煙〉

如果要數數這兩年中國大陸新小說的探索者，可以提到的名字相信會是莫言、韓少功、張承志、陳村、鄭萬隆……那麼，高曉聲呢？高曉聲的風格近似魯迅，走的是一條平穩紮實的大路，說他是求新抱異的探索者，似乎不像。

其實，高曉聲一早就是探索者了。遠在一九五七年，有過「知識份子的早春天氣」，三十歲的年青高曉聲和朋友在南京建立了「探求者」的文學組織，宣稱要「干預生活，探求人生」。可惜，不久就被劃為「右派」，回到家鄉江蘇武進勞動。

喜愛文學的高曉聲並沒有放下筆來，一九七九年重返文學崗位，寫了一連串出色的小說，像〈李順大造屋〉、〈陳奐生〉系列等。日前系列小說風行，高曉聲是先驅。他的小說看來手法古舊，可並不依循一個模式，其中的轉變是隱蔽的，毫不喧嘩。〈周華英求職〉中有一段寫主角在寂寞的等待中，細細觀看民政股辦公室裏鋪地磚塊的花紋產生奇異豐富的幻象；〈書外春秋〉裏竟有另外一個高曉聲和另外一個陳奐生出現。兩篇小説分別寫於七九年和八二年，那麼早，已經充滿探索的面目。

讀到高曉聲的手稿〈火和煙〉，非常高興。表層平平淡淡的作品，可卻是一次創新。小説只説一次漫長的擺渡，屬於反映問題的「介入文學」。

高曉聲擅長寫人物，他筆下的李順大、陳奐生都是活生生的，可是這次，人物的形象淡化了，林世平的樣貌、衣飾、脾性、職業，我們都不清楚，只知他是一個乘車渡河的人。

高曉聲的小説一般上有頭有尾，故事是直陳的，一幕又一幕展開，情節連接，場景迭換。如今這篇，卻只截取了一個生活的片段，是篇「橫切」的短篇，棄直從橫，默默改變。時間只一時半，場景也只限一地，十分集中。

貝克特的名劇，一般譯為《等待果陀》，高曉聲譯得極好，好像信手拈來，變成《等待過多》，聲音和意思都在裏面了。作者的諷刺文筆一直獨到，這次他就説了：他們等的同我們等的一定不一樣。

〈火和煙〉有點睛的作用。高曉聲過往的作品，題目常常囊括了內容的意思，顯而直。這篇小說若再用〈等〉，就呆了，根本沒有供人深思的餘地；但〈火和煙〉不同，作者要說的是：火從哪裏來，火到哪裏去。火如何變成煙，煙又如何煙消雲散。是的，小說寫等，寫社會上停滯的效率、僵化的制度，但這何嘗不是寫人、寫小百姓，要推動社會的進展，是何等難。

誰說時間是擠出來的，難道不也是擠丟了的嗎？高曉聲常有這樣的精警語，讀他的小說，步步驚喜。

一九八七年十一月十五日

鄧剛：雪球

小說有一個副題，叫「全是真事之二」，之二，是因為這是作者第二次寫「全是真事」了。甚麼真事呢？有一件真事叫〈出差〉，說一個人給派去出差，上頭給了他火車票，讓他到了一處他不知道的地方，整日叫他遊覽風景，甚麼事也不用做。小說中的人物像卡夫卡筆下的K，不過，K是不幸的，無緣無故遭到了惡運，出差的人卻「享受」了一次假期。

另外一件真事叫〈老寬〉，老寬是一個人的別號，因為他長得身體特別寬闊，光是背脊就可以讓人在上面放電影，醫生又不容易找到他的心臟的位置。這個人因此做了一連串奇異的事情。

〈出差〉和〈老寬〉都寫人的荒謬處境，但作者偏偏用了「真事」來反諷。世界上哪會有這樣的事呢，可現實生活中的確有那樣的事。人物可以漫畫化，處境可以誇飾，一切卻是真的。因為現實人生，往往有許許多多荒誕的事情。

〈超過一倍〉也是真事，同樣寫人的荒誕處境。一名工人，想給女兒買個書包，給妻子買一件好看的新式外套，給自己添置一雙尖頭牛皮鞋，於是加倍努力工作，希望得到雙份工資。小小願望，結果卻引來了意外的麻煩。

一人得道，雞犬升天。大工廠裏的小工人工作量超過一倍，大伙兒都來爭取功勞。全和自己的領導有關啦，近至黨委書記、廠長、工會主席，遠至五四三、計生辦、質量百一活動辦公室、團委書記、財會部門、安全部門、教育科……都來沾一分光，假大空的面貌顯露無遺。

如果用圖畫來描述這篇小説的結構，它的模樣像一個雪球，起初是一粒碎石，從山上滾下來，後來就變成巨大的雪球。最後的一段寫工人的歌頌詞句傾瀉而出，明裏要説：狠鬥私字不能想尖頭牛皮鞋，可真的竟仍然是：按勞分配多勞多得承包就是好，可買新式外套。這個雪球真是歎為觀止。

中國作協文講所，八四年改為魯迅文學院，鄧剛是第八期的學員，大伙兒稱他

「海碰子」，因為他寫了許多和海有關的題材，如〈迷人的海〉、〈蛤蜊灘〉、〈蘆花蝦〉、〈龍兵過〉、〈漁眼〉等，最近又寫了長篇《白海參》，除了海，鄧剛的題材是工廠。

這兩年，鄧剛開始寫諷刺小說，筆墨也換了一套。從「全是真事」系列看，小說的語言口語化，活潑了。這一陣他自己的看法是：我覺得當代小說的語言應該親切和隨便得像坐在家裏看電視，而不應是眾人坐在電影院裏的距離感。另外，用一種幽默詼諧的語言來寫一件難受的「悲劇」，會產生藝術上反差的奇效。

一九八八年一月十五日

陸文夫：〈圍牆〉

百多年歷史的一座古舊圍牆倒塌了，這是人們意料中的事。圍牆倒了沒甚麼問題，只要再造一座就行了。不過，造圍牆卻來了問題。

造一般的圍牆，主要的問題大概出在經費上。可如今這倒塌了的是建築設計所的，既是「建築」，又是「設計」。造圍牆這件事，門面攸關，不可以不認真處理。那麼就開會吧。開會這件事倒很平常，不外是大伙兒循例一坐數小時，喝茶呀，討論呀，許多人說了許多話，最後開不出一個結果，不了了之。

建築設計所裏的專家、內行特別多，開起會來就更加熱鬧。這邊是「現代派」，對現代的高層建築有研究；那邊是「守舊派」，對古典建築難以忘懷；還有一派是「取消派」，對一切變革都反對。好一場辯論。會開完就散了，天花亂墜，沒有腳踏實地的「實行派」。

專家又有甚麼用，空談又有甚麼用。砌圍牆這件事落在一個「娃娃臉」的青年身上，終於給想盡辦法、辛辛苦苦修建起來。可沒有人稱讚他，反而遭受眾人的批評和奚落：「守舊派」說是「太單調」，「現代派」覺得「不中不西」，「取消派」認為「不符合節約原則」，所長指斥他「先斬後奏」。

到後來，情況又有了轉變。除了「實行派」，其他各派見風駛悝，又有了不同的說法。建築設計所又開會啦，「實行派」沒資格參加，只在會場服侍各位專家，送茶送水，弄幾個炭火盆來，讓各派人馬在房間感到溫暖如春。

〈圍牆〉，陸文夫的小說，用幽默風趣的筆法來處理改革的題材；寫得真好看。好看，一方面是作者本身的文字精煉，人物面貌寫得生動，另一方面應該是素材選得出色。

改革的題材到處都是，還甚麼來寫呢？像蔣子龍那樣寫〈喬廠長上任記〉，還是像高曉聲那樣寫〈陳奐生上城〉？陸文夫選了寫修建圍牆。由他來寫，是再好也沒有了。要知道，陸文夫被稱為「陸蘇州」，是個蘇州通，蘇州的天空、土地、水道、花園、飲食、時代變遷，哪一樣不熟？而圍牆這花園的衣裳，正是蘇州的特產。

「我們是一群年輕的文學工作者」，「我們將勉力運用文學這一戰鬥武器，打破教條束縛，大膽干預生活，嚴肅探討人生，促進社會主義」。這是三十多年前江蘇一群文學青年在他們創辦的《探求者》文學月刊社「啟事」中發表的藝術主張。這群青年中的一人就是陸文夫。

〈圍牆〉是嚴肅探討人生的作品，嚴肅而且活潑。喜歡蘇州的話，當然不要錯過陸文夫的《小巷人物志》。蘇州有甚麼好吃的東西？那麼就看看那篇〈美食家〉吧。

一九八八年三月十五日

彭端高：〈醉土〉

這一陣，新時期的小說好得很。我指的是短篇小說。那麼的幾千個字，紮紮實實的內容，橫剖一個切面，絕不拖泥帶水，枝葉蕪蔓。〈醉土〉就是這麼的小說。

短篇小說，用不着把故事從頭說到尾，甚麼高潮起伏、情節紛陳，都不必理會，簡潔就好。〈醉土〉只有一個場景，兩兄弟坐在鄉下房子背後的油菜地上吃飯，彷彿塞尚的一幅叫做《玩牌者》的畫。

親兄弟，一個禮拜聚一次，吃吃酒，閒話家常，氣氛再好也沒有了。他們在戶外的菜地吃飯，鄉鄰經過都看見了，人人羨慕，覺得這對兄弟真好，相親相愛。

好一片田園景色，花香、秋菊、夕陽、黃昏，過路的人都陶醉了。而其實呢，親兄弟個個禮拜一起相聚，演戲而已，只為了達成默契的使命——維護田塘的榮譽。

本來是一個家裏長大的，可現在，各有各的營生。哥哥仍在鄉村耕作，又瘦又黑，身體也不好，愛喝酒；弟弟呢，可當上了鄉長，油光滿面，心廣體胖。兩個人碰在一起，對起話來。

一個人説話是自説自話、自言自語，是獨白；兩個人一起説話可以是談天、閒聊，也可以是對談，以至對罵。眼下這兩兄弟在不折不扣地對話，因為他們你一言，我一語，看似隨意，卻是針鋒相對的哩。

一個説，你別抽煙；一個説，你莫喝酒。一個説，你和西家那個寡婦少往來；一個説，你只會到處去吃人家。

兩兄弟，誰也看不起誰。弟弟小時候讀書笨得要死，可運氣好，從生產隊副隊長向上冒升，到野雞學堂滾一滾，弄了張文憑，當上鄉長了。兄長這麼想。

弟弟也有他的想法：自己的兄，都毛五十的人了，還在翻泥漿。提拔他升官發財，卻不去，腦筋死板板的，不識時務。

針鋒相對歸針鋒相對，兩個人畢竟是兄弟，彼此咕嚕一番，親情還是在的，到底不是大仇家。於是，下個禮拜，你帶古井酒來，我去弄條青梢蛇，仍在這醉土上做「秀」。

〈醉土〉寫的是兩兄弟，地點是農村。其實，在城市裏，許多夫婦不正是這樣麼？微妙之處是彼此明明有許多格格不入的地方，卻又不得不生活在一起；在一起，卻像箭豬，互相取暖，又彼此傷害。作者對這種感情的表現，筆觸從平淡中見工夫。

一九八八年四月十五日

侯賀林：〈賭注〉

中國大陸的小說，早幾年有文學主流，比如所謂「傷痕文學」、「反思文學」和「改革文學」，目前沒有了，各式各樣的小說，面貌很不相同。過去一度十分熱鬧的「尋根文學」，現在也已平靜下來，前導者的成就在文學的路上這裏那裏都留下了足跡。

最近的小說，有一部分，可以說，是繼承了「尋根文學」的組合法，以系列的姿態出現。說起「系列」，可要上溯高曉聲的作品，他好像是新時期最早寫系列小說的作家，一篇一篇的〈陳奐生〉，反映了變遷時期的農民面目。至於以地域探索為主的，或者還得數王蒙的《在伊犁》。

系列小說多半由一連串的中篇或短篇寫成，每篇四、五萬字，短的也在一萬字左右，人物眾多，情節也常常有頭有尾。過往的一年，系列式的小說都是短篇，

三、五千字，只集中一個橫切面，點到即止，文字簡潔，沒有冗字廢句，也不作興緩慢地描述風景，開門見山。

侯賀林的〈賭注〉，就是系列其中一個短篇，像一束花，由許多花枝集合在一起，但把花朵單獨抽取出來插，也同樣獨當一面。〈賭注〉有一個總題，叫「女子世界」，寫的都是女子的故事，以人為中心。「尋根文學」系列一般以地方為母題，比如「商州」系列、「葛川江」系列等等。

〈賭注〉很短，才一千多字，以很少量的文字寫內容豐富的小說，是集束小說的特色。一開頭就直接切入，乾淨俐落：說她實在不能再跟他過了。

丈夫喜歡賭錢，甚麼都輸掉，房子也沒有了，要住在破廟裏，可這妻子還是對丈夫好。非常溫馴忍耐的傳統中國女性。然而結果如何呢？丈夫把妻子賭掉了。

一千多字的小說，依照時下流行的稱呼，可以叫做小小說，又有說是極短篇。讀過些小小說和極短篇，竟有把一個笑話當作小說的，真是莫名其妙。〈賭注〉沒有這個毛病。作品很精細，還有不同的場景：一段寫女子剝花生，形象鮮明；一段寫女子要坐月子，共吃了四個雞蛋和一臉淚蛋子；一段寫女子幾乎赤身裸體為丈夫開門。

文字是爽快的，比如有人給她拿主意，叫她和丈夫「裂」，這個「裂」字，非常傳神。女子說：「你你輸得……好狠！」說的是「輸」，而不是「賭」。可丈夫一直覺得自己贏了，最後還說她好糊塗呀。

「女子世界」系列小說，我只讀到〈賭注〉，其他的還沒有看過。這些小說的力量要整體合在一起才顯示出來，如果僅僅一篇，顯然比不上「尋根文學」的獨立篇章了。記事寫實的手法，尤其講求文字的功力，〈賭注〉在這方面比較出眾。

一九八八年七月十五日

共生——試讀崑南的《天堂舞哉足下》

這裏寫下的文字，不是書評，也不是導言，勉強算是轉介一種閱讀的角度。稱為轉介，因為這角度，不是我想出來的，其始創者是羅蘭·巴特。我想借用巴特的讀書法來閱讀崑南的新小說。這是一種自由、自主的閱讀法。面對崑南這本充滿實驗性的小說，與其汲汲深究主題、結構；何妨放開懷抱、包袱，放心隨意，重新獲得閱讀前衛小說久已失去的樂趣。

打開一本書，如果文字易讀，文意又不艱澀，我們通常會讀得相當快，偶然甚至會一口氣讀完。不過，更多的時候，我們會讀讀停停，每次完成的，可能只是長長的一章或一節。

我們會順着作者的文字一路讀下去，尤其是好的文字，我們往往會忘卻了自身的存在，整個人投入作品中。這樣子的閱讀法，依巴特的說法，只是「消費」；這樣子的讀者，只是「消費的讀者」。

有時候，我們會讀文學批評。批評有時如顯微鏡，將相關的文獻、傳記、心理等等闡明；有時又如望遠鏡，觀察作者所處的巨大歷史空間。——這也是巴特提及的。

一本書，著者之外，往往牽涉四種職務：一、打字者（依書照打）；二、編纂者（不加己見）；三、評論者（評斷優劣而加上己見）；四、詮釋者（只根據權威說法加上己見）。

上述種種，讀者在哪裏呢？我們不是太照顧讀者，求讀者之所好，就是忽略讀者，不管書本如何和讀者打交道。但書本，任何本文，必須由作者和讀者相互合作，才能產生意義。作讀二者必須共生。

巴特認為，作為讀者，打開本文，不要只是消費，而應該介入生產；尤其是面對前衛的作品、一切不依傳統規範的本文。

讀者要取回放棄了的主權，不該只是被動地、消極地，把書本像牛嚼草般颸颸颼吃掉就算；而應該主動地、積極地參與生產，一面讀一面生出些東西來，如同牛吃了草，再進一步，孳生了牛乳。讀者讀完一個本文，也應該衍生了另一個，以至多個本文。不同的讀者衍生不同的本文。

然則，如何衍生讀者的本文？羅蘭·巴特提供的方法是採用電影攝影機的基本技藝：慢鏡頭，能夠把一匹飛跑的馬分解的慢鏡頭。然後在慢鏡頭裏讓馬匹恣意地蹓躂、放草。

巴特談論作品的方法是，他不提作者，不涉作者的時代；不探究作品中人物的心理學、主題學以至社會學。只是說出，如何用慢鏡頭閱讀，衍生出讀者的本文。我們自小被老師教導讀書時要專心致志、心無旁騖，但如果閱讀的是文學創作，我們是否也可以參加創作呢？

重要的是閱讀的過程，好比遊園，特別是中國南方的園林，不要走一條直線，而應該放慢腳步，不時流連、中輟，不斷左顧右盼。閱讀的時候，讀到甚麼文字、句子、段落，引起思緒、興奮或聯想，就停頓沉吟，不惜切割連貫的文字，追隨一己的聯念。從本文中衍生出各式各樣的想法。本文愈豐富，意緒愈多，彷彿編織的文錦，愈織愈無窮。而一切都跟讀者的生命歷程、背景知識、情感的深淺密密相連。當這織物一旦延蔓、擴展、深化，必然自成生命，也標示着作者的死亡（作品中那獨一無二權威的聲音）。

供我們消費的本文，基本上是「可讀」的本文；讓我們生產的本文，則為「可寫」的本文。要把本文變成「可寫」，辦法是把本文化整成散，切割成一個個碎片。巴特稱之為「區別性閱讀單位」。幾個語句、數句句子都可；只要能夠引發我們心思，啟發我們聯想就行。從「能指」到「所指」，突出所指的變換與復現。

巴特曾以巴爾札克的中篇小說《薩拉辛》作實驗，讓高等研究實驗學院研討班的「專才」一起研讀，經過一九六八至六九兩個學年反覆的討論、商量，然後寫定，出版的本文即 *S/Z*。換言之，那是一本集體閱讀、互相通融的成果。

《薩拉辛》不過四十來頁，但 *S/Z* 足足有三百多頁。可見從一個本文，可以讀出許多許多的東西。讀者於是同時成為作者。不過為了群體討論的方便，整個小說通過五種符碼來進行閱讀，五種符碼構成網絡，彼此重疊，相互交織。

五種符碼是：一、經驗的聲音（佈局符碼）；二、個人的聲音（意象符碼）；三、科學的聲音（文化符碼）；四、真相的聲音（闡釋的符碼）；五、象徵的聲音（象徵符碼）。

S/Z 一書的讀者相信不多。事實上，巴爾札克諸作中讀過《薩拉辛》的也較少。書名有多重意思，S可以指巴特（Barthes）或主角雕刻家薩拉辛（Sarrasine）；Z可指巴爾札克（Balzac）或薩拉辛愛上的女歌手贊比內拉（Zambinella）。這是一個傳奇故事，雕刻家愛上的女歌手原來是閹人。

一九七七年，巴特又出了一部讀者生產的本文，這次累積了經驗，成就也更顯著：《戀人絮語》，原作是歌德的《少年維特的煩惱》。古今中外多少愛情故事和文學典故，《戀人絮語》比 *S/Z* 精彩而豐富。

面對古典小說，讀者多數採「消費」的讀法。巴特長期捍衛新小說，但他生產的兩個本文都從古典作品濫觴。他也提出過五種閱讀索萊爾思作品的方式，卻沒有成書。

巴特曾說：我在故事中享受的東西並不是它的內容，甚至不是結構，而是我加在光潔表面上的擦痕：我快速前行，我省略，我尋找，我再次沉入。

巴特分解本文、追求代碼的做法看似英美新批評的細讀法，但其實二者美學的據點有別，他根本就拒絕新批評認定細節與整體統一的假設。他追求的是衍義與多重，是作讀二者的協作、共生。

《天堂舞哉足下》不是一部傳統面貌的書，不是巴爾札克式的小說。由於範式不同，傳統小說大多「可讀」，前衛、先鋒的作品則要求讀者參與，更接近「可寫」。我覺得《天堂》是「可寫」的小說，那麼，用巴特的讀法應該很有趣。

閱讀的角度本來有很多，新批評的細讀法是一種，考古學的讀法是一種。用「可寫」的讀法的好處是，讀者可以與作品共生。我思故我在。閱讀的時候讀者是主體，並且享有高度的自由。

且引《薩拉辛》一個「閱讀單位」為例，那是本文的開頭第一句：

我沉入其中一個白日夢裏。

這裏引述的白日夢，並無飄忽之意；它將依慣見的修辭手法構成一串連續的對照：花園與沙龍，生與死，冷與熱，室外與室內。這閱讀單位奠下基礎，拉開序幕，成為巨大的象徵結構，可以覆蓋眾多替換與變調，引領我們從花園至閹人歌手……（我們以字母 SYM 表示象徵領域內的所有單位。此處：象徵符碼：對照：AB。）

這裏引述了一半，單是一句句子，從「能指」到「所指」，帶出了多少信息。寫得那麼詳細、豐富，因為書寫者都是巴特班上的「專家」。再引一節，《戀人絮語》標題為「追求愛情」條目下本文的第一段：

> 夏洛蒂相當平淡乏味，她是維特調度安排下，在有力、令人苦痛、浮誇的戲劇中一個微不足道的角色。由於戀人的良好意願，這毫無色彩

的對象，被置於舞台中心，受到膜拜、偶像化，滿被談論、祈求（或者私底下充滿詛咒），彷彿一頭肥胖的呆母鴿，縮在自己的羽毛裏，遭受另一頭有點發瘋的公鴿在四周兜轉。

《戀人絮語》這個讀者本文（一群專業讀者），生產出來的本文變成一部風趣、充滿哲理的書，和歌德的作品一樣好看。這本文有一個副題：一個解構主義的本文。我也來做一點兒實驗吧，我用慢鏡頭的方法瀏覽《天堂》中未來世界那一章，遇到一些詞、一些句子，激起了我的聯念或浮想，就停駐在那裏，由得思想飛翔。我只找幾句，如果仔細做，也許比原作的字數還要多，那將成另外一個本文了。

大概是公元三千年左右。

這是文化符碼：年代學符碼（三千年）。公元三千年離現在一千年。這是一個講述未來的故事。不，過去的才是故事，未來的事和「故」字無關。未來的事，只能是事件：預測的事件。

古今中外的小說，在時間上大多追述過去。我國其實很早就有關於未來的敘事，現存最早的文字是甲骨文、是卜辭。後來的占卜、算命，全是事先張揚的事件。過去的事是故事、是歷史，甲骨文不是。把占得的未來事書寫作為紀錄，那是回到未來。

《一九八四》寫未來的事件，所以和一般的故事不同。許多科幻小說往往太超現實，好的作品並非不可以從占辭、算命中誕生。像卡爾維諾的《命運交匯的城堡》，用的是泰洛牌，列出一群人的命運，彼此交匯。崑南對天地宇宙充滿秩序感到好奇，堅信冥冥中自有命運主宰人生，他和卡爾維諾多麼接近。

女性在我們的星球上已失去了所有的存在價值。

這是意象符碼。

怎麼可能呢。女權主義者定窮究不捨。有些女性反而傾向相信，在未來的世界，也許是男性在我們的星球上已失去了所有的存在價值，因為基因工程可以複製人。

她一按鈕，便直向月球飛去。

這是佈局符碼：情節符碼。推動情節的發展。

按鈕，就可以飛向月球，是不是一個圓形的月球？一千年後，人類做得到。做不到的話，照霍金的估算，就唯有絕滅。崑南在《地的門》中一開始就空了九頁，因為他射落了九個四方的月亮。

我很喜歡那部小説，它是個充滿瑣屑圖案、色彩斑斕的萬花筒，採用自由拼貼的手法，主題樂段不斷重現，文字中迸出被壓抑的絕望吶喊。那時候，崑南已經直視殖民者的身份問題。如今我們才追隨西方反殖的文化論述而喧叫。

《地的門》那段沒有標點符號的「炎夏又來了」寫得真好，極精緻的抒情散文。我讀後一直牢牢記得，甚至寫了一首詩，題目就是〈炎夏又來了〉。這是無意識的生成。

葉維廉説，崑南是飛向太陽的伊卡洛斯，翅膀融化而墜落下來。是太陽嗎？會不會是太接近四方的月亮，被尖角撞了下來？在布魯哲爾的一幅畫中，從天上墜跌的伊卡洛斯幾乎遍尋不見，偌大的一片海，得仔細搜索才見到波濤的褶疊間露出一隻腳。而海上的船隻如常行駛，岸上的農民如常耕種。不過，法國雕塑家凱撒卻雕了一個重新屹立起來的伊卡洛斯，只缺了一隻翅膀。這個伊卡洛斯大概是葉維廉所説的崑南。表面上有所缺失，但雕像的背後，另有一座完整的雙翼天使，必定是伊卡洛斯完美的靈魂。

我真的高興再見到你，你好嗎？

我何需受符碼約束呢，讓我擺脱符碼，更加海闊天空。真高興再見到崑南。沒有見他，至少有四分之一個世紀。最初相見，也在半個世紀以前。是在一次暑假的旅行。崑南說，他還保存着一幀當年拍的照片，一大群人，相信許多都不記得了，真是出土文物。

崑南說，他一生中，最快樂的，就是在《星島日報．學生園地》投稿的日子。當時大家都是中學生，園地像大花園，長出各種花和樹，沒有勾心鬥角、爭權奪利。當年的園丁誰也忘不了胡輝光編輯。

後來很少見面，即使是他編《香港時報．淺水灣》，相邀寫稿，也只是通電話。真的高興再見到你。你說十多年來早已不看電影，不讀小說。不讀也有好處是不是？至少不會受到不好的影響，就像許多人讀張愛玲，當然是好作品，但讀了只生產出張式文字和情調，罪不至死，其實創作這回事，何罪之有，只未免缺乏創意而已，是不是？

素人盧梭或洪通無需看別人畫作或進畫院修煉，一樣畫出別出心裁的畫。你的小說中有新小說的脈絡、柏索斯的肌理，〈攜風的姑娘〉不就是非常博爾赫斯？《天堂》又與格拉斯的《鐵皮鼓》相逢。

當然，讀些小説也可娛樂消遣、啟發思考，拉美的結構或魔幻是對傳統的回歸，也許可以引領小説步向大敘事的復興，避免陷入現代或後現代主義種種支離破碎、艱澀玄虛、文字遊戲的局面。而卡爾維諾則把科學與文學之間的界限撫平了，不是與你的小説殊途同歸麼？其實半世紀以前，老舍不就寫過《貓城記》，寫外星球一個由貓建立的國土麼？還有波爾和昆德拉，豈止是第三世界才專攻國族寓言。我説嘛，《天堂》是《地的門》的姐妹篇，都有繼承，也有所開拓。文字簡潔、直率，直接對話採用方言口語，不避外語，不寫甚麼「美文」，沒有歌德式或巴洛克式刻意的華麗和巍峨，樸實自然。節奏麼？明快，場面轉換是愛森斯坦式的蒙太奇。

和你坐在咖啡室裏聊天真好。你仍然坦率、誠懇，你説甚麼？我國的伏羲，圖象顯示交尾的形態，對啦，那的確是詹姆士·華生他們發現的雙螺旋。

你喜歡無名氏。我比較喜歡魯迅和沈從文。你喜歡三島由紀夫。難怪你的小説中有一個母題：鯨魚之死。

我們都不寫那種所謂偉大的小說是不是？譬如大時代、大題材，像《戰爭與和平》，或者，至少寫一個大家族、寫一個人，從出生寫到死亡。對，新小說也早把巴爾札克反掉了。卡夫卡也不寫甚麼改朝換代。我麼？我讀法國年鑒史學派的作品，史學家的眼睛早已從帝王將相，轉看平平凡凡的人，寫經濟和民生、地理和環境的種種因素。他們指出大事件、大戰爭，不過是些閃光的塵埃。我不要寫閃光的塵埃。但小說又跟歷史有別，我既然可以選擇書寫的方式，當然同時可以選擇書寫的內容。我為甚麼要寫一般人認定不可少的內容？你呢？你寫香港、澳門、回歸、孖生兄弟，都是隱喻？

你說文學無用。無用正是大用。若果為了有用，我們可以去當理髮師，或者消防員，那要具體、見效得多。「有」是物質，「無」是空間。小說就是讓我們進入原本無有的空間，這是一個虛擬的世界。啊，你已經在網絡的空間遨遊十多年了。我們是因為文學無有所用才寫小說，不過有的人因為有用才捕捉文學，借文學之名得了多少名利，然後又諸多抱怨。文學藝術，應該有所不用。《地的門》中的葉文海面對的那些鄙劣文人如今一點兒也沒有減少，你筆下的照妖鏡永不過時。

真的高興再見到你。其實你從來就沒有離開過這花園，讓我們繼續栽植這無用的文學大花園吧。

二〇〇一年二月一日

談小說：王文興、謝曉虹、鍾玲玲

我現在剛剛看完了一本書，那本書就是王文興的新作。他的作品呢，我已經看過《家變》了。

很多人覺得，寫得這麼長的一篇小說，看起來古靈精怪的樣子，算不算是文學呢？算不算是好的作品呢？即是說，你們常常都說創作，不是單單要寫作，而是要「創作」。那創作是不是就算是好的作品呢？抑或是，寫作和創作是不同的呢？

回來說一下王文興，他這一本小說，和《家變》呢，可說是用同一類的寫法。只要打開來看看，覺得他……那些……一頁書裏面，每一句句子，都是很短很短的。即是說，我們讀這本書的時候，就不是像看其他的小說一樣，一口氣可以讀好多好多句，又可以很快地讀很多段，甚至是讀很多頁。那為甚麼要把一本小說用這種方式寫呢？這些就是作家自己的選擇。這本書寫成這個樣子，作者說，是要我們

「慢慢看」。因為我們讀書，可能大家都是很快便讀完。只是呢，像這樣瞄一眼就算了，就等於我們常常去旅行，都是走馬看花，到過一個地方，跟沒到過一般。讀書也是一樣的，有時候一本書看完，還真的不知道它是說甚麼的，但是有些小說，是應該慢慢看的。

那現在王文興這位作者，他就作示範了，他這篇小說寫出來，你沒辦法不慢慢看的。因為假如一句句子有十個字，那你讀上來，譬如說，一二三四五六七八九十，已經讀完了。但假如這十個字，不是一直排下來，而是兩個字，又隔一個空格，三個字，又隔一個空格，五個字又隔一個空格，那倒是得讀很久的。譬如說，一二、三、四五、六、七、八九、十，那是不是需要多一點時間呢？

這一本書，一打開，有的人說「哎呀，怎麼這樣子？要怎麼讀啊？」，其實也沒甚麼難度，不要想着一打開書，看見這樣子，就不讀了，那你就放棄了一個……讀一本書、有很特別感覺的機會了。

我呢，就有一個毛病的，我常常喜歡讀一些寫得特別的，是「寫」，不是內容，是「寫」得特別的。因為我覺得，你創作，一定得有一些特別的寫法才對，而且是屬於你個人的、或者第一次的、或者與別人都不同的，發瘋的也可以的。

在這本小說裏面……它的名字叫做《剪翼史》，即是說，看封面你也看不出是「剪刀」的「剪」，「翼」……就是那個天使翅膀的那個「翼」，「史」呢就是歷史的史，那即是這個人呢……是剪了他翅膀的歷史。那這個人，是一個怎麼樣的人呢？原來他是大學教授，那他為甚麼要剪翼呢？意思是說，他怎樣從做一個大學教授，做得心灰意冷、悶悶不樂。結果呢，遇到種種不開心的事情、看不下去的事情、荒誕的事情，大學裏頭烏煙瘴氣，令他結果受盡壓迫、受盡歧視。雖是有學問，但是無所施其技。所有大學裏的，各種荒謬的事情、古怪的事情，都在這本小說裏面呈現出來。而他就是一個教授，在一件一件……挑選一些重要的寫出來，慢慢的講述給你聽。說的方法就是，將句子很慢很慢的說，這只是他其中的……作者的一種手法。當然，其他還有很多相關的技巧，但是我也不是想說這本書，因為我只是說說他這種寫法最初步的特點，主要就是句子、字數，重新編排過，將幾個字無緣無故放在一起，又將一堆字無緣無故的分開、都斬斷……這一種寫法。

這種寫法呢，我一打開書的時候，就覺得「咦？好像很熟悉似的」，可能是因為看過《家變》，知道是怎麼樣的。我今次說的是，這一種這樣的寫法，是不是一種最新的寫法呢？其實也不是。大家都應該看過的了，那我就說說我記憶中看過的、深刻的印象。

早一陣子，我看過同類的寫法，是另外一本書，這本書就叫做《月事》，是謝曉虹的作品。這本書很奇怪的，像手工製的一樣，紙剪得參差不齊的樣子，顏色又不同，有的是和另一張紙黏在一塊，成為一本書。它，《月事》就是說，一年之中十二個月的事情，是一個城市裏面的。那我覺得特別的呢，因為我當時看呢，就覺得，其中寫到第七月，那「雨」，就是王文興那種寫法。為甚麼這一兩頁，是一個七月呢，為甚麼要用這個方式來寫呢？因為書中其他那些……各頁呢，都不是這樣寫的。你如果要這樣寫，都是有理由的。那我思前想後，那個理由呢……依我看法，它是叫作「雨」，那我們知道，「雨」呢，是滴滴答答的、一滴一滴落下來的，那這裏呢，這本書是橫排，如果我將這本書打直，這樣子……因為以中國那些書的形式排列呢，應該字是要由上而向下……這麼一來，看上去一點一點，真的很像下雨一般。那我就覺得，「啊啊，真好看呢下雨了」，好像好像是看那些……有些詩呢，圖畫詩一樣。

那是不是只有形式呢？不是的。它這些雨水，橫看不會察覺……不像是在掉下來，要這樣……但因為這本書橫排，所以才變成這樣。很短的，只有兩頁，就講述了一件事，是這個月份的事，這是寫得很好的。那我唸一部分出來……看不清楚……這樣子反而看得清楚，人家戴上眼鏡才看得到字，我呢，是要取下眼鏡才看得到字……「作為　這個　城市　裏的　最後一位　思想家　他的傘　也是從　店裏　買來　而店的擁有者是　剛進　入　發育　時期　的K　在K這　還沒有生產能力以前　店裏所有的　傘　都是　撿拾得來　它們的特點　不止於　經受　不起風　雨　但願　傘　能　把　詩　吃掉　從頭開始　逐點逐點的把　它　吃掉」，意思都在這裏了。

呃，我自己呢，都寫過一些這樣的句子，我寫過一篇短篇小說，是叫作〈解體〉……是寫一個人，因為癌症，直至到……生病到最後死亡的事。這個人呢，是我的一個朋友，他還活着那時候，病得很嚴重，但說話呢……我相信他還是很清晰、很連貫，所以一開始的時候，我寫他是……用的句子都很長很長，來寫他。到尾聲，生病的人病得沒有體力，他的思想、說話就一點一點慢下來了，直到最後，他幾乎不能把一句句子一直說到最後，而是幾個字、幾個字，斷斷續續的說。

我寫這篇小說的時候，我需要表現一個人，由病情輕微，一直變嚴重。最後的那個階段，是應該用甚麼方法去表現呢？好像謝曉虹一樣，她是將雨用畫面表現了出來，而我呢，就希望用人的呼吸、聲音來表示，所以呢，我就選擇了好幾行，就是這樣的……一段一段的、一點點字一點點字這樣的來組成那幾行。我為甚麼會想到，用這幾個字來表示呢？就是因為在我的腦袋中，我記得我還在讀書的時候……看過的書裏，有人也曾經這樣做，令我印象十分深刻。這就是作者……是我的朋友，是她寫的，相當好的作品。這本書呢，就是《玫瑰念珠》，鍾玲玲。

鍾玲玲呢，她是一個很真誠的人、很感性的人。我是很喜歡看她的小說的，其實她那些散文和小說，根本是分不開的，她整個人跟她的作品也是分不開的。我看她這個人，就認識了她的作品；看了她的作品，就認識了她這個人，兩件事完全吻合，很值得我佩服。為人方面，寫作方面，都一樣，對人很真誠，對自己很真誠。她的很多散文我也很喜歡，小說也是，她說的話其實就是她自己，她將她的感情都放在文字裏面。我們見面的時候，很少會說到寫作，是不用說的，一看就知道的了。她的作品，我一看，也就認識了。在《玫瑰念珠》裏面，我就看見她所寫的這些斷斷續續、悽悽慘慘、無可奈何的，這麼一種句子，所以我一直一直都記着。小說或者散文看多了，自然會有些特別的印象，是很深刻的。你記住記住，到時候它就會跑出來了。

《八十年代中國大陸小說選》序言（一）

一

有人說選擇就是批評，我自薦選編這兩本《八十年代中國大陸小說選》，不敢說是批評，只不過是因為近年看了中國大陸的小說創作，跟以前的比較，完全是另一個樣子，非常驚喜。總想告訴朋友，也同時想聽聽朋友的意見，然而傳閱費事，而且想想，別的人，喜歡文學的人或者也有興趣看看，那就編選兩冊書吧。書在今年四月間大致選定。

中國大陸的小說，浩如煙海，真是選不勝選，我只能選定一個斷層，一個較有代表性的階段，不能求全。批評非我所長，何況讀書未遍，豈敢信口雌黃？可是作為編選者，我還是有自己的一套準則和想法的。我自己也是學習寫小說的人，我認為一篇好的小說，必需有紮實的思想內容，可也得重視藝術上的創新與探索。尤其是過去許多年來，中國大陸受政治運動的影響，主題每每先行，技巧往往殿後，甚至有過一段黑暗的日子，作者稍露一下對新形式的興趣也會成為罪證。

結合中國大陸小說的發展，我選擇的準則，主要除要求作品有深刻的思想內容，也同時要求藝術上有所創新、有所探索；一句話，總得要有新面貌。

二

中國大陸當前的小說，統稱「新時期小說」，所謂「新時期」，得從一九七六年算起。在這之前，文學作品大多以階級鬥爭為主題，是以政治運動為中心的「運動文學」，既歌德，又一言堂，自難免「假大空」的調調。而「新時期文學」，誕生於十年動亂之後，文學作品逐漸揚棄了過往的框框。起初，「四人幫」既倒，就有人為「文革」算帳。這時候，出現了劉心武的〈班主任〉、盧新華的〈傷痕〉、叢維熙的〈大牆下的紅玉蘭〉（後來又被稱為「大牆文學」）、陳世旭的〈小鎮上的將軍〉、馮驥才的〈啊！〉等等作品，暴露「文革」、反映遭受逼害的知識份子、商人，以至是一些毫無過錯，以莫須有的罪名受苦的小百姓。這些小說，稱為「傷痕文學」。

「傷痕文學」是和「反思文學」二而為一的，前者以暴露為主，後者着重批評與省思。魯彥周的《天雲山傳奇》、高曉聲的〈李順大造屋〉、張一弓的〈犯人李銅鐘的故事〉、張賢亮的〈靈與肉〉、陸文夫的〈小販世家〉、古華的《芙蓉鎮》，都是「反思文學」的代表作，不少已拍成電影。

如今看來，「傷痕」與「反思」，仍帶着過去的烙印，技巧也不夠圓熟，可都是「新時期」的闖將，這兩類作品，在「文革」之後三、四年間湧現，儼然成為七十年代末期的主流。思想傾向暴露與批評，情感則憤懣和悲歎，這麼一個文學運動能夠持續三、四年，可見「文革」傷害之深。

在「傷痕」與「反思」的芸芸眾作裏，我們不可忽視知青的力量，因為正是他們，參與了「文革」，從希望到幻滅，他們的感受最深刻。六十年代後期到七十年代的十幾年間，數以千萬計的青少年，響應「再教育」的召喚，上山下鄉，或插隊落戶，或到邊遠貧困的農區，去過各種繁苦的體力勞動生活，真可以用「悲壯」來概括。

不知世事、未經鍛煉的青少年，去接受低層生活的火獄，據說可以解決城市知青的就業問題，又能讓他們強壯筋骨，但這代價可太大了。成千上萬純真的青少年，喪失了上課學習、讀書的機會，完全沒有機會發揮自己的才華和創造的潛力，未必磨練了體力，卻加深了悲哀。

「文革」之後，知青把他們的經驗和感受寫出來，於是我們讀到了孔捷生的《南方的岸》、韓少功的〈遠方的樹〉、梁曉聲的〈這是一片神奇的土地〉、史鐵生的〈我的遙遠的清平灣〉、阿城的〈孩子王〉等作品。

八十年代初始，「新時期文學」進入第二個階段，事實上，「文革」的經驗日漸遠去，社會開始了四化的建設，於是出現了蔣子龍的〈喬廠長上任記〉、諶容的〈人到中年〉、高曉聲的〈陳奐生上城〉、何士光的〈鄉場上〉等等作品。

「文革」之後，百廢待舉，現實環境的變化使人們的心目從對過往的反芻，轉為關注目前。目前的社會，千瘡百孔：政策需要落實，經濟管理體制需要改革，農村的貧困需要改善，幹部制度出現了新問題。新變化的環境中，知識份子、婚姻道德、知青待業就業、軍人生活等等都出現了問題，也因此提供了新的小說內容。表現這些內容的作品就是「改革文學」。

可以說，「改革文學」是新時期中內容最充實、生活層面最廣闊的小說，彷彿展開了整個社會面貌的大圖卷。如果要了解中國大陸八十年代的民生，這些作品是最好的資料。而小說，的確是具體鮮活的民間歷史。

所謂「傷痕」、「反思」、「改革」或「知青小說」只是沿用內地的稱呼，雖覺簡化，可仍能明晰地概括這些作品的內容。是的，這些作品都具有深刻動人的內容，初期往往寫得比較粗糙，急不及待地訴苦、鳴冤，而忽略了小說本來是文學藝術；後期的一些，則文字精煉，敘事已見條理，重視小說的結構。可是，就大體而言，創作的觀念畢竟停留在傳統的舊路。因此，大多恐怕只具歷史意義。

「新時期文學」的第三階段，才真正是豐收期。這時出現了新的創作群，寫的完全是另一種令人驚異的作品，不僅僅是題材上的新，更是寫法上的新，譬如莫言的〈紅高粱〉、韓少功的〈爸爸爸〉、張承志的〈三岔戈壁〉，鄭萬隆的〈老棒子酒館〉、賈平凹的《雞窩窪的人家》、劉索拉的〈你別無選擇〉、殘雪的〈山上的小屋〉等等。

這才有了瞄頭。這興起的新浪潮，除了年輕作者的努力，和幾件事有極大的關連：其中之一，是由於透過翻譯，引進了海外當代的文學作品。近年來，中國大陸紮紮實實地譯介了大量世界各地的文學作品，這方面的書刊極多，像《外國文藝》、《世界文學》、《外國文學》、《當代外國文學季刊》等等，再不止滿足於托爾斯泰、莎士比亞、巴爾札克，而是推介、研究當代的作家，像德國的伯爾、格拉斯，意大利的卡爾維諾、夏俠，法國的新小說、荒誕劇，尤其是拉丁美洲的爆炸文學。

帶動文學新浪潮的第二個原因是文學評論的勃興。一九八五年是中國大陸文學理論爆炸的年代，新創作群固然在西方當代文學的衝擊下寫出了與前不同的好作品，但同樣重要的是，他們立刻得到了回應，甚至掌聲，再經輾轉介紹，終於萬人矚目。中國大陸的文評，當然良莠不齊，不過好的文評，已非教條，而能從藝術的角度看小說，也談魔幻寫實、結構主義、接受美學，他們也研究作品中的時空倒序、跳接、多角度、多聲道的表現手法。他們對新創作群的確起了揚帆推波的功效。

新創作群大致而言比較年輕，其中不少是「文革」時期的知青，浩劫使他們喪失了就學的機會，「文革」之後紛紛想辦法補課了。入大學、進師範、投考文學院，努力鑽研書本。他們讀翻譯作品，研究中國古典文學，這麼一來，又帶出了一件新事：尋根。

典籍裏的《史記》、《詩經》、唐詩宋詞，哪一樣不是文化的根？於是，阿城的〈棋王〉寫棋，韓少功的〈女女女〉寫嬃，嬃是楚人對姐姐的稱呼。何立偉用一種空靈的文字寫小說，莫言極愛元曲。福克納的美國南方約克納帕塔法、加西亞·馬爾克斯的哥倫比亞馬孔多，以至雖然平庸的阿瑟克利的《根》，都給八十年代的中國大陸小說起了發酵作用，小說作者在一片反思、改革聲中，回顧自己的文化，於是掀起一場「尋根熱」。

鄭萬隆到東北大興安嶺去尋根了，寫了《異鄉異聞》系列；賈平凹回到陝西，寫了《商州系列》，張承志到大戈壁去，尋找回民的根源（他是回族人）；李杭育則寫了《葛川江系列》；韓少功寫楚文化。與此同時，尋根的「大眾文學」興起，鄧友梅的《煙壺》、陸文夫的〈美食家〉，都是典型。北有鄧友梅，南有陸文夫，京味小說和蘇州風情，他們自足翹楚。

中國大陸這幾年來的報刊多，容量大，小說作品不愁出路，只要努力創作，作者立刻得到肯定和承認。報刊的讀者多，稿酬相當，成了名，的確身價十倍。這麼一來，鼓勵了更多人拿起筆來。恐怕也有人當是一條掏名掏利的捷徑。

魚目混珠是不免的了：以為凡是新，就是好；結果就有人把文字顛來倒去，花招層出不窮，新小說、佛洛伊德、魔幻等等攪在一起，唬騙人，居然也出了名，成為新貴。這些，是任何革新運動都會出現的現象。不過，這些害群之馬卻害苦了真正探索的小說家，讓保守的勢力攻擊起來更加振振有辭。幸而嚴肅認真的人仍忠於文學藝術，為我們帶來甜美的果子，容或酸澀，卻是豐收。

三

讀近兩年的新創作，我從鄭萬隆的《異鄉異聞》開始，然後遇上張承志。張承志是知青，曾插隊蒙古大草原當牧民，他的〈綠夜〉、〈黑駿馬〉，都是對草原的追憶，作品並沒有突破，只是充滿感情的小說而已。在一片「尋根」的熱潮中，張承志也去尋根了。他是回人，他到西部大戈壁去，他本來就是歷史考察員，於是寫下了風格很不同的〈大坂〉、〈九座宮殿〉和〈三岔戈壁〉。〈大坂〉寫一名考察員攀越冰大坂的事，當他在邊城的冰山下準備起程時，卻收到了妻子發來的電報，帶來流產的消息。要趕回去根本不可能，因為路途遙遠，即使回到家，一切也已太遲。考察員繼續出發，終於攀過了冰山。小說毫不誇飾，以平淡的語氣敘述，整個過程中不時閃現一個赤裸的小男孩在厚厚的塵土裏爬着蠕動。現實與幻覺在小說裏有機地交織，使作品充滿奇幻的色彩。

〈三岔戈壁〉是張承志文體的一項實驗，小說寫一個人到三岔口的戈壁灘去，留在那裏，在烈日下工作，可他心中老是記掛着一名女子。小說以氣氛取勝，戈壁的炎熱、荒涼，襯托了人物內心的焦灼和無奈，作者細意編織文字，時時用極長的句子重點描述懷念的女子：其實從開始我就知道我要開始犯傻那姑娘其實只是印象只是胡思亂想只是一個自己和自己過不去的夢可是這個夢我一年年地做了這麼多年。小說的面目和傳統的很不相同。

〈九座宮殿〉只有兩個人物，戈壁沙漠邊緣，蓬頭髮的考察員和耕地的韓三十八偶然遇見了，彼此一直透過遠遠的目光相看，作者就藉這二人的距離、視覺，交替推進小說。小說並無曲折離奇的情節，調子淡淡的。傳統的小說要求情節豐富，精心佈局，設懸念，埋草蛇灰線，故事有頭有尾，人物鮮活。但〈九座宮殿〉脱出了多少重傳統寫作的框框。依照一般的說法，這小說的結局沒寫好，人物模糊不清，情節交代不全。其實，小說的優點就在只取兩人偶然交感的橫切面，而擺脱結尾周全、情節曲折。

〈大坂〉三篇都是張承志的短篇小說，他的中篇〈北方的河〉和〈黃泥小屋〉，雖有地域色彩，但小說本身在探索的路上反而沒有創新。最近出版的長篇《金牧場》還沒看到，就不知成績如何了。

陳村也是知青，在上海長大，雖然同是回人，卻沒像張承志那樣遠出尋根。生活在大城市裏，下過鄉插隊，這是他寫《藍旗》的藍本，然後，他似乎和鄉村再攀不上甚麼親系。讀陳村的小說，沒有軌跡可以追循，他不斷變，書本給他的啟示也許多於土地。

陳村寫各種各樣的題材，不斷耕耘，常有收穫。他每寫一篇小說，就選用適當的語言來配合，比如〈給兒子〉，完全是忠厚長者對孩子親切的啟導，是一篇毫無霸氣的家書。父親指引上大學的孩子到了暑假該去旅行，認識祖國的山河大地，了解農村的生活，切實經驗田地的耕種，去見見人。一篇異常溫暖的作品。

〈給兒子〉裏的語言，到了〈一天〉就完全不同了。〈一天〉裏的張三不過是一個普通的工人，整日在工廠中做着沉悶、重複的工作，一生就平凡地過去。陳村為這小說選配了一套牽牽絆絆的語言，句尾不是「的」就是「了」，給讀者一種拖拖拉拉的感覺。陳村的確有許多套不同的筆墨，他的〈李莊談心公司〉又是一個模樣，語言又輕快又爽俐，人物嘩啦嘩啦，不知多會說話。

在眾多的小說家中，陳村又有不同之處，他願意把自己的創作源泉和意圖坦誠地披露，他會用楊遺華的本名來說陳村，站在第三者的立場評論自己。他告訴讀者，〈一天〉曾向哪位外國作者借鏡。而〈李莊談心公司〉，也就源自《寂寞的心俱樂部》吧。陳村將會寫些甚麼，這是無法預測的，他總是給我們新的風景。

鄭萬隆已經寫過許多作品了，早一陣的作品，甚至近一陣的作品，都談不上甚麼特色，但他的《異鄉異聞》的確令人耳目一新。〈我的根〉幾乎成為「尋根派」的宣言了（另外有韓少功的〈文學的「根」〉、李杭育的〈理一理我們的「根」〉等）。鄭萬隆是東北璦琿人，為了尋根，他到故鄉去了，寫下了大興安嶺的獵人與淘金者。這一系列作品，顯示出作者文字的火候，表面上看，很有獵奇的味道，正如近日有些作者猛寫西藏新疆風情，神話傳說、狐怪異獸都搬了出來。但鄭萬隆的十四篇系列小說，除了東北鄉土的描繪外，還有其他。比如說，可以看出，這時期的中國大陸小說受到西方文學作品的影響。〈地穴〉裏的淘金者，見到了逝故的父母；〈洋瓶子底兒〉裏的男孩，透過玻璃看到魔幻的世界。

〈老馬〉、〈老棒子酒館〉，都寫人物，手法是舊的，可這些小說中留下了情節的空白，並沒把故事說盡，卻是新技巧。小說中隱隱約約提供了一點兒線索，中間發生了事，卻沒說，留待讀者自己去拼砌。〈陶罐〉正是這樣，寫冰河、大水，鄭萬隆的確寫得有聲有色，但也許別的作家也辦得到，只是那個陶罐裏到底裝了甚麼，就不是一般作家會這樣子來寫了。

鄭萬隆的《異鄉異聞》應該是一次成功的探險，可惜，他這以後又停頓了下來。這裏或許存有一個問題：尋根以後，又如何呢？中國大陸這十年來的文學素材可說寫之不盡，近十年的變化，拿來跟十年前比較，不是小變，而是大變，傷痕、反思、改革，俯拾即是，但這些題材漸漸流於泛濫。潮流過去，作家們寫些甚麼呢？小說的成就，僅僅是題材的成功麼？

知青寫下放，動人的篇章不少，我特別喜愛韓少功的〈西望茅草地〉。他寫知青下鄉，農場長期虧損，單位解散。知青一腔熱誠，結果只見一片荒涼的土地。韓少功在結尾的時候寫道：這塊古老的土地裏埋藏收納了那麼多的花枝、葉瓣、陽光、屍骨和歌聲，層層疊疊，它們也許會變成黑色的煤，在明天燃燒。

那是八〇年寫的小說。後來韓少功寫了〈風吹嗩吶聲〉、〈藍蓋子〉、〈誘惑〉等等的作品，也投入了尋根的行列。湖南人的韓少功，他的根是楚文化，於是他寫了實驗的〈歸去來〉，尋根的〈爸爸爸〉、〈女女女〉。每一篇都是全新的面目，愈寫愈好。探索中的韓少功，彷彿蛻變的毛蟲，終於成為蝴蝶。

新創作群的作者，作品成績並不穩定，即使陳村，寫了〈一天〉、〈一個人死了〉、〈給兒子〉這樣的好作品，也有不少作品寫壞了。韓少功並不這樣，他的作品不多，可是每一篇都令人驚喜，幾乎沒有一篇失手。〈女女女〉之後，他的風格又變了。〈火宅〉不但是作者開展了自己的新境界，也是近來少見的小說品類：現代荒誕的諷刺小說。中國小說一向講求「文以載道」，小說家又往往感國憂時、悲天憫人。因為既要悲又要憂，小說就披着一副副愁苦的面目出現，極少有嘻嘻哈哈的文字。

嘻嘻哈哈的內裏並不等於不憂時悲國，〈火宅〉的出現，就是例證。阿里斯多芬與索福克里斯可以並肩在同一條路上散步。韓少功的文字非常精煉，為寫〈火宅〉，他不惜換了一套淺白的口語，讀來活潑有趣，嬉笑怒罵不流於油滑。真要挑剔的話，只能說〈火宅〉的結尾收得有點匆忙，但這對整體成就並無大影響，瑕並不掩瑜。韓少功是一位充滿潛質的優秀小說家，讀他的作品是我無比的快樂。

莫言，和韓少功一樣，一開始的時候，小說就寫得不錯。他的少作〈透明的紅蘿蔔〉，一點兒也沒有那些「標準」小說的型架。那時的莫言，擅長營造小說的氣氛，軍人家眷寫長長的情書，大水中誕生的嬰孩，都使人感到濕漉漉的。

莫言有他自己非常主觀色彩的語言。這語言在〈紅高粱〉裏成熟了，那是一種緩慢的、充滿斑斕色彩、草木蟲魚聲音、視覺廣闊、彈性無比強韌的語言，一種伸縮自如、容許無限度擴展飛翔馳騁的文體。

新創作群作品的新，除了題材，最顯著的還是文體上的新，敘述的方法改變了，小說變得散文化了，語言跳出了模式。傳統的小說，對語言的要求是精煉、準確、通順流暢，甚麼身份的人說甚麼樣的話。可是新創作群並不一定依循這一規律。比如何士光寫農村，捨棄一貫農村的用語，採用他個人風格文人韻味的語言；何立偉的文字典雅細緻，寫小說像寫詩。傳統小說裏的人物，彷彿戲台上的演員，花旦、小生，無不對答如流、口齒伶俐，但在探索的作品中，鮮明的對話常常消失了，代之出現的是溶入了小說肌理中的潛對話。比如許廣耀的〈拜江豬〉，長達二十六頁的小說，並無分行的對話，連段落也不分，從頭到尾就是一長段。

小說敘述的散文化、潛對話的運用、個人風格的語言，都是莫言的特色。粗看起來，莫言的文字彷彿是拙劣的，不大通順，這正是他陌生化效果的優點。莫言的文字要求讀者仔細品嚐，可以一看再看。他又常常出現慢鏡頭，比如〈爆炸〉，一上場就用了五百字的篇幅，只描述一記巴掌。他的小說段落極少直陳連接，而時時穿插、重現、鑲嵌，別人喜好回溯，他偏偏超前。至於受西方文學的影響，連他自己也說要努力避免了。他寫〈築路〉，寫一名女子家中躺着個一睡七年的丈夫，明明是福克納《獻給愛茉莉的玫瑰》中失蹤的神秘男子；他寫〈球狀閃電〉，不斷讓一個長着巨大翅膀的鳥人出來飛翔；他寫〈枯河〉，念念不忘一段落在地上沾滿泥沙的肚腸，這些則是加西亞·馬爾克斯的迴響。但莫言並非一味西化，他的作品有中國大地蒼茫的氣息，有中國泥土悲涼的感情。

他寫〈歡樂〉，文字又翻了一翻，古典的詩詞曲紛紛插敘，使人相信，他的作品，既是橫的借鑒，也是縱的繼承。〈紅高粱〉是系列小說，一共五篇，可惜的是，整個系列並不成功，也許，〈紅高粱〉不該是系列小說，而是五篇集中寫成一個長篇。如今，其他的四篇不外是第一篇的重複，甚至有為文造情之嫌。

莫言今年發表的小說，〈棄嬰〉十分完整，但〈紅蝗〉寫來吃力，陷入了自己的模式，叫人擔心不已。中國大陸的報刊多，競爭強，成了名的作家為稿債所逼，看來情勢嚴重。「長安才子」賈平凹，家中就常坐着催稿的編輯，直欲把作家逼死為止。多產是好事，如果要趕、要擠、硬寫，對創作畢竟有害。但願莫言能夠擺脫這個困境。

葉蔚林是資深的作家了。早年就有〈藍藍的木蘭溪〉成名作，他的〈在沒有航標的河流上〉拍過電影。一片「走向多樣化」的聲中，葉蔚林以不變應萬變，並不刻意求新，也不一味守舊，走的是傳統的路，但在這路上，仍有突破。〈五個女子和一根繩子〉是一篇傳統手法中別有天地的小說，文字、內容，都不是讀者陌生的，可是能以樂境寫悲情，就少見了。

小說是極其悲哀的。中國的女子，命運一直操縱在別人的手裏，在自己的家裏，父母雙全還好一些，一旦出嫁，就前途茫茫了。結婚、生孩子，真是一重重的難關。葉蔚林把女子的悽苦說盡了，用的卻是歡樂的氣氛，愈是喜氣洋洋，愈覺愁苦。中間每一小節寫一個女子的身世，頭尾一啟一合，這樣的結構是新的，既直寫也橫寫，可算變化多端。

中國大陸有些小說，一描述農村，就作興來些粗野話，甚至出些粗野的動作，彷彿不如此就不夠鄉土味似的，事實未必如此，更不宜成為習套。如果〈五個女子和一根繩子〉能夠再潔淨些，相信會更符合那些女子。

〈最後一個漁佬兒〉是深厚的。葛洲壩建成之後，江中的鰣魚消失了，漁人不得不轉業他向，只有那麼的一個老頭兒，仍緊守他的事業。大江如今是他一個人的了，他是最後一個漁佬兒。人的尊嚴，人的堅持，人的掙扎，人的奮鬥，主題是永恆的，背景卻是現在。漁佬兒最後得到的大魚，寧願餵了貓兒，也不讓卑鄙的人來分享，這是人在時空的改變裏，不變而常新的質素。小說寫得圓熟渾成，如果問：甚麼是好小說？這樣的小說就是好小說。這種看似落伍的人物形象在以往中國大陸的小說，很少見。這，就是新面貌。

新創作群的小說家，有不少既寫小說也寫評論，李杭育是其中一位。聽說，韓少功要出理論專集《面對空間和神秘的世界》，希望李杭育也把他的評論結集出版。或者，和乃兄李慶西的評論合集，他們對中國大陸當前探索小說的推動，都出了不少力。

我對張波認識不深，總共讀過他三篇小說，〈鴿子．鴿子〉之前的是〈死去的和活着的——〈H縣採訪日記剪輯〉，之後的是〈富蘭卡〉。張波是軍人，就說說「軍事文學」吧。新創作群的作者中有不少是軍人，「軍事文學」也是探索作品的主要動力。

三十多年來，軍事文學一直在中國大陸的文學作品中佔一席位，以往塑造的軍人形象一向總是勇往直前、不怕死，都是熱血的英雄人物。可是，如今，軍人又怎樣，也不外是普普通通的人。張波的〈鴿子．鴿子〉反映參加越戰的軍人，遠方在戰爭，可城市裏的人已經漠不關心，每個人專注的只是身邊的事。社會轉變，大街小巷的人，都改變了。戰地上的軍人也沒有怎麼打仗，前線沒有需要歌頌的人物，戰爭這件事也被淡化了。發炮成為軍人的例行公事，彷彿演習。

張波用的也是喜劇的筆法，軍人，平凡人而已。小說的起始給人一種散漫不成氣候的感覺，耐心一點看看才知道的確寫得不錯。比如第六節，兩個地方的感覺重疊為一，使我想起巴爾加斯．略薩的近作《瑪依塔真事》：敘述者乘火車上印加古城時的感覺與瑪依塔重疊在一起。小說中的「時代觸覺」，是時下的玩意兒，但張波處理得很有節制，寫歪一點，就成流行小說了。

新創作群中，的確出了一批令人矚目的作家，比如莫言、喬良、崔京生、王樹增、朱蘇進等等。喬良是空軍，他寫直升機駕駛員到大冰河上拯救災民的悲壯事跡，寫革命與戀愛，寫一件陶器經歷了千年萬代。莫言寫山東高密的土匪抵抗日軍的侵略。朱蘇進寫「文革」時邊防的守軍。崔京生是海軍，他的〈神崗四分隊〉，寫長期駐守東海小島上看守燈塔的軍人，全隊只得六個人，寫他們的互助互愛，寫他們的寂寞，寫他們的不受重視；他的〈第VI部門〉寫一艘戰艦，戰艦上本來只有五個部門，這第六部門嘛，卻是軍人自己命名的滅鼠部隊。然而船艦上的老鼠一直沒辦法撲滅。崔京生寫老鼠，真個洋洋大觀，單寫老鼠偷雞蛋，足足描述了兩頁。

王安憶成名雖早，給人的印象卻是名實未必相副。可是，近年來，任何人不可以憑印象來妄下判斷。寫糟透了的人忽然亮出一篇佳作，而成名的小說家又會寫出些令人十分沮喪的東西。

《小鮑莊》是王安憶最大的轉變，雖然小說的結尾還是誇飾了。但小說分小節緩緩寫來，人物的陳設、感情的處理，都是出色的。然後，出現了〈閣樓〉，這小說叫人吃驚了，年紀輕輕的王安億，寫出這麼深沉堅毅的小說，彷彿作者不該是她，而是林斤瀾、高曉聲他們。一如李杭育，這小說能不抹殺群眾的力量，更同時肯定個人的努力。這是探索小說裏的新聲音。

王安憶的小說，在探索的浪潮中，穩穩站定，〈閣樓〉一點兒也沒有西方文學衝擊的痕跡，非常地古典，非常地中國色彩，的確，在紮實的基礎上同樣能夠求深求闊，不一定要一味求異，〈紅高粱〉和〈閣樓〉正是兩種可以共存的創作路向。

「現代主義」的浪潮衝擊着中國大陸傳統的文學創作，的確使許多作者彷徨起來。張辛欣感到自己站在「交叉路口」，不知何去何從；寫下《鐵馬冰河入夢來》、〈會計今年四十七〉這麼深刻的反映問題的陳沖要說「請多關照」；而林斤瀾，嘗試寫些新的短篇，卻有人說「看不懂」。當前中國大陸的小說作者，是五代同堂，各展所長，誰說不宜？

四

選本除作品本身，各附一篇作者的散文，庶幾可以加深讀者對作者的認識，也藉此了解當前中國大陸小說界的思慮與步伐。佳作眾多，王樹增的〈紅魚〉、崔京生的中篇，都超過六萬的字數，只能另外推薦了。唯一的遺憾，也許是我喜愛的喬良的〈靈旗〉，暫時還不宜選入。

編選的過程中，感謝何福仁和張紀堂的幫忙，到處為我找資料、提供意見，沒有他們的幫助，這兩本集子是沒有辦法完成的。這工作應該是三個人的成果，不過，完成這工作，最快樂的人看來就是我。

編者按：本文原為西西一次錄像的文字記錄。西西的說話，純屬臨時即興，並無講稿。

附：推薦篇目（一）

王樹增〈紅魚〉

崔京生〈第VI部門〉

莫言〈歡樂〉、〈爆炸〉、〈球狀閃電〉

韓少功〈女女女〉、〈爸爸爸〉

張承志〈大坂〉、〈三岔戈壁〉、〈走通大渡河〉

喬良〈靈旗〉、〈大冰河〉

鄭萬隆〈洋瓶子底兒〉、〈地穴〉

朱蘇進〈輕輕地說〉

許廣躍〈拜江豬〉

李本深〈黑樹〉

史鐵生〈白色的紙帆〉

林斤瀾〈法幣〉

蔣子丹〈今夕是何年〉

蔡測海〈蛇麻〉

劉索拉〈藍天綠海〉

黃堯〈熒浪〉

李陀〈自由落體〉

譚甫成〈平靜地流淌的河〉

推薦篇目（二）

賈平凹〈黑氏〉、〈天狗〉

何立偉〈花非花〉

崔京生〈神崗四分隊〉

鄧剛〈白海參〉、〈漁眼〉

王安憶〈小鮑莊〉

何士光〈遠行〉

李杭育〈人間一隅〉

王小初〈永遠走紅的汽車〉

殘雪〈阿梅在一個太陽天裏的愁思〉

陳放〈聖賢塔的倒塌〉

吳亮〈藍墨水的故事〉

葉之蓁〈牛報〉

陳沖《鐵馬冰河入夢來》

阿城〈孩子王〉

葉蔚林〈草色〉

邵振國〈麥客〉

彭見明〈那山那人那狗〉

一九八七年

《八十年代中國大陸小說選》序言（二）

一

新時期的探索作品風起雲湧了近三年，忽然沉寂下來；相對而言，八七年的中國大陸小說，失收了。《文學新星叢書》暫停出版，主編叢維熙說：選不到好作品。八六年的年度小說選，到現在還沒有面世。

小說成績的低落，的確受了「反資自由化」的影響。運動一來，作家就惶惶然彷彿驚弓之鳥，還能夠海闊天空地創作麼？幸好「反資自由化」只掀起一陣波濤，不久就靜下來，顯然是不得人心的緣故。時勢改變，突破了而獲得舒伸的自由再也難受束縛。

創新的作品將會繼續出現，不過，這也許要展望八九年了。首先，探索的先鋒們如今在尋找更適合的方向，重新上路；其次，八八年的一月至九月，中國大陸文學界展開了「中國潮」，一百家期刊聯合投入「報告文學」的競寫行列，這麼一來，小說創作也許會移步了。

二

仔細看看，八七年的小說也自有特色，是繼承了「尋根」的血脈，發展為一種篇幅短小、注重藝術表現的系列小說：由一個總題，統領若干短篇，既互相補足，又各自獨立。這種寫法，早一點就有阿城的《遍地風流》，近一點也有鄧剛的《全是真事》，一陣旋風似地又有了矯健、彭見明、趙本夫等許多人。李銳比較出眾。

寫過〈古牆〉、〈運河風〉這些出色中篇的李銳，在八六年底，一口氣推出七篇一組的〈呂梁山印象〉，總題《厚土》，分別在《人民文學》、《山西文學》和《上海文學》上發表。這是一組結構嚴密、用橫切面手法寫的農村小說，以呂梁山為背景，寫當地的貧窮、落後、愚昧，也呈現了老百姓的樸實、忠誠和無奈。

這是「尋根」作品的另一種面貌，試看賈平凹的《商州系列》或李杭育的《葛川江系列》，一出手就是過萬或數萬字的小中篇或中篇，場景紛陳、情節起伏，又大都是有尾有頭的完整故事，人物常有聯繫，主題一再重現。《厚土》不同，每篇針對一個目標，直剖核心。

李鋭的短篇小說，不是話本、筆記體，也非雜文式。他的文筆粗獷簡練，作品富想像力，而且寫得具體深刻，那種力量看來就來自渾厚的大地。小說並無蕪蔓枝葉，寫實之外，常有象徵，點到即止。像〈選賊〉的結尾，是一頭耀武揚威的公雞；〈古老峪〉則是一片幻化的輝煌，令人想起陳凱歌和張藝謀的電影《黃土地》，可另有一種雋永情味。

近年來，花巧的作品多了，好像不投入現代派的某種激流中就是落伍，李鋭卻能在紮實沉潛的厚土，開拓短篇小說的疆域，是鄉土作品的更新。可以預見，《厚土》將是近年系列小說裏最能觸動中國人深層心理的作品。

三

中華民族由多元民族組成，除了漢族，還有許多兄弟民族。在新文學史上，我們也有過佼佼的少數民族作家，比如沈從文和老舍。中國大陸新時期探索群內，這樣的作者也不少，成績很好。像回族的張承志、陳村，藏族的扎西達娃，蒙族的烏熱爾圖等。蔡測海是其中之一。

少數民族有他們自己的民族風采，當人們把視線投向拉丁美洲，可看到近在身邊的異鄉異土？大多數少數民族作家都描述了他們的家鄉，蔡測海也一樣。他寫〈茅屋巨人〉、〈蛇麻〉、〈古里——鼓里〉，都源自原始的土家族傳説。

新作〈老楂〉就寫族寨的故事，作者帶導我們進入他的鄉土，那古老偏僻的人間。一名外來者在別人根深蒂固的習俗中如何生存？人們開初排斥的事物到頭來反而成為他們擁抱的對象，更野蠻的難道不是文明人麼？

這小説，倒令我這讀者想到，當客人來訪，我們應如何做得體的主人：明白彼此歧異的背景，既保持自己美好的質素，又要開放心靈，尊重新的事物。

蔡測海筆下的人物形象鮮明，比如哀傷失意的巨人，和另一名男子一起、迷失在森林裏當了半個月野人的獵人的妻子。老楂和巨人後來都消失了，女子向命運反擊，絕不捨棄孕生她的鄉土。

四

中國大陸的文學刊物，經過一場小小的運動，少了一半，可數起來仍有五百多種。刊物每期發表小說五至十篇，總計每月數千，看來看去，的確有似曾相識的感覺。所以，初初翻讀尤鳳偉的〈秋的旅程〉，竟認定又是寫些農村鄉巴佬兒崽閨女的老套。

不是的。小說的題材和技巧都有獨特的地方。題材不是一般的戰場英雄，而是不配稱為烈士的大兵，做父親的因此賣掉了牛也要追查真相。

〈秋的旅程〉，其實也是一篇小說的敘述旅程。內容、情節、人物、語言，和一般的寫法並無分別，開頭的時候根本看不出特別的地方。不過，小說過了一半卻進入了新天地。

起初，作者用七、八行的文字段落組成章節的骨架，人物出現，就採取傳統的「分離對話」法，這小說的前半，是戲劇式的呈現。小說的下半部卻轉變為散文化的敘述，從孩子砍草那段的回憶起，長段落的敘述代替了短的，直接對話變成間接，甚至運用了潛對話。

一篇小說，出現兩種風格，讀起來，真是罕遇的旅程。尤鳳偉的作品，題材選得好，比如《山地》，寫一個無法填飽肚皮的農人，在深谷發現沃土偷偷種起田來，結果還是失敗了。題材雖好，但一味直陳，似欠新意。如今〈秋的旅程〉除了主題深刻，又有不同的表現手法，這就有了新面貌。

五

賈平凹才三十五歲，已經寫過許多許多小說了，出版了十多本書，小說、散文、論文集都有。「尋根」期的他，回商州去了，一去就不願回來。一枝筆不停地寫商州，足足寫了四年。《商州初錄》、《商州世事》、《臘月．正月》、《冰炭》、《古堡》、《火紙》……一直寫到最近的《浮躁》。〈天狗〉是其中一篇。和《商州系列》的其他作品相同，〈天狗〉寫小鄉小鎮的人物，反映社會的變遷。作者細細寫商州的山水、風俗、情愛，不慌不忙，娓娓道來，文字古趣。

賈平凹重視語言，曾認真鑽研文字，認為好的語言得充分地表現情緒，和諧地搭配虛詞，多用新鮮、準確的詞。讀他的小說，也能感覺到。

《商州系列》，讀上十篇，覺得賈平凹竟陷在自己的模式裏了。他是自覺的吧。所以，見到《浮躁》的序言，很是高興。上面說：我由朦朦朧朧而漸漸清晰地悟到這一部作品將是我三十四歲之前的最大一部也是最後一部作品，我再也不可能還要以這種框架來構寫我的作品了。

其實，賈平凹寫《黑氏》，已經有了轉變，一開頭就寫：黑氏的年齡比丈夫大，黑氏把甚麼都幹了，餵豬，攬羊，上青崖頭上砍柴禾。而《臘月．正月》、《浮躁》等篇，總先描述好一陣子的山水。

期待過了三十四歲商州平娃的文學新生。

六

曾經見過一幅攝影圖片，驟然一看，以為是一頂珍珠皇冠，待看看說明，才知道是慢鏡頭拍攝下來的一滴牛奶墜跌地平線濺起的姿態。

讀《爆炸》的時候，我想起的就是那滴濺成花冠似的牛奶。父親扇了兒子一巴掌，那巴掌的感覺，緩慢地、漫長地、火辣辣地、嘩啦啦地，莫言足足用了好幾百字把它具體細微地描述出來。真是驚天動地的一巴掌。而這一巴掌，凝聚了多少的憤怒和拒斥，展示了多少人際、倫常的衝突。

莫言是個愛講故事，又會講故事的人。他的語言總是充滿魅力。《爆炸》的第一部分寫得漂亮得很，小說的空間無比遼闊，作者彷彿戶外精靈，只要在天空底下、泥土之上，就可以縱橫奔馳。小說的第二部分轉入室內，作者就得和圍困他的牆展開激烈的突圍戰，我們跟着他不斷朝牆的另一邊穿行。

小說裏的狐狸不斷奔跑，飛機在空中翻騰，莫言的世界既現代又古典，既真實又飄幻，他總能出入自如。這個山東高密漢子，我正在讀他的長篇新作《天堂蒜薹之歌》，裏面有一個瞎子吟唱歌謠。元人的曲調隱約傳來。

〈也許是因為當過「財神爺」〉，不也是一篇小說麼？作者的自述，後來就有了〈白狗鞦韆架〉，收在《透明的紅蘿蔔》裏。

《八十年代中國大陸小說選》序言（三）

一

李陀現在不見寫小說了，令人興歎。他是中國大陸八十年代的前衛小說家，小說雖不多，可〈餘光〉、〈自由落體〉和〈七奶奶〉，都給我深刻的印象。〈自由落體〉寫一名工人在高空工作，採用自由聯想手法，獨自一人想像物體墜跌的過程；〈餘光〉寫做父親的跟蹤談戀愛的女兒，彷彿電影的「單鏡頭」。兩篇都是獨白，屬於散文體系的小說。

〈七奶奶〉描述老年婦女的複雜心理，對媳婦的妒忌，對現代文明來臨的恐懼，整日庸人自擾。李陀把現實與回憶用平行交替法剪接，又用不同的字體呈現。作者雖是達斡爾族人，可從小在北京長大，他筆下的北京喚起許多人久遠的記憶。

李陀少寫小說，可能是他的興趣太廣，既愛文學、美術，又愛電影。近年，他把心力都集中在評論上，我讀他的影評、文評比他的小說還多。

除了寫評論文章，李陀還編文學刊物、編選小說集。他現在是《北京文學》的副主編（主編是不斷探索的前輩小說家林斤瀾），而《北京文學》，一直是探索者的搖籃。至於南方，當然是巴金坐鎮的《收穫》和《上海文學》了。

去年是《收穫》創刊三十周年，莫言寫的回憶裏有這麼的幾句：「我在《收穫》發表過〈球狀閃電〉和〈紅蝗〉，都修改過三次。修改以後的定稿較之原稿提高很多。這是《收穫》編輯部諸位老師們耐心啟發誘導的結果。」

好的編者可以幫助作者提高作品質素。

二

中國自古以來都要求年輕人少年老成，中國人寫的文章，大多老氣，即使由年輕人來寫。新時期這幾年來的作品，可喜的現象之一，是出現了年輕人的聲音。

余華的〈十八歲出門遠行〉，完全是一個大孩子在說話，那語言，俏皮、有趣，充滿開放的新感性。大孩子用自己的眼睛來看一切，出門後沒有具體目的，悠閒得很，活像一匹興高采烈的奔馬。天晚了，他才想起要找一家旅店。結果有了旅店，雖然和他想像中的不一樣。

旅途中發生了奇異的事。感到困惑與挫折的，是大孩子還是讀者呢？人生的路上有許多可能，我想，如果我們堅持某一種必須合情合理的解釋，那只證明：我們已失去感受新事物的能力。

小說創作，應該容許不同的讀法，愈多不同的讀法愈好，何況，如今教育普及，對文學藝術全無認識的「零度讀者」相信甚少，還是不要把讀者的想像困限了。

余華的確是一個年輕的作者，他的小說，我一共讀過五篇，喜歡他的敘述語言，不贊成他細意經營殘酷劇場。〈一九八六年〉裏的瘋子不停傷害自己；〈現實一種〉裏的一灘血，總是不淡出，最後一章又那麼冷峻地解剖屍體。暴力不宜過分渲染；美感，需要適度的距離。

三

史鐵生總有一些特別的構思。比如說，〈白色的紙帆〉裏邊有個瘋子。許多人寫瘋子，會把瘋子放在甚麼場景之中呢？史鐵生選的是普選。瘋子也去投票了，他選了善待他的娟娟。所有的選民都以敷衍的態度對待普選，只有瘋子真誠。

在近期的作品中，史鐵生不斷探求生命的意義。〈我之舞〉裏有兩個鬼魂的對話；〈禮拜日〉裏一名十四歲的小女孩對一切感到沒有意義，人們對自由的追索又似乎徒勞。

〈毒藥〉是一篇大童話，寓意深遠。在那個出產怪魚的島上，除了兩個小孩子，其他的人都已無藥可救，不管是怎麼樣的藥。

史鐵生小說中運用的對話，不斷演變，從〈白色的紙帆〉開始，就常常採用「不分離對話」，〈禮拜日〉裏，又進一步，嘗試了不連貫的對話。比如兩個人說話，「這一宿睡得好嗎？」男人問。「那天，您剛走。」女人說。這一問一答，根本不相連。

在一般小說裏，如果兩個人對話，常常依照甲乙甲乙的公式，但史鐵生能夠打破這一框架，他會寫成甲甲甲乙。這樣做，並非玩弄文字技巧，而是更接近生活的真實。我們平素交談，往往就是東一句西一句，並無一定的邏輯。〈毒藥〉的段落結構採用了大量的對話，史鐵生把常見的冒號、引號、附屬的你說我說，一概免了，看上去醒目清爽，這，我們在尤鳳偉的〈秋的旅程〉中也可見到。

作為一個人，史鐵生探求生命的意義；作為一個作家，他思考寫作的意義。〈答自己問〉是一篇討論文藝創作的文章，由作者親自提供，還沒有發表過。散文其實得來不易，這次尤其難得，尤鳳偉是特別為選集而寫，李銳、余華、韓少功都是自己選了寄來，還加以校訂，十分珍貴。

四

地球上從來沒有出現過這麼多人的問題。人太多了，於是，莫言寫了《爆炸》，反映「一胎運動」；在人群中，老人又太多了，於是韓少功寫了〈女女女〉。許多小說，讀過就讀過了，小說裏發生的事不一定和自己有關。戰爭、貧窮、愛情，都可以是遙遠的事、別人的事，可「老」，卻在前面等待每一個人。

〈女女女〉是韓少功「尋根」系列的作品之一，貫穿小說的婦人，年老退化，終於變得像一條魚了，給困在一個籠子裏，還成為村童戲耍的活物。

讀這篇小說，的確令人想起人老了該怎麼辦。會成為別人的負累嗎？科技發達，人的壽命延長了，如果一個人活得已經毫無尊嚴，還有甚麼意思。

小說從城市開始，回溯鄉土，後來在葬禮和地震交疊的大場景中結束。小說段落並不依自然時序排列，發生的事情，有時提前敘述，有時押後再寫，處理得最好的是第四章起頭出現的一隻手，這手在第二章已出過場，輕輕帶過，到了第四章才重筆描述。

中篇小說，許多作品一開始就會來一個大遠景，寫山寫水寫橋寫路，結尾時也要佈置高潮。韓少功不這樣，他平平淡淡地開場：因為她，我們幾乎大叫大喊了一輩子。結尾呢，也不是那場驚天動地的葬禮，而是回到更確實的人生：吃了飯，就去洗碗。

韓少功的文筆隨作品轉化，時而白、時而文、時而嘻哈絕倒，可不能固定一個角度一種腔調批評，只要讀讀他的小說集《誘惑》就知道。

五

別人寫知青插隊的經驗，崔京生也寫，他寫《新耍兒》，寫蒙古大草原的男兒當兵；別人寫越戰，崔京生也寫，他寫《他就是他的倒影》，寫兩名戰友和他們的愛人。但崔京生有別人不常寫的題材：燈塔和戰艦。

戰艦上發生了戰爭，敵人原來是老鼠。艦上的兵士，用盡了方法，結果，還是沒辦法把老鼠消滅。軍艦上的「第VI部門」，是兵士們自己杜撰的滅鼠隊。

早幾年，中國大陸裁軍一百萬。復原的軍人，可曾都得到妥善適當的照顧？有工作分配嗎？一百萬人，何去何從？於是，大街上出現了這麼的一個小販，賣老鼠藥。小販曾是戰艦上英勇的滅鼠隊員。

過去，老百姓當兵，大部分為了解決生活問題，大飢荒的時期，當兵就是找到了飯碗，可以填填肚子了。如今也有人從軍，據説只為了想分得房子。人和老鼠的確太多了，都要找棲身的地方。

賣老鼠藥的小販患了牙病。老鼠不是老虎，牙痛也不算大病，但正是這些細微的症狀，侵蝕人體和社會至深。小小的漏洞足以沉船，戰艦後來不是撞到陸地上去了麼？

崔京生的小説，常常採用時空交替的跳接，這一篇也一樣。可特色是在末結，故事早已完場，然而卻重現一幕戰艦上的鼠患。這寫法，我年前讀到的是捷克小説家昆德拉的《輕得難以承受的存在》，小説主角後來亡故了，最後二章仍回述他們的愉快生活，把死亡的重量淡出。

關於老鼠的題材，我正在讀德國小説家格拉斯的《母鼠》。《新耍兒》之後，沒見崔京生的新作，十分懸念，不知道這位喜愛海明威的水上軍人有甚麼新構思。

六

第三、四冊選集又編好了。我仍是最快樂的人。

編選的過程中，讀了許多好作品，得益不淺。

編書要跑律師行、外交部，原來是奇異的經驗。

這次，仍要感謝何福仁和張紀堂。

當然，更得感謝各位作者，未經他們同意，書就編不出來。他們才是主角。

附：推薦篇目

陳潔〈大河〉

彭小連〈被磨蝕的渴望〉

余華〈一九八六年〉、〈西北風呼嘯的中午〉

蘇童〈藍白染坊〉

常青〈空殼〉

烏熱爾圖〈小說三題〉
王璞〈一篇小說的誕生〉
周立武〈巨獸〉
筱敏〈蛇島的傳說〉
何玉茹〈尋〉

一九八八年

編者按：西西在一九八七年率先向台灣讀者推薦內地小說作品，為洪範編選《八十年代中國大陸小說選》，先出一、二冊，前有序言（一）；翌年再編出三、四冊，也分別附有序言（二）、（三）。還分別附有小說家一篇散文，俾便進一步讓讀者認識其人的思慮、理念。其後又向洪範推薦了莫言的《紅高粱》、李銳的《厚土》等專集。

後記

何福仁

西西的《浮城閱讀》分兩卷，上卷是華語的閱讀，從古至今，從《詩經》到當代詩文；下卷屬外語，大多通過翻譯，有些，則直接閱讀外語原文。西西的閱讀，非常廣泛，可說無所不讀，一生在恬靜地閱讀，然後把閱讀用她自己的文字語言，或提綱挈領，或把她認為最有意思的地方，公諸同好。這是讀書人達理通情的生活，因此她極少甚或不屑齒及她不喜歡的書。她也很少評而論斷所說的書，她只是寧願謙遜些；她的小說創作，許多都源自閱讀的轉益，如魚飲水，她深切體會，覺得無論對事對書，都不宜妄下論斷。她當然知所判斷，這其中就是一種判斷。讀西西的閱讀，其實是讀西西，那種朋友的語調，跳脱的文風，一位我們懷念的故友。

西西先後出過讀書，或者提到書本閱讀的書，包括：

一、《像我這樣的一個讀者》（一九八六年）

二、《花木欄》（一九九〇年）
三、《剪貼冊》（一九九一年）
四、《耳目書》（一九九一年）
五、《畫／話本》（一九九五年）
六、《傳聲筒》（一九九五年）
七、《旋轉木馬》（二〇〇一年）
八、《拼圖遊戲》（二〇〇一年）
九、《羊吃草》（二〇一二年）
十、《看小説》（二〇一九年）

我們看她較長篇的《旋轉木馬》，其中的〈卡納克之聲〉（一九八五年）、〈上課記〉（一九九五年），就看到當她不受字數限定，可以融化所讀所見，寫得獨到、深刻，言人之所未言，而不乏感性的情味。她另有一長文，仔細剖析巴爾加斯·略薩的技巧（〈巴爾加斯．略薩作品的時空濃縮結構〉，一九八五年），也很精審，收於《傳聲筒》，她因此文而認識翻譯巴爾加斯．略薩的西語專家孫家孟教授。

最新這兩本《浮城閱讀》，卻是最早的閱讀筆記，主要來自一九八〇年代的專欄，她每天隨寫隨發，並未出過專書。只有一篇〈石鼓詩誌〉，找到收藏多年的手稿，之前從未發表。如今回顧，一九八〇、九〇年代，實是香港報章的黃金時代，副刊兩版，一版小說，另一版散文（雜文），可說各適其適，各自競秀。西西長期在不同的報刊、雜誌寫作各種專欄，第一個專欄是在《天天日報》，該報在一九六〇年十一月創刊，是香港第一份「柯式」彩印的報章，創刊不久西西即獲邀寫作童話；可惜該報久已休刊，欄稿今已不存。

報章上的散文專欄，每欄劃定字數，八〇年代之前，大多每天一個話題，例如西西一九六七、六八年間的「牛眼和我」（二〇二二年，中華書局）即是，其後一九七〇年的「我之試寫室」也是這樣。「我之試寫室」曾有過好幾個「我」試寫，傳聞含混，這裏順便澄清：「我之試寫室」最先由西西開欄，版頭一如「牛眼和我」，是她自己的設計，寫了一陣，其後交亦舒，亦舒也寫了一陣，交回西西，西西又寫了好一陣，再轉薦另一人，欄名多年仍舊。亦舒後來出書，用了《我之試寫室》之名。到西西出書，只好叫《試寫室》（二〇一六年，洪範書店）。西西最後的一篇是〈無從糾正〉（一九七〇年六月六日）。無論誰寫，往往是一日一題。直到一九七一年之後，才逐漸以同一題材，連寫五、六篇，不過每篇都可以獨立閱讀。當年的連載小說，當然也是每天一段，只是不能獨立閱讀，有些也弄些情節，吸引讀者追看。

這兩本閱讀，大多就是同一題材，每篇有不同的題目，可當是副題，這是這種寫作的特色，因應條件、功能，出眾的作家在限制裏仍然可以寫出格調。西西即用之嫻熟，恢恢乎遊刃。倘要求高屋建瓴的宏文，是不對焦，去錯時間地點。而西西說的書，大多曾經認真讀過，今人專家似的博識，恐怕只是網上資料的湊合。別忘了，那些年代，電腦並不流行，她根本不用。

兩書的編排基本上按發表年份順序，但也加以變通，讓同類聚合，例如回答訪問的、談詩的，編在一起。有兩三篇，西西曾抽出放到其他的書本裏，這次讓它們回到自己的組群裏。又有些，例如談馬格列特繪畫的一組文字（一九八一年），她後來曾據繪畫轉化成經典小說〈浮城誌異〉（一九八六年），可以互相參照。華語部分，收了她的《八十年代中國大陸小說選》序言三篇，這是她向港台介紹內地新進作家的長序，並追溯文革之後內地小說的發展，書久已絕版，許多位今已家傳戶曉。當年，一九八七年，她取授權、送稿費，來往多地，是這方面最早也最落力的薦書人；她對新人新作的熱情，而不是要表現自己，令人感動。

外語部分談到巴爾加斯．略薩、加西亞．馬爾克斯，篇幅較少，她在其他書本另有更詳細的述說。至於卡爾維諾，她非常喜歡的一位小說家，同樣見於他書；她是此地較早也較詳細闡析他的作品的人，他是她在一個冬夜裏閱讀的發現，也許。

文後列出發表的日子，不列出處，是因為不少其實不能確定發表的地方；不問出處，日子才最重要。個別連日子也欠奉，則是根本也不清楚。

二〇二五年五月

蔡浩泉繪版頭

「閱讀筆記」專欄版頭一，四字是西西囑本書編者所寫。

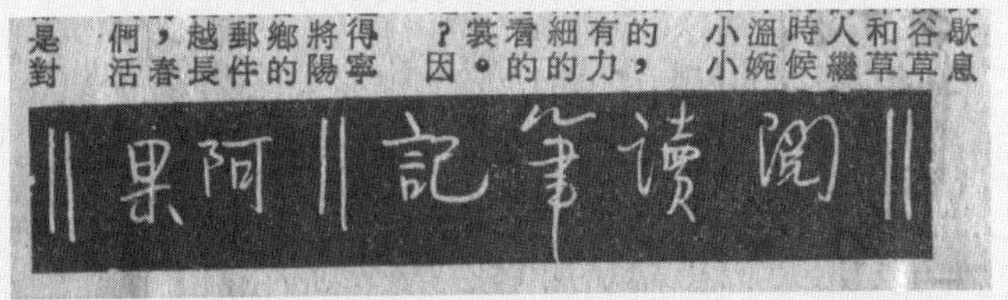

「閱讀筆記」專欄版頭二

浮城閱讀 上卷

西西 著

何福仁 編

責任編輯 張佩兒

裝幀設計 簡雋盈 陳佩珍

排　　版 楊舜君

印　　務 劉漢舉

出版 中華書局（香港）有限公司
香港北角英皇道四九九號北角工業大廈一樓B
電話：（852）2137 2338
傳真：（852）2713 8202
電子郵件：info@chunghwabook.com.hk
網址：http://www.chunghwabook.com.hk

發行 香港聯合書刊物流有限公司
香港新界荃灣德士古道二二〇—二四八號
荃灣工業中心十六樓
電話：（852）2150 2100
傳真：（852）2407 3062
電子郵件：info@suplogistics.com.hk

版次 二〇二五年七月初版

規格 三十二開（190 mm × 130 mm）

ISBN 978-988-8913-81-7